心霊探偵八雲

ANOTHER FILES 祈りの柩

角川文庫
18595

PSYCHIC DETECTIVE YAKUMO

MANABU KAMINAGA

ANOTHER FILES 祈りの柩

主な登場人物

斉藤八雲 ……………… 大学生。死者の魂を見ることができる。

小沢晴香 ……………… 八雲と同じ大学に通う学生。八雲に好意を寄せている。

後藤和利 ……………… 刑事。何かと八雲に捜査の協力を仰ぐ。

石井雄太郎 …………… 後藤の部下の刑事。よく転ぶ。

土方真琴 ……………… 新聞記者。石井のことを気にかけている。

桐野光一 ……………… 牧師。

第一章

呪いの泉

FILE:01

1

佐和子《さわこ》は走っていた――。

青白い月明かりだけが頼りの、暗く鬱蒼《うっそう》とした雑木林を、草をかき分け、枝を押し退《の》け、息を切らしながら必死に走った。

ついさっきまで、前を走る男の背中が見えていたのに、今はどこを捜しても見当たらない。

完全にはぐれてしまったらしい。

今、自分がどこを目指して走っているのかも判然としない。

それでも、立ち止まるわけにはいかなかった。足を止めれば、たちどころに追いつかれてしまうだろう。

――こんなところに、来なければ良かった。

激しい後悔の念とともに、脳裡《のうり》に、さっき泉で見た光景が鮮明に蘇《よみがえ》る。雑木林に囲まれた、高台にある泉だ。

――流星群を見よう。

誰が言い出したのかは、はっきりと覚えていないが、泉の水面に映る流星群を写真に収めることができたら、綺麗《きれい》だろうと佐和子自身思った。

そうして、あの泉に足を運んだのだ。

最初は楽しかった。みんなでわいわいやりながら、流星群を待っていると、誰かが言い出した。

「何か聞こえる」

耳を澄ますと、確かに佐和子の耳にもそれは届いた。

最初は、何か分からなかった。枝のざわつきのようでもあったし、虫の鳴き声のようでもあった。

「この泉にある伝説って知ってる?」

佐和子は、以前に聞いたこの泉にまつわる伝説を語った。悪ふざけのつもりだった。

話をしている間にも、あの音は聞こえていた。それは、次第に大きくなっていき、やがて、誰かが言った。

「これって歌だよ」

その言葉をきっかけに、一気に場の空気が凍りついた。

息を殺して辺りを見回す。

自分たちの他に、誰もいない。にもかかわらず、音は聞こえてくる。佐和子には、もう歌以外のものには聞こえなくなっていた。

何かの気配を感じ、ふと泉に目をやると、月を映す泉の水面に、ブクブクッと気泡が上がった。

水が盛り上がったかと思うと、そこから黒い影が姿を現した。

それは、女だった——。

そこからは、もうパニックだった。何が、どうなったのか、はっきりとは覚えていない。悲鳴を上げながら走り出したのだ。

空から歌声が降ってくる。

頭上から不気味に響く歌声に、佐和子は戦慄《せんりつ》した。

「もう止めて！　何なの！」

佐和子は、叫び声を上げる。

しかし、それでも歌は否応《いやおう》無しに耳に響いてくる。

早く、ここから立ち去らなければ——逸《はや》る思いとは裏腹に、佐和子は木の根に躓《つまず》いて、前のめりに転んでしまった。

木の幹を支えに、立ち上がろうとすると、足首に激痛が走った。転んだ拍子に、捻《ひね》ってしまったらしい。

そんな佐和子を嘲《あざけ》るように、歌が追いかけてくる。

「止めてぇ！」

佐和子は、両手で耳を塞《ふさ》ぎ、固く瞼《まぶた》を閉じると、力の限り叫んだ。その叫びが、きっかけであったかのように、一陣の風が吹き、木々がざわざわっと揺れた。

佐和子は、蹲《うずくま》るようにしてガタガタと震えていたが、やがて異変に気付いて目を開けた。

さっきまで聞こえていた歌声が、ピタリと止んでいた。耳に当てた手を外してみる。

やはり、歌声は聞こえない。

静寂の中、佐和子はほっと胸を撫《な》で下ろした。

あの歌声は、いったい何だったのか？　幻聴の類《たぐい》だったのだろうか——いや、そんなはずはない。聞いたのは、自分だけではないのだ。

佐和子は、ふと背後に誰かの気配を感じた。

はぐれていた男が、捜しに戻ってくれた——最初は、そんな風に思った。だが、もしそうだとしたら、なぜ声をかけないのか？

ぴたっ、ぴたっ、ぴたっ——。

水の滴る音がする。

不安と混乱とで全身が総毛立つ。

——怖い。見たくない。

そう念じたはずなのに、意思とは関係なく、首はゆっくりと動き、背後に吸い寄せられた。

あまりのことに、佐和子は悲鳴を上げることすらできなかった。

背後に立っていたのは、ずぶ濡《ぬ》れの女だった——。

生きた人間とは思えないほど、顔色が白い。尖《とが》った顎先《あごさき》から、水が滴り落ちている。

ぴたっ、ぴたっ――。

女の濡れた手が、真っ直ぐに伸びてくる。

――逃げなきゃ。

そう思ったはずなのに、女の穴のように暗い目に搦《から》め捕られ、指一本動かすことができなかった。

ずぶ濡れの手が、佐和子の意識をごっそりと奪い去っていった――。

2

後藤和利《ごとうかずとし》は、椅子にふんぞり返り、煙草に火を点《つ》けた――。

「退屈だ……」

煙を吐き出しながらぼやく。

後藤の所属する〈未解決事件特別捜査室〉は、刑事課の管轄にあり、名称は立派なのだが、解決されないまま放置されている事件の書類整理と、人手不足のときの応援というのがメインの業務だ。要は閑職なのだ。

「それなら、手伝って下さい」

紫煙の向こうで、書類作業に没頭する石井雄太郎《いしいゆうたろう》が顔を上げた。

細身のスーツを着こなし、知的な印象を受けるシルバーフレームのメガネをかけている。一見すると、できる男なのだが、中身は全然違う。

石井は、いつもオドオドしていて、いざとなるとビビって何もできない。そういう類の男だ。

「書類整理なんて下らねぇ仕事は、やってらんねぇよ」

後藤は、ぷいっとそっぽを向いた。

「書類作成も立派な仕事です。なぜ、そんなに嫌がるんですか？」

珍しく、石井がからんで来た。

なぜか——と問われれば、単純に苦手だからだ。

難しい問題を考えたり、細かい作業をしたりしていると、無性にイライラしてしまう。

そこに理由などない。ただ、そういう性質なのだ。

しかし、それを正直に口にするのは、何だか癪《しゃく》だ。

「嫌なんじゃねぇ。おれは、やりたくねぇんだよ」

「同じことです。だいたい……」

「うるせぇ」

後藤が、石井の頭をひっぱたいた。

石井は不服そうに口を尖らせたが、それ以上は、何も言ってこなかった。

いつから、こんな風になってしまったのだろう——。

警察に入った頃は、正義感に燃えていた。自分が、まるでヒーローにでもなったような気になっていた。

しかし、すぐに現実を思い知らされることになった。

警察は正義の味方などではなかった。悪党が平然とのさばり、本当に守らなければならない善良な市民が被害者となる。

それが分かっていながら、法律、規則、世論——様々な壁に阻まれて何もできない。

昨今のストーカー事件などがいい例だ。

あいつらが、罪を犯す可能性があることは百も承知だ。それでも何もできない。せいぜい、警告するくらいだ。何かが起きてからでないと、動けないのだ。

そうしたもどかしさは日に日に増大していき、後藤自身の精神をみるみる磨《す》り減らしていった。

誰も救えないなら、いったい、何のための警察か？

——感情で動いたところで、何も解決しない。

かつて同僚だった男に言われた言葉だ。後藤とは正反対に、ルールを重んじ、思考で動くタイプの嫌な奴だった。

名前は浮かぶのに、どうも顔がはっきりと思い出せない。毛嫌いして、ろくに目を合わせなかったからかもしれない。

後藤の思考を遮るように、ドアが開いた。

部屋に入って来たのは、刑事課の課長である宮川英也《みやがわひでや》だった。

小柄ではあるが、坊主頭に鋭い眼光で、刑事というより、筋者《すじもの》のような迫力をもった人物だ。

叩《たた》き上げで、長年現場を這《は》いずり回って来た人物で、後藤が新人の刑事だった頃は、ずいぶんと宮川にしごかれたものだ。

宮川も、どちらかというと、思考ではなく、感情で動くタイプの男だ。

「宮川課長。おはようございます」

石井が席を立ち、馬鹿丁寧に腰を折って頭を下げる。

「おやおや。刑事課長殿が、こんな離島に何の用です？」

後藤は皮肉混じりに言う。

「相変わらず、暇そうじゃねぇか」

宮川が厭《いや》みを返す。

「こう見えて、忙しいんですよ」

後藤がおどけた調子で答えると、宮川がふんっと鼻を鳴らして笑った。

「お前たちに、ちょっと頼みたい案件がある」

後藤の脇まで歩み寄った宮川が、苦い口調で切り出した。

閑職である後藤たちに頼む案件となれば、厄介事だと相場は決まっている。

「他を当たって下さい」

後藤は吸いさしの煙草を灰皿に押しつけ、そっぽを向いた。

「おれだって、そうしたいさ。そもそも、こんなのは警察の仕事じゃねぇんだ」

宮川は、無断で後藤の煙草を一本抜き取り、火を点けた。禁煙していると聞いていたのだが、よほど苛立《いらだ》っているらしい。

「だったら、断ればいいでしょ」

後藤は、蝿を追い払うようにひらひらと手を振った。

「そうもいかねぇんだよ。こっちにも、いろいろと事情があってな」

宮川が、ため息混じりに白い煙を吐き出す。

その表情は、どこか疲れきっていた。

「事情ってのは、何です？」

「警察のＯＢからの依頼なんだよ」

「どこのバカか知りませんが、引退した野郎の言うことなんざ、無視してやればいいんですよ」

「そうはいかねぇことくらい、お前も分かるだろ」

確かに宮川の言う通りだ。

警察組織は、厳格な上下関係の上に成り立っている。その影響力は、在職中に限られたものではない。一生ついて回る類のものだ。

「いったい、どういう案件です？」

「その警察ＯＢに大学生になる孫がいてな。そいつに絡む案件なんだが……」

「万引きでもやらかしましたか？」

警察のOBなら、揉《も》み消せ――くらいのことは言い出しそうだ。

「それだったら、何も問題ねぇよ。そのガキ、引っ張ってくりゃいいんだ」

「圧力がかかるんじゃないんですか？」

「知るか。現場判断で、逮捕の事実を作っちまえば、圧力のかけようもねぇさ」

強がっているのではない。おそらく、本音なのだろう。宮川は、そういう男だ。だから信頼もできる。

「だったら、何だって言うんです？」

「その、孫ってのが、殺人の予告を受けたらしいんだ」

「殺人予告――ですか！」

黙って聞いていた石井が、嬉々《きき》として目を輝かせながら立ち上がった。ヘタレのクセに、事件となると、やたら食いつくのが石井だ。

「そんな重大な案件、おれたちが担当していいんですか？」

そこが、引っかかるところだ。

もし、明白な殺人予告を受けているのであれば、警察の威信にかけて対応すべき案件のはずだ。

断じて所轄の、しかも二人しかいないような窓際部署に対応させるものではない。

「強迫の相手ってのが問題でな……」

宮川は、苦い顔で言うと、吸いさしの煙草を灰皿に押しつけた。

後藤はじっと宮川の次の言葉を待った。石井も、かぶりつくようにして息を殺している。しかし、いつまで経っても宮川は言葉を発しない。

「いったい誰なんです？」

業を煮やして後藤が訊《たず》ねると、宮川が引き攣《つ》った笑いを浮かべた。

「悪霊——なんだそうだ」

「は？」

あまりに想定外の言葉に、後藤は首を捻《ひね》るより他なかった。

「よりにもよって悪霊とは……」

今まで、後藤は散々、心霊がらみの事件に首を突っ込んで来た。「心霊刑事」という、意味不明な仇名《あだな》を付けられたこともある程だ。

「正直、胡散臭《うさんくさ》い話だよ」

宮川が言った。

「信じてないんですか？」

「どうせ、誰かのイタズラだろ。放っておけばいいのに、妙なところでしゃしゃり出て来やがって……。とはいえ、無下にもできんし、かといって、こんなことを刑事課の連中に押しつけようものなら、猛反発を喰《く》らっちまう」

「おれたちなら、押しつけてもいいってことっすか？」

「信頼してるからな。こんなことを頼める奴は、他にはいねぇよ」

本当なら、即座に断るところだが、宮川にそう言われては、動かないわけにはいかないだろう。

「分かりましたよ。どうせ暇してたんだ。話だけ聞いておきますよ」

「すまん。感謝する」

宮川が、腰を折って頭を下げた。

「柄にもねぇことは、止めて下さい。で、どこに行けばいいんです？」

後藤が訊ねると、宮川が住所と名前が記されたメモを差し出してきた。それを受け取ったあと、ジャケットを摑《つか》んで立ち上がる。

「石井。行くぞ」

勢いよく歩き出した後藤だったが、廊下に出て振り返ると、石井がついて来ていなかった。

――また、ボケッとしてやがるな。

「石井！」

怒声を上げると、石井が勢いよく部屋から飛び出して来た。

転んだ――。

3

小沢晴香《おざわはるか》は、B棟の裏手にあるプレハブの建物を目指していた。

斉藤八雲《さいとうやくも》に会うためだ。

八雲と出会ったのは、昨年の秋――晴香の友人が幽霊にとり憑《つ》かれ、相談に行ったのが始まりだった。

第一印象は、最悪だった。口は悪いし、近寄り難い存在だった。こんな人に任せていいのか？　それが正直な感想だった。

しかし、八雲は霊にとり憑かれた晴香の友人を救っただけでなく、明るみに出ることのなかった殺人事件まで暴いてみせたのだ。

それから、幾つもの事件を経験して、晴香の中で八雲の印象は大幅に変わっていた。真逆になったと言ってもいい。

普段は、黒い色のコンタクトレンズで隠しているが、八雲は赤い左眼を持っている。

そしてその赤い瞳《ひとみ》は、死者の魂――つまり、幽霊を見ることができる。

その特異な体質のせいで、八雲は今までたくさんの辛《つら》い想いを抱え、人より多くのものを目にして来た。

自分が傷つくのが怖くて、誰かを傷つけるのが嫌で、望んで孤独になるように仕向けていたのだ。

本当は誰よりも優しいのに——。

やがて、目指すべきプレハブの建物に辿《たど》り着いた。二階建てで、各階十部屋ずつ並んでいる。

大学が部活動やサークルの拠点として貸し出しているものだ。

晴香は、一階の一番奥にある〈映画研究同好会〉の部屋の前に立った。

実は〈映画研究同好会〉なるものは存在しない。八雲が、大学の学生課に適当な書類を申請し、この部屋を私物化して、文字通り住んでいるのだ。

「やあ」

晴香は、声を上げながらドアを開けた。

部屋の主《あるじ》である八雲が、いかにも眠そうな目で晴香を見据える。

色白で肌理《きめ》の細かい肌に、真っ直ぐ伸びた鼻筋。髪は寝グセだらけなのだが、それがマッチしているから不思議だ。

定位置である椅子に座ろうとしたのだが、珍しく先客がいた。

背中を向けているので、顔は見えない。白衣を着た、背の高い男の人だった。

「来客か——続きは、今度にしよう」

その男性が、ゆっくり立ち上がり、こちらに顔を向けた。

年齢は三十代前半くらいだろうか。線の細い、中性的な顔立ちをした人だった。口の中で、棒つきのアメを転がしている。

どこかで見たことがあるような——。

晴香が、考えを巡らせている間に、その人は部屋を出て行ってしまった。

「何か、邪魔しちゃったみたいだね」

タイミングの悪いときに来てしまった——反省しながら、八雲に言った。

きっと八雲のことだから「その通りだ」とか、「空気が読めない」とか、文句を言うと思っていたのだが、その反応は意外なものだった。

「もういい。勝負はついている」

八雲は、頬杖《ほおづえ》をついてため息を吐いた。

——勝負って何の？

訊ねる前に、テーブルの上に置かれたチェス盤を見つけた。どうやら、八雲はさっきの男性とチェスの勝負をしていたらしい。

「どっちが勝ったの？」

晴香が訊ねると、八雲が苦い顔をした。

「あと十二手で、ぼくは負けてた」

八雲が、ここまであっさり負けを認めるのは珍しい。

改めてチェス盤に目を向けてみる。ルールはよく分からないが、盤上の白と黒の駒の配置を見る限り、どちらかが圧倒的に不利な状況には見えない。

「諦《あきら》めるの早くない？」

晴香が言うと、八雲は小さく首を振った。

「残念だが、こうなったら、勝ち目はない」

「そういうもの？」

「そういうものだ――」

八雲は、呟《つぶや》くように言ったあと、盤上の駒を一つ指で弾《はじ》いて倒した。

よく分からないが、八雲が言うのなら、そうなのだろう。

「ところで、さっきの人、見たことある気がするんだけど、誰だっけ？」

「御子柴《みこしば》先生だ」

「ああ！」

八雲に言われて思い出した。

文系の晴香は、直接の接点はないが噂で聞いたことはある。

若き数学の准教授。背が高く、ミステリアスな雰囲気をもっていることから、「白衣の王子様」と称して、彼のことを追いかけている女子学生もいるらしい。

「でも、何で八雲君が、御子柴先生とチェスをしてたの？」

「ぼくは数学を専攻しているんだ。知らなかったか？」

「うん」

――知らなかった。

八雲のことは、誰よりも知っているつもりなのに、意外とこういうパーソナルな情報は把握していなかった。

「まあ、とにかく、そういうわけで、ときどきこうやってチェスの勝負をしているんだ」

「そうなんだ……で、戦績は？」

「0勝0敗17引き分け」

「互角ってこと？」

「違う。遊ばれているだけさ。御子柴先生が本気になったら、ぼくなんて子ども扱いだ」

八雲が両手を上げて降参のポーズをとった。

「そんなに凄《すご》いの？」

「このスペックが、ぼくとは違うんだよ」

八雲が自らの頭をトントンと指で叩《たた》いた。ここまで言わせるからには、相当に凄いのだろう。

「で、今日は何のトラブルだ？」

一息吐いたところで、八雲があくびを嚙《か》み殺しながら言った。

八雲がそう思うのも仕方ない。確かに以前は、八雲の許《もと》を訪れる＝トラブルだった。

だが、今はそれほどでもない。

「別に用事はないよ」

晴香がさらりと言うと、八雲が困ったように眉《まゆ》を顰《ひそ》めた。

こういう顔は、かわいいと思う。

「君は暇なのか？」

「こうみえて、それなりに忙しいんです」

「だったら、さっさと帰ればいいだろ」

「別にいいでしょ」

晴香は、部屋の隅にある冷蔵庫を開け、中からチョコレートを取り出した。

「いつの間に、そんな物を入れたんだ？」

八雲が不服そうに言う。

「この前来たとき」

「君は、何でそう……」

「食べる？」

晴香は、小言を遮るようにチョコレートの箱を差し出した。

八雲は何か言いたそうにしていたが、誘惑に負けたのか、チョコレートを手に取り口の中に放り込んだ。

自分で言うのも何だが、以前に比べて段々と八雲の扱い方がうまくなって来たと思う。

八雲の向かいに座ろうとしたところで、コンコンとドアをノックする音がした。

「どうぞ――」

晴香が答えると、八雲は「ここは君の部屋じゃない」と文句を並べる。

反論しようかと思ったが、それより先にドアが開いた。

顔を出したのは、一人の青年だった。背は高いが、丸顔で人懐こくかわいらしい顔立ちだった。

「突然、すみません。斉藤八雲さんはいらっしゃいますか？」

青年は、少し高いが柔らかい声で言った。

「どういったご用件ですか？」

八雲が、品定めするような視線を青年に向ける。

「あなたでしたか。ぼくは、宇都木《うつぎ》賢人《けんと》といいます。法学部の二年生です」

「ぼくが訊いたのは、用件です」

八雲が、すっと目を細めた。

刺《とげ》のある言い方だ。だが、賢人と名乗った青年に、特別敵意をもっているわけではない。八雲は、誰に対してもこうなのだ。

気を悪くするかと思ったが、賢人は「そうでしたね」と小さく笑った。

「率直に言いますと、ぼくの友人が、その……幽霊にとり憑《つ》かれてしまったらしくて……ゼミの先輩の相澤《あいざわ》さんから、ここを紹介されたんです」

「あっ！」

晴香は、思わず声を上げた。

何を隠そう、晴香に八雲を紹介したのも相澤だった。といっても、相澤は八雲と面識はなく、その特異な体質についても知らない。

ただ、噂に尾ひれをつけて、まことしやかに語る――そういうタイプの人物だ。

「知っているんですか？」

「ええ。サークルが一緒なんです」

晴香は苦笑いとともに答えた。

「そうでしたか。あの――話を聞いてもらえるでしょうか？」

賢人が、探るような視線を八雲に向ける。

――どうするんだろう？

晴香も八雲に目を向ける。八雲は腕組みをして、何かを考えるように俯《うつむ》いている。

「基本料金で二万五千円。あと実費が別でかかります」

八雲は、インチキセールスマンのような作り笑いを浮かべた。

どうやら、受けるつもりらしい。また、適当な嘘を並べて、お金を騙《だま》し取ろうと画策しているのかもしれない。

そう思うと、妙な胸騒ぎを感じた――。

4

「到着しました」

石井は、車を路肩に寄せて停車させたところで、助手席の後藤に声をかけた。

返事はなかった。目を向けると、後藤はシートに深く凭《もた》れかかり、大口を開けて眠っていた。

「後藤刑事。起きて下さい。着きましたよ」

肩を揺さぶると、ようやく後藤が目を開けた。

「うるせぇな。分かってるよ」

後藤に頭をひっぱたかれた。

理不尽な叱責《しっせき》ではあるが、文句を言えないのが、石井の哀しい性《さが》だ。

「まったく……」

後藤は、ぼやきながら車を降りる。石井もその後に続いた。

このところ、かなり冷え込んできた。寒さに身を縮めながら目を上げると、目的地である大きな家があった。

床面積だけで、二百坪はありそうだ。敷地も広く、高い塀に囲まれている。

なかなか立派な家だ。都内に、これだけの家が持てるということは、相当な金持ちなのだろう。

「だいたい幽霊に殺されるなんて、あり得ねぇんだよ」

後藤は門の前に唾《つば》を吐き捨てた。

現職の警察官としてあるまじき行為だが、注意する勇気がないのもまた、石井の哀しい性だ。

「完全に、無いとは言い切れませんよ」

石井が言うと、後藤が睨んできた。

相変わらず、もの凄い迫力だ。

「お前も分かってんだろ。幽霊ってのは、死者の想いの塊で、物理的な影響力はねぇんだよ。だから、殺すことはできない」

後藤が、今口にしたのは、死者の魂を見ることができるという、特異な体質をもった青年、斉藤八雲が、口グセのように言っている理論だ。

石井は、その理論に異議を唱えるつもりはない。石井自身、様々な事件を通して、その理論がいかに正しいかを実際に経験して来た一人である。

しかし──。

「先日起きた事件では、幽霊にとり憑かれた人が、人を殺しました」

石井が胸に残る痛みとともに口にすると、後藤が「あれか──」と呟《つぶや》いた。

物理的な影響力を持たない幽霊が、直接殺すことはできない。しかし、誰かにとり憑き、その人物の肉体を利用して殺すことはあり得る。

そのことを、実証した事件だった。

「あのときと同じだって言いたいのか？」

後藤が苦々しい口調で言う。

「いえ。まだ、詳しいことは何も分かっていないので、何とも言えません。しかし、だからこそ、現段階で、あり得ないと斬り捨てるのは、時期尚早だと思います」

「時期——何だって？」

「時期尚早です」

「少々？」

「あ、えっと……そうです……」

——否定できない自分がもどかしい。

「つまりは、あらゆる可能性を考慮しろってことだな」

「はい」

間違いはあるものの、結果として言わんとすることが伝わったので、それで良しとしよう。

「仕方ねぇ。まずは、様子だけ見るか」

「そうですね」

石井は、返事をしてからインターホンを押した。

しばらくして、〈はい〉と中から女性の掠《かす》れた声が返って来た。

「世田町《せたまち》署の石井と申します」

石井は、インターホンに顔を近付けて名乗る。

〈あ、あの、すみません。今は……いやっ！〉

唐突にインターホンが切れた。

――何だ？

石井は、後藤と顔を見合わせる。

今のは悲鳴だった。何か大変なことが起きているに違いない。そう思ったものの、勝手に侵入するわけにもいかない。

バリンッ！

石井の考えを遮るように、家の方から、ガラスが砕けるような音がした。

「行くぞ！」

後藤は、言うなり走り出した。石井も慌ててあとを追いかける。

玄関のドアを開け、後藤が中に飛び込んで行ったが、石井は、動きを止めた。

――本当に、このまま突入していいものか？

昨今は、プライバシーだ何だと、世論がうるさい。下手なことをすれば、それこそマスコミに袋叩《ふくろだた》きにあう。

そのクセ、大きな事件に発展すると、迅速かつ臨機応変な対応を求める声が高まる。どちらを選択したとしても問題になる。世知辛い世の中だ――などと考えているうちに、中から、揉《も》み合うような音が聞こえて来た。

次いで、後藤の「てめぇ！」という怒声――。

こうなっては、踏み留《とど》まっていることはできない。しかし、色々と理屈をこねくり回したものの、本音は単に怖いのだ。

「頑張れ。石井雄太郎」

石井は自らを叱咤《しった》してから、ドアを開けて家の中に飛び込んだ。

「貴俊《たかとし》！　落ち着いて！」

入ってすぐ脇にある部屋の戸口のところで、中年の女性が怯《おび》えた声を上げていた。

——いったい何があったんだ？

部屋を覗《のぞ》き込んだ石井は、ぎょっとなった。

後藤と一人の青年が、部屋の中で激しく揉み合っていた。

「落ち着け。バカ野郎が」

後藤が組み伏せようとしているが、青年は身体を捩《よじ》り、必死に抗《あらが》っている。

まるで、怪獣同士が戦っているような迫力だ。

「離せ！　このままだと、おれは殺されるんだよ！」

青年が鬼気迫る表情で喚《わめ》き散らす。

「石井！　何やってんだ！　手伝え！」

後藤が叫んだ。

手伝えと言われても、こういうことに慣れていない石井には、何をどうしたらいいのか分からない。

「あの……その……」

まごまごしていると、後藤は石井の加勢を諦《あきら》めたのか、舌打ちを返し、背負い投げの要領で、青年を床の上に投げ捨てた。

したたかに背中を打ちつけた青年は、ようやく大人しくなった。

「さ、さすが後藤刑事！」

半ば興奮しながら近づくと、脳天に拳骨《げんこつ》が落ちた。

「お前も刑事なら、シャキッとしろ」

「す、すみません……」

5

八雲の隣に座った晴香は、改めて向かいに座る賢人に目を向けた。

つぶらな瞳《ひとみ》のせいか、外見だけなら、かなり幼い印象を受ける。それとは対照的に、雰囲気というか佇《たたず》まいは、落ち着いていて、どこか品がある。

「友人の方が、幽霊にとり憑《つ》かれた——ということでしたが」

八雲が小さく息を吐いてから切り出した。

賢人は、顎《あご》を引いて頷《うなず》いてから話を始めた。

「市の西の外れに、小さな泉があるのをご存じですか？」

「ええ。行ったことはありませんが……」

八雲が答える。

晴香も八雲と同じで、そこに泉があることを聞いたことはあるが、実際に足を運んだことはない。

「鏡湧泉《かがみゆうせん》というそうです」

「名前は初耳です」

「鏡のように、水面が反射することから付けられたそうです。で、あの場所には、ある噂があるんです」

賢人が、上目遣いに八雲を見た。

「噂ですか？」

「はい。鏡湧泉には、幽霊が出る——と。それだけではありません。夜、鏡湧泉を覗き込むと、そこに自らの真実の姿が映るそうです」

「真実の姿？」

晴香は、首を傾げた。

あまりピンとこない。水面に反射して映る姿は、真実の自分の姿に決まっている。逆に、別のものが映る方が不気味だ。

「そうです。他人には、知られたくない、心の奥底にある、真実の自分の姿です」

——なるほど。自分の心の底が見えるってことか。

「それなら、見てみたいかもしれないです」

「止めた方がいいです」

賢人が首を左右に振った。

「なぜですか？」

「真実の自分の姿を見た者は、一週間以内に呪い殺される――そう言われているんです」

神妙な顔つきで言う賢人の言葉に、晴香は息を呑《の》んだ。

「それって、本当なの？」

驚きとともに言うと、八雲がため息混じりに首を左右に振った。

「君の天然は、いつになったら直るんだ？」

直るもなにも、自分のことを天然だと思ったことなど、ただの一度もない。

「私、何かおかしなこと言った？」

「自覚症状がないのは、致命的だな」

八雲が、これみよがしに深いため息を吐いた。

反論しようかと思ったが、賢人が困惑したように眉《まゆ》を顰《ひそ》めているのを見て、口を閉ざすことにした。

八雲が「それで――」と先を促すと、賢人が話を再開した。

「先日、友人たちと、鏡湧泉に足を運んだんです」

「何のために、そんなところに行ったんです？」

口調が、一気に硬くなる。

八雲からしてみれば、心霊現象が起こると言われている場所に、遊び半分に出かけていくなど、信じられない行為なのだ。

その結果、トラブルに巻き込まれるのは、自業自得、身から出た錆《さび》だ。

「天体観測です。流星群を見ようとしたんです。あの辺りは、観測するのにうってつけの場所なんです。あわよくば、水面に映る流星群を写真に収めようと思ったんです」

賢人の説明に、八雲の表情がいくらか和らいだ。

「そうでしたか」

「ぼくは、鏡湧泉の噂など、信じていませんでした。ところが、流星群を待っていると、どこからともなく、歌声が聞こえて来たんです——」

賢人が右手を耳に当てた。

まるで、今まさに歌声を聴いているかのようだ。

「歌声——ですか？」

「はい。何の歌かは聞き取れませんでした。歌っているのが、男か女かも分かりません。そういう不思議な音域だったんです」

「歌ではなかった可能性もありますよね」

「いいえ、あれは確かに歌でした」

賢人は、はっきりと口にした。

八雲が「それで——」と先を促す。

「そのうち、泉の中から、何かが浮かび上がって来たんです」

「何か――とは？」

「人です。ずぶ濡《ぬ》れの女の人が、泉の中から這《は》い出て来たんです」

おそらく、そのときの恐怖を思い出したのだろう。賢人の表情は硬くなり、声がわずかに震えていた。

「その姿を見たんですか？」

「離れていたので、はっきりとは……でも、間違いなく、あれは女の人でした」

「そうですか」

八雲が顎に手を当て、何かを思案するように視線を漂わせた。

「ぼくたちは、怖くなって逃げ出したんです。無我夢中でした。その間も、ずっと歌声が聞こえていて――でも、何とか大通りまで出ることができたんです」

賢人は、今までとは打って変わって、早口にまくしたてた。

それが異様な臨場感を生み出し、賢人の恐怖が晴香にも伝播《でんぱ》したようだった。

「でも、気付いたらいなかったんです」

賢人は視線を足許《あしもと》に落とし、下唇を噛《か》んだ。

「何がです？」

晴香が訊《たず》ねると、賢人は両手で顔を覆う。

「一緒に行った女の子です……逃げるのに精一杯で、彼女を気遣う余裕がなかった……」

賢人は自分を責めているのだろう。

だが、仕方ないことだと思う。突然、幽霊に出会《でくわ》して、平気でいられるのは八雲くらいだ。

それに、今は後悔に身を委《ゆだ》ねているときではない。問題は——。

「あの……その女性は、どうなったんですか？」

「怖かったけど、引き返したんです。雑木林の中で倒れているのを見つけました。息はしていましたが、意識はなくて……救急車を呼びました……」

「そうだったんですね」

一度は逃げてしまったかもしれないが、その後の賢人の判断は、間違っていなかったと思う。

「でも——それ以来、その娘《こ》の様子がおかしくて」

「具体的に、どうおかしいんですか？」

八雲が訊ねると、賢人がゆっくりと顔を上げた。

憔悴《しょうすい》しているのか、その顔には、暗い影が差しているようだった。

「ずっと歌い続けているんです——」

賢人の言葉が、狭い部屋にこだました。

6

「で、何があったんだ？」

ソファーに座った後藤は、向かいに並んで座る、中年の女と青年を交互に見ながら言った。

女の方は、戸塚由希子《とづかゆきこ》。件《くだん》の警察ＯＢの娘らしい。

で、青年の方は、その息子である貴俊。明政《めいせい》大学の二年生ということだ。

由希子は、騒ぎのせいか、かなり憔悴しているように見える。一方の貴俊は、後藤に投げ飛ばされてから、大人しくはなったものの、落ち着きなく貧乏揺すりを続けている。

「えっと……」

由希子が言いにくそうに顔を伏せた。

何から話していいのか、分からないといった感じだ。それは、後藤も同じだ。色々聞きたいことはあるが、あの騒ぎのせいで、どこから斬り込んだらいいのか、分からなくなってしまった。

「あの……悪霊に強迫されているということでしたが……」

沈黙を破ったのは、後藤の隣に座っていた石井だった。

騒ぎのことは、一旦《いったん》置いておいて、まずはそのことから問い質《ただ》した方が良さそうだ。

「お前が、体験したって心霊現象を話せ」

後藤は貴俊に目を向ける。

その途端、貴俊の表情が歪《ゆが》んだ。さっき暴れていた男と同一人物とは思えないほど、弱々しい顔だった。

「助けて下さい……おれ、このままだと、呪い殺されちまう……」

貴俊は、両手を前に突き出し、すがるように言った。

隣の由希子が、露骨に苦い顔をする。

「詳しく話せ。そうじゃねぇと、何もできねぇ」

後藤が先を促す。

「おれ……この前、友だちと鏡湧泉ってとこに行ったんです。通称、真実の泉って呼ばれてる場所です……」

「鏡湧泉？」

「西の外れの高台にあるんです」

泉のことは知らないが、市の西側に、高台があるのは知っている。何となく、場所のイメージは摑《つか》めた。

「あそこには、伝説があって……夜、泉を覗《のぞ》き込むと、そこに自分の真実の姿が映るんです。で、それを見た者は、一週間以内に呪い殺される——」

「な、何ですって！」

石井が、大げさに驚いて腰を浮かせた。

そんないかにも胡散臭《うさんくさ》い話を、手放しで信じるのは、それこそ石井くらいだ。後藤は、

「黙れ」という意味も込めて、石井の頭をひっぱたいた。

「で、お前は、見たのか？」

後藤が訊ねると、貴俊は小さく頷《うなず》いた。

「おれ……怖くて……」

貴俊が、震える手で顔を覆った。

何だか釈然としない。水面を見たのだから、自分の姿が映るのは、当たり前のことだ。それは、考えようによっては、真実の姿に他ならない。

後藤がそのことを口にすると、貴俊は「違います！」と、強く否定した。

「そこに映ったのは……血塗《ちまみ》れになった、女の姿だったんですよ……」

貴俊の説明を聞き、後藤は思わず石井と顔を見合わせた。

もし、それが本当だとしたら、貴俊が怯《おび》える理由は分からないでもない。だが――。

「見間違いじゃねぇのか？」

或《あ》いは、錯覚だということも考えられる。

「絶対、あれは見間違いじゃない。それ以来、変な声が聞こえるようになったんだ」

「変な声？」

「耳許で誰かが囁《ささや》くんだ。殺してやる――って。風呂《ふろ》に入っているときも、部屋で眠っ

ているときも、まるで、つきまとっているように、聞こえるんだ――」

貴俊は、一息に言ったあと、肩で大きく呼吸を繰り返した。

相当に興奮しているようだ。反応からして、嘘を言っているとは思えなかった。

「大丈夫。聞き間違いよ」

由希子が、優しく語りかけるように言いながら、貴俊の背中をさする。

しかし、貴俊は身体を振ってそれを払い除《の》ける。

「違う！　聞き間違いなんかじゃない！　おれは、伝説の通り死ぬんだ！」

「聞き間違いじゃなければ、誰かのイタズラよ」

由希子が食い下がる。

どうやら由希子は、端《はな》から貴俊の身の上に起きている現象を疑っているようだ。と、同時に、後藤はここに来て、なぜ引退した父親を通じて、警察に助けを求めたのか理解した。

おそらく、今回の一件を誰かのイタズラだと断定していて、その犯人を見つけ出そうと考えているのだろう。

「信じないならいい！　あの人なら、助けてくれる！」

貴俊が、立ち上がって部屋を出て行こうとする。

「待ちなさい」

由希子が、貴俊の腕を掴んで、それを引き留めようとする。それに抗《あらが》う貴俊――。

これではさっきの再現映像だ。

「少し落ち着け！」

後藤は、ずいっと立ち上がって一喝した。

貴俊と由希子は、驚いたように目を丸くしたあと、後藤の迫力に負けたのか、揃ってソファーに座り直した。

「お前の身の上に起きたのが、実際の心霊現象なのか、誰かのイタズラなのかは、あとできっちり調べてやる」

後藤もソファーに座り直した。

八雲を引っ張り出せば、少なくとも、貴俊の身の上に起きていることが、幽霊の仕業か、生きた人間の仕業かの判別はできるだろう。

色々と文句を言われるだろうが、それが一番手っ取り早い方法だ。それより――。

「あの人ってのは誰だ？」

後藤は、身を乗り出すようにして訊《たず》ねた。

さっき貴俊は、「あの人なら、助けてくれる」そう言った。つまり、今回の一件に首を突っ込んでいる別の人間がいるということだ。

「教会の神父さんです……」

貴俊は、消え入るような声で言った。

「神父――ですか？」

石井が口を挟む。

「この近くに、プロテスタントの教会があるんです。そこの神父さんが……」

「ああ。でしたら、牧師さんですね」

石井が、貴俊の説明を遮るように言った。

「どっちでも、同じだろ」

後藤が言うと、石井はキザったらしく、シルバーフレームのメガネを、指先で押し上げる。

「同じではありません。寺の僧侶《そうりょ》を神主と言うくらい違います」

得意げになる石井が鼻につくが、ここであれこれ言い合っていたら、話が前に進まない。

「で、その牧師がどうしたって？」

「悪霊を祓《はら》うことができるって……だから、あの人なら、おれを助けてくれる」

貴俊はすがるように言った。

「つまりエクソシストということですね」

石井が、目を爛々《らんらん》と輝かせながら口にする。

「メクソ——何だって？」

「エクソシストですよ。キリスト教には、悪魔祓いを専門に行う役職が、存在するんですよ」

「嘘臭《くせ》ぇな」

「嘘じゃありません。ほら、映画でも描かれていたじゃないですか」

その映画なら、後藤も知っている。悪魔にとり憑《つ》かれた少女が、ブリッジで駆けずり回るやつだ。

しかし、あれはあくまで映画の話だ。石井の理論だと、映画で描かれた＝実在するということになってしまう。

そんなことがまかり通れば、エクソシストだけでなく、宇宙人や怪獣の存在まで認めなければならなくなる。

「貴俊。そんなの信じちゃダメよ。間違いなく、詐欺なのよ。あなたの周りの妙なことも、きっとその人が……」

「違うって言ってんだろ！」

宥《なだ》めにかかる由希子の言葉を、貴俊が怒声で打ち消した。

貴俊は否定したが、由希子の考えは一理ある。

後藤は、霊媒師を名乗る奴らに、強い嫌悪感を持っている。過去、何度か霊媒師を名乗る連中とかかわりを持ったことがあるが、そのどれもが偽者であった上に、狡猾《こうかつ》で厄介な連中だった。

まあ、ここで、あれこれ議論していても何も始まらない。

「その牧師って奴に、会ってみるか……」

後藤は、呟《つぶや》くように言った。

うまくいけば、牧師を締め上げて万事解決ということになるかもしれない。

7

土方真琴《ひじかたまこと》は、北東《ほくとう》新聞文化部の部屋に入った。

「ただいま戻りました」

奥のデスクにいる編集長が「おう」と軽く手を上げる。他の記者は、みな出払っているらしく、編集長の他には誰もいなかった。

真琴は、カバンを下ろして自席に座る。

かなり疲労が蓄積している。昨晩から、ある陶芸家の取材をしていた。窯焚《かまだ》きの作業に密着したので、徹夜仕事になり、今になってようやく戻ってこられた。

家に帰ってベッドに横になりたいところだが、取材写真や録音データを今のうちに整理しておきたい。

やり残しがあると、気になってうかうか眠っていられない。そういう性分なのだ。

パソコンにログインしたところで、デスクの上のビジネスフォンが鳴った。真琴は、すぐにビジネスフォンの受話器を取り上げる。

「はい。北東新聞文化部です」

電話に出たものの、応答はなかった。

切れているわけではない。携帯電話からかけているのだろう。街の雑踏と微《かす》かな息遣いが聞こえる。

電波が悪いのかとも思ったが、それにしては、様子がおかしい。

——イタズラだろうか？

新聞社に限らず、電話番号をオープンにしていれば、この手の電話がかかって来ることは、日常茶飯事だ。

しかし、仕事上、一般市民からの情報は不可欠なので、無下にもできない。

「もしもし。どちらさまでしょうか？」

真琴は、再び声をかけた。

相変わらず返答はない。電話を切ろうと、受話器を耳から離したところで〈あの……〉と掠《かす》れた声がした。

「はい」

真琴は受話器を耳に当て直す。

しかし、再び無言——。

このまま切ってしまおうかとも思ったが、そうできなかった。第六感ともいうべき感覚で、この電話はとても重要である気がしたからだ。

「私は、文化部の土方といいます。お名前を教えて頂けますか？」

真琴は、できるだけ柔らかい口調を心がけながら、電話の向こうに呼びかけた。

沈黙――。

だが、わずかではあるが、息遣いに変化が現れた。

真琴は、ビジネスフォンのモニターに目を向けた。非通知にしているようで、相手の番号は表示されていない。

「用件は、何ですか？　私でよければ伺います」

辛抱強く問いかけると、電話の向こうで、ガサガサッと何かが擦《こす》れるような音がしたあと、〈おれ……〉と、男の声がした。

声のトーンは暗いが、声質自体はかなり若々しい。真琴はメモ帳に「二十代男性？」と書き込む。

「何でしょう？」

〈おれは……その……〉

言うべきか否か、まだ迷いがあるようだ。

「落ち着いて、仰《おっしゃ》ってみて下さい」

〈おれの言うこと……信じてもらえますか……〉

緊張しているのか、声が震えている。

ここで、「信じます」と口にするのは容易《たやす》い。しかし、立場上、無責任なことを言うことはできない。

真琴も記者の端くれだ。日頃から、主観ではなく、客観的な事実による判断をするよう心がけている。

とはいえ、この男が何を言おうとしているのかにも興味があった。

「話を聞かせてもらえないと、信じることもできません」

真琴が言うと、一瞬、迷うような間があった。

〈警察は、信じてくれなかった……〉

「何か事件にかかわることなんですか？」

〈おれ……見たんだ……〉

電話の向こうで、うっ——と小さく男が唸《うな》った。

「何を見たんですか？」

〈あの泉だよ〉

「泉——ですか？」

真琴は訊き返しながら、抽斗《ひきだし》を開け、市内の地図を取り出し、デスクの上に広げた。

〈西側にある泉だ〉

「西ですか？」

地図を目で追いながら訊き返す。

〈そうだ。高台の上にある〉

言われてみれば、市の西の外れに、高台があったような気がする。だが、あんなところに、泉があっただろうか？

考えを巡らせながら、地図に視線を走らせる。

ほんの小さく、地図に泉が記されていた。名称は書かれていないが、おそらくここで間違いないだろう。

――あった。

「その泉で、何を見たんですか？」

真琴は泉に赤ペンでチェックをつけながら訊《たず》ねる。

〈本当に、信じてくれるのか？〉

男はさらに念押しする。

信じる、信じないに、なぜここまで固執するのだろう。もしかしたら、男の見たものに関連しているのかもしれない。

「まずは、話して下さい。そうしないと、何の判断もできません」

責める口調にならないよう、細心の注意を払いながら口にする。

〈あの泉に……〉

声が小さくなったのか、電波状態の問題か、後に続く言葉が耳に入って来なかった。

「すみません。聞こえ難《にく》かったので、もう一度お願いします」

〈し……たい……だ……〉

「何です？」

〈あの泉には、死体がある――〉

苛立《いらだ》ったように男が言った。

「え？」

思わず訊き返した。

死体とは、穏やかではない。果たして、それは事実なのか？

〈やっぱり、疑ってるんだな――〉

男の口調が一気に変わった。

真琴の驚きを、疑いと判断してしまったようだ。

そうではないことを説明しようとしたが、それより先に電話が切れてしまった。

ため息を吐きながら受話器を置くと、編集長が「何だ？」と訊ねて来た。

今の奇妙な電話について、詳しく説明しようかと思ったが、止めておいた。たったこれだけの情報で、何かを判断することはできない。

「イタズラだと思います」

真琴が答えると、編集長は途端に興味を失ったようだった。

しかし、真琴の中の引っかかりは消えることはなく、半ば呆然《ぼうぜん》と地図を眺めた――。

後藤は、舌打ちをして携帯電話をジャケットのポケットに押し込んだ。

さっきから八雲に電話をしているのだが、電源を切っているらしく、いっこうにつながらない。

肝心なときに限って連絡が取れない。本当に、嫌な野郎だ。

「どうです？」

運転席で、ハンドルを握る石井が訊ねて来た。

「見て分からねぇのか」

後藤はぶっきらぼうに答えながら、助手席のシートに深く身を沈めた。

「あの……どうします？」

石井が質問を投げかけながら、車を停車させた。

「何がだ？」

「到着してしまいました」

石井が、いかにも残念そうに言う。

窓の外に目を向けると、教会が見えた。

白い壁に三角屋根の建物で、窓にはステンドグラスがはめ込まれている。いかにも教会然とした建物だ。

最近、建てられたか、改装されたらしく、古びた感じはしない。

中央には塔があり、鐘が設置されていた。屋根の上に掲げられた十字架が、太陽の光を受けて、眩《まぶ》しいくらいに輝いていた。

「どうもこうもねぇよ。取り敢《あ》えず、行くしかねぇだろ」

後藤が車を降りようとすると、石井が今にも泣き出しそうな顔で、腕を摑《つか》んで来た。

「あの……やっぱり、私たちだけでは……」

石井の不安は分からないでもない。

過去に、霊媒師を名乗る人物には、何度も会ったことがある。その度に、いいように振り回され、まんまと彼らの策略に嵌《はま》ってきた。

自分たちには、彼らの欺瞞《ぎまん》を見抜く目がないのだ。

その点、八雲は違う。死者の魂を見ることができる赤い左眼――それは、霊媒師を名乗る者たちと対峙《たいじ》するとき、圧倒的なアドバンテージになる。

それだけではなく、八雲は、類《たぐ》い希《まれ》な洞察力と分析力をもっている。それは、大きな武器になる。

八雲なしで霊媒師と対峙することは、敵地に丸腰で乗り込むのと同じだ。しかし、いないからといって、このまま引き返すわけにはいかない。

「ごちゃごちゃ言ってねぇで、さっさと行くぞ」

後藤は、石井の頭をひっぱたき、気持ちを切り替えてから車を降りた。

石井もしぶしぶといった様子だが、車を降りて来た。

後藤は、ゆっくりと歩みを進め、教会の門の前に立った。

間近で見ると、建物自体が、荘厳で圧倒的な存在感を放っているように感じるから不思議だ。

見る側の畏怖《いふ》が反映されているのかもしれない。

「邪魔するぜ」

後藤は、装飾の施された扉を押し開けて中に入った。

木製の梁《はり》に支えられた、アーチ型の天井になっていた。中央に、赤い絨毯《じゅうたん》の敷かれた通路があり、左右には会衆席が整然と並んでいる。

向かって左側に朗読台とオルガンが置かれていた。正面には祭壇があり、聖櫃《せいひつ》が置かれている。

壁面には、磔《はりつけ》にされたキリストの像が掲げられていた。

なぜ、こんな残酷な像を崇《あが》めるのか――キリスト教を信仰していない後藤には、まるで理解できなかった。

ふと、振り返ると、石井はまだ扉の外でオロオロしていた。

「早くしろ!」

後藤が怒声を上げると、おっかなびっくり、及び腰で石井が教会の中に入って来た。

改めて教会の中に目を向ける。

人の姿はなく、怖いくらいの静寂に包まれていた。

「誰もいないみたいです。帰りましょう」

石井は、そそくさと引き揚げようとしている。

臆病《おくびょう》にも程がある。

「逃げるんじゃねぇ」

後藤は、石井の腕を摑んだ。

「いや、でも……その……」

石井が不安げな顔で、しきりに辺りを見回している。

不思議なことや、怪異に興味があるクセに、いざ目の前にすると、ビビって何もできなくなる。

「シャキッとしろ」

後藤は、石井の背中に張り手をお見舞いした。

石井は跳ねるようにして、背筋を伸ばしたものの、怯《おび》えは消えていないらしく、「やっぱり帰りましょう」などと口にする。

「いい加減に……」

後藤が拳《こぶし》を振り上げたところで、ドアの開く音がした。

目を向けると、祭壇の奥にあるドアから、黒い礼拝服を着た男が姿を現した。

年齢は三十代後半くらいだろうか。頬がこけるほど痩《や》せていて、顔色は白いを通り越して、青いほどだ。鼻は高く、眉《まゆ》は太い。それとは対照的に、閉じていると思えるほど細い目をしていた。

その顔を見て、後藤は眉を顰《ひそ》めた。

──見覚えがある。

そう思ったが、どこの誰なのかは判然としない。苛立ちを抱えながら、記憶を辿《たど》っていると、礼拝服の男が目尻《めじり》を下げて、穏やかな笑みを浮かべた。

「どうか、されましたか？」

少し甲高く、特徴的な声だった。

──この声も知っている。

後藤の記憶が、何かを訴えるように、ざわざわと騒いだ。いや、今は、そんなことを考えているときではない。

「世田町署の後藤だ。ここに、戸塚貴俊って男が来てるだろ。その件について、話を聞きたい」

後藤が、警察手帳を呈示すると、礼拝服の男の表情が一気に崩れた。

警察と聞いた犯罪者が浮かべる蔑《さげす》みや、怯えではない。まるで、懐かしい友人に再会したときのような、砕けた笑みだった。

「後藤──後藤和利さんですね」

礼拝服の男は、親しみを含んだ口調で言った。

この反応――それに、名前まで知っている。やはり、自分は礼拝服の男を知っているらしい。だが、後藤の方は、まだ思い出せない。

「こんな恰好《かっこう》をしていたら、思い出せないのも仕方ないですね」

男は、両手を広げて自らの礼拝服に目をやった。

その口ぶりからして、ただの顔見知り程度ではないようだ。

何もなければ、思い出したふりをして、会話の中から探るところだが、今は状況が状況だけに、迂闊《うかつ》な真似はできない。

それこそ、霊媒師の罠《わな》かもしれないのだ。

「後藤刑事。お知り合いなんですか？」

石井が、小声で訊《たず》ねて来た。

後藤は返事をすることなく、真っ直ぐに礼拝服の男を見返した。

「お前は誰だ？」

ようやく、そう絞り出した。

緊張しているのか、口の中がからからに乾燥している。

「私です。桐野《きりの》光一《こういち》――覚えていませんか？」

礼拝服の男が言った。

それをきっかけに、後藤の中に燻《くすぶ》っていた記憶の断片が、一気に溢《あふ》れ出て来た。それと同時に、腹の底から熱をもった怒りが湧き上がる。

桐野光一――この男との記憶は、常に怒りと苛立《いらだ》ちの感情とともにある。

――おれは、こいつが嫌いだった。

思いがけず胸に去来した感情を、必死に押しとどめようとしたが、つい拳に力がこもる。

「あの……」

「黙ってろ」

後藤は、声をかけて来た石井を押し退《の》けた。

正直、まだ信じられなかった。確かに顔は似ている。声も記憶の中の男と一致しているが、それでも、受け容《い》れられなかった。

後藤の知る桐野は、他人に微笑みかけるような男でもなかったし、後藤との過去を懐かしむような間柄でもなかった。

水と油のように、混じり合うことなく、常にお互いを嫌悪していた。

それに、もし本当に桐野だとしたら、こんなところでいったい何をやっているのか？

その理由が分からない。

「桐野。お前、本当に桐野なのか？」

後藤は、信じられない、いや、信じたくないという思いで口にした。

桐野が大きく頷《うなず》く。

「少し痩せたので、分からないのも無理はないですね」

桐野は肩をすくめた。

そうだ。体型が全然違う。後藤の知っている桐野は、目の前の男より、一回り大きかった印象がある。

それに、他人を見下しているかのような、冷たい目をした男だった。

「嘘だ。お前は、桐野じゃない」

「まだ信じられないんですか？　なら、これは覚えていますよね」

桐野は、そう言って自らの左の眉の上を指差した。

そこには、三センチほどの傷があった。それを見た後藤は、胸にチクリと刺すような痛みを覚えた。

「桐野……」

後藤は、苦々しく吐き出した。

忘れようはずもない。あの傷は、誰あろう後藤がつけたものだ。

ぬらぬらとした、嫌な感覚が胸に広がる。

「わけあって、今はこの教会の牧師をやっています」

桐野が爽《さわ》やかともいえる笑みを浮かべた。

「ふざけんな！」

後藤は、怒りとともに吐き出した。

何が牧師だ。どんなに気取ろうとも、桐野に、そんな資格はない。

なぜなら、桐野は——人を殺しているからだ。そんな男が、涼しい顔で牧師など、到底受け容れられるものではない。

「何を、そんなに怒っているんです？」

「てめぇ、どの面下げて、こんなことやってやがる！」

後藤は桐野の胸ぐらを摑《つか》み上げた。

「変わらないですね」

状況に相応《ふさわ》しくない、穏やかな口調で桐野が言った。

その目は、どこか哀しげだった。

「後藤刑事。この方は、いったい誰なんです？」

石井が、オロオロしながらも訊ねてくる。

「こいつはな、元刑事だよ！」

後藤は、桐野を突き飛ばした。

よろよろと後退《あとずさ》りした桐野だったが、怒るでも、呆《あき》れるでもなく、相変わらず穏やかな笑みを浮かべていた。

「そ、それは、本当なんですか？」

石井が驚きの声を上げる。

「ああ」

桐野光一は、かつて刑事だった。しかも、一時期ではあるが、後藤とコンビを組んでいた男でもあった――。

9

「ねぇ、あの依頼、受けるの？」

晴香は、隣を歩く八雲に訊ねた。

賢人から、幽霊に憑《つ》かれた女性、佐和子を助けて欲しいと依頼されたものの、八雲はそれを受けるかどうかを明言しなかった。

「まだ、決めていない」

八雲は、ぶっきらぼうに答える。

「受ける気があるから、会いに行くんじゃないの？」

今は、賢人から、佐和子が入院している病院を聞き、取り敢《あ》えず、面会するために向かっている最中だ。

「今も言っただろ。まだ、決めていない」

八雲は、いつになく機嫌が悪いようだ。

「もしかして、賢人さんの話を疑ってるの？」

「いいや。彼の話には一貫性がある。おそらく、真実だろうと思う」

「だったら──」

助けてあげるべきだ──そう言おうとしたが、それを遮るように、八雲がピタリと足を止めた。

「彼の話が、真実であればこそ、安易には受けられない」

「え？」

「残念だが、ぼくは見えるだけだ。呪文《じゅもん》で霊を追い払うような真似はできない」

「うん」

八雲が、いつも口にしていることだ。

幽霊は死者の想いの塊のようなもので、呪文を唱えたところで、何の効力もない。仮に、できたとしても、それは、暴力で強制排除するのと同じだ──それが、八雲の考えだ。

だから、八雲は、死者の魂が彷徨《さまよ》っている理由を探り、その原因を取り除くという方法をとっている。

「つまり、事実であればこそ、解決できる保証はない──ということだ」

八雲の言葉に、晴香は哀しい響きを感じた。

前に八雲が言っていた。見ることしかできない自分がもどかしい──と。

傍観者に過ぎない自分の存在を、歯がゆいと思う八雲だからこそ、確証の持てないことは、口にしないのだ。

それだけ、真剣に事件に向き合っている証拠でもある。

分かったつもりでいながら、八雲の心情を察することができなかった自分が、酷《ひど》く卑しい存在に思えた。

「ごめん……」

晴香は、素直に頭を下げた。

八雲はなぜか迷惑そうに、表情を歪《ゆが》めた。

「別に、君が謝ることじゃない」

「だって……」

「気味が悪いから、それ以上は止めてくれ」

「ちょっ……」

本当に、一言で全部を台無しにする。

腹を立てながらも、晴香は再び歩き出した八雲の背中を追いかけた。

なぜだろう。その背中が、どこか寂しげに見えた。

ほどなくして、駅前にある病院に辿《たど》り着いた。受付で面会の手続きを済ませ、エレベーターで四階に上がり、病室に向かった。

ドアをノックしてから、病室の引き戸を開けた。

四人部屋だが、三つのベッドは空で、一番奥にあるベッドに、一人の女性が寝ていた。

先日まで、他のベッドも埋まっていたらしいが、佐和子にいくら止めて欲しいとお願いしても、歌を歌い続けていることから、患者たちが気味悪がって、部屋を替えてほしいと病院側に要望したらしい。

受付の看護師から、八雲が言葉巧みに聞き出した情報だ。普段は、ぶっきらぼうなのに、状況に応じて、態度をコロコロ変えられるのも八雲の特技の一つだ。

八雲と並んで、佐和子が寝ているベッドの脇まで近づいて行った。

今は眠っているらしく、佐和子は目を閉じ、小さく寝息を立てていた。腕に刺さった点滴が、痛々しい。

医師の診断では、自律神経失調症ということらしかった。医学的には、そう判断するしかないだろう。

八雲は、眉間《みけん》に人差し指を当て、険しい顔で佐和子を見下ろしている。

この反応――晴香には寝ている佐和子の姿しか見えないが、八雲には、別の何かが見えているに違いない。

「どう？」

晴香が訊《たず》ねると、八雲がふうっと息を吐いた。

「確かに、彼女には死者の魂がとり憑いている――」

八雲の言葉を受け、晴香はぐっと身体に力が入った。

死者の魂がとり憑いていると聞くと、佐和子の姿が、今までと違って見えるから不思議だ。

「どんな人なの？」

「女性だ。年齢は、ぼくらとたいして変わらない。ただ、死んだ当時ってことだけど……」

「そっか……」

自分と同じくらいの年齢で、命を落とした女性――。

いったい、何があったのだろうと、見知らぬ女性の人生に思いを馳《は》せる。だが、そんなことをしたところで、何かが分かるわけではない。

こちらの気配に気付いたのか、佐和子の瞼《まぶた》が、ゆっくりと開いた。

まるで生気のない目が、じっと虚空を見つめている。

呼吸が苦しそうだ。

毎度のことだが、こういうとき、どうしたらいいのか、晴香には分からない。八雲ではないが、何もできない自分を、苛立《いらだ》たしく感じる。

乾燥し、ガサガサになった佐和子の唇が、微《かす》かに動いた。

それと同時に、何かが漏れ聞こえたような気がした。

――何を言っているの？

顔を近付けようとしたが、八雲にぐいっと肩を摑まれた。

「何度も言わせるな。不用意に近づくな」

「ごめん」

ここは素直に詫《わ》びるしかない。

八雲の言う通りだ。佐和子にとり憑いている霊が、どういう性質のものか分からない。

そんな状態で、下手に近付けば、こっちがとり憑かれることになるかもしれない。

過去に、そういったケースが何度もあった。

「あなたは——誰ですか？」

長い沈黙のあと、八雲が囁《ささや》くような声で訊ねた。

佐和子の口が、さっきよりはっきりと動く。

発する声が、次第に、大きくなってくる。

「ねぇ……ばぁ……ま……」

質問の答えになっていない。意味不明な言葉の羅列だ。

「なぜ、この女性にとり憑いているんですか？」

八雲が別の質問を投げかけてみたが、それに対する答えはなく、呪文のような言葉が続くだけだった。

「……ごぉ……とぅ……」

弱々しい声に耳を傾けていると、あることに気付いた。その声には僅《わず》かではあるが、音程とリズムがあるような気がした。つまり——。

「これって歌——なのかな？」

晴香が目を向けると、八雲は小さくため息を吐いた。

「どうやら、そのようだ」

「何の歌だろう……」

「さあね。音楽は、君の方が詳しいだろう」

確かにその通りだ。晴香は、幼い頃からピアノを習っていたし、中学高校を通して、吹奏楽部に所属していた。大学に入ってからも、オーケストラサークルに籍を置いている身だ。

少なからず、音楽は知っているつもりだが、正直、これだけ途切れ途切れでは、何の歌かは分からない。

「ねぇ……あぁ……と……ぅ……」

考えを巡らせている間も、彼女の歌は続いている。

何の歌か分かれば、佐和子を救う手立ても見つかるかもしれない。だが、どうすれば――。

「あっ！」

晴香は妙案を思いついた。

携帯電話を取りだし、ムービーを起動させ、録画のボタンを押した。これで、今は分からなくても、あとで確認することができる。

三十秒ほど録画したところで、八雲が「もう行くぞ」と踵《きびす》を返した。

「え？　でも、まだ何も分かってないんでしょ」

晴香の言葉に、八雲は髪をガリガリとかきながら振り返った。

「これ以上、ここにいても、何の解決にもならない」

「どうして？」

「彼女は、何も訴えてはいない。ただ歌っているだけだ——」

今まで、何度か憑依《ひょうい》された人に会ったことはあるが、そのほとんどが、激しい憎悪や、何らかの未練を抱えていた。

おそらく、佐和子に憑いている霊には、そういったものがないということだろう。

「なぜ、歌っているの？」

「その原因が分からなければ、どうにもならない」

「どうすれば、それが分かるの？」

「簡単に分かったら苦労はしない……」

八雲は、そう言い残すと、さっさと病室を出て行ってしまった。

「そ……おぉ……ぐ……」

歌は、まだ続いている。

晴香は、一瞬、躊躇《ためら》ったあと、佐和子の歌声を背に八雲を追いかけた。

10

教会の会衆席に座った後藤は、朗読台の前に立つ桐野を睨《にら》み付けた。

桐野は、動揺するでもなく、凜《りん》とした佇《たたず》まいでそこに立っている。やはり、記憶の中の桐野と、目の前の男が一致しない。

後藤が初めて桐野と出会ったのは、八年ほど前のことだった――。

それまで、後藤の面倒を見てくれていた宮川が異動となり、桐野とコンビを組まされることになったのだ。

「桐野光一です。よろしくお願いします」

丁寧に腰を折って挨拶《あいさつ》をする桐野を見て、生真面目を絵に描いたような男だと思った。

桐野は、後藤より年下だし、高卒と大卒の違いもあり、経験年数も後藤の方が上だったが、それでも、準キャリアである桐野と階級は同じだった。

僻《ひが》みもあったのかもしれないが、インテリ然とした桐野のことを、最初から好きにはなれなかった。

「まあ、適当にやろうや」

後藤が言うと、桐野が怪訝《けげん》な顔をした。

「適当とは、どういう意味ですか？」

「何？」

「あなたは、規則違反が多いようですね。それは、適当にやった結果ですか？」

桐野は淡々とした口調で言った。

確かに、後藤は当時から規則違反が多かった。だが、それも破ろうとしてそうしたわけではない。

ときには、規則を破ってでも、やらなければならないことがある。警察の仕事は、規則を守ることではなく、市民の安全を守ることだ——確か、そんな主張をした。

それに対する、桐野の返答は、実に冷淡なものだった。

「あなたの発想は、犯罪者と同じです」

桐野は、冷ややかに言った。

「誰が犯罪者だ？　それに、犯罪者だって、おれたちと同じ人間なんだ！」

怒鳴りつける後藤を、桐野は冷めた目で見返した。

「秩序を乱す屑《くず》と、一緒にしないで下さい」

桐野は、差別的とも取れる言葉を、無表情で、無感情に言い放った。

その瞬間から、後藤は桐野のことが心底嫌いになった。人の感情を理解しようとしない、お前の方が屑だと罵《ののし》った。

そんな桐野がなぜ——。

「こんなことをやってやがる？」

後藤は敵意を剝《む》き出しにして訊《たず》ねた。

「こんなこととは、どういう意味ですか？」

「何で、警察官だった男が、牧師なんかやってるんだって訊《き》いてんだよ」

警察官だって転職することはあるが、よりにもよって牧師になっているなど、今まで聞いたことがない。あまりに、不釣り合いだ。

「私は、元々プロテスタントの信者だったし、大学も神学部を卒業しているんです。どちらかというと、警察官になったことの方が、驚かれましたよ」

桐野は、いかにも楽しげに笑ってみせた。

そういえば、かつて桐野に訊ねたことがあった。大学の神学部を出ておきながら、なぜ警察官になったのか？　と。

あのとき、桐野は何と答えたのだろう。考えてみたが、どういうわけか思い出せなかった。

「あの……本当に除霊ができるんでしょうか？」

口を挟んだのは、石井だった。

混乱していたせいか、今のいままで、隣に石井が座っていることを忘れていた。ついでに、思いがけず桐野と再会したことで、本来の目的まで忘れていた。

「除霊？」

桐野が首を傾げる。

何となく、それがわざとらしい態度に見えてしまった。

「お前、霊媒師を名乗ってるそうじゃねぇか」

後藤は、桐野を睨みつける。

「霊媒師？　何を言ってるんです？」

桐野は、両手を広げておどけてみせた。

本人にそのつもりはないのかもしれないが、挑発的な態度に見える。

「惚《とぼ》けるんじゃねぇ！」

後藤は、感情の昂《たか》ぶりに任せて立ち上がる。

「霊媒師と牧師は、全然違うものです」

「悪魔だか、悪霊だかを祓《はら》うといって、金を騙《だま》し取ろうとしているらしいじゃねぇか！」

「誰がそんなことを？」

「いい加減にしろ！」

摑みかかろうとした後藤を、石井が必死に止めにかかる。

「落ち着いて下さい。まずは、話を聞きましょう」

石井に指摘されたのは癪《しゃく》だが、確かに、少しばかり感情が先走っていたかもしれない。

牧師が桐野だった——という事実は、それほどまでに、後藤にとって衝撃的なものだったのだ。

とにかく、このままがなっていても、話が一向に進まない。ここは石井の言う通り、冷静に話を聞く必要があるかもしれない。

後藤は、深呼吸をしてから会衆席に座り直すと、顎《あご》をしゃくって石井に合図をする。

それを受けた石井は、戸惑いをみせながらも、自分たちがこの場所に足を運んだ理由を、仔細《しさい》にわたって桐野に語って聞かせた。

「なるほど——そういうことでしたか。ようやく、話が見えました」

話を聞き終えた桐野は、穏やかな笑みを浮かべながら言った。

「何が見えたんだ？」

後藤が睨み付けると、桐野は小さくため息を吐く。

「本当に、相変わらずですね。冷静さを失うと、見えなくなるものがありますよ」

「余計なお世話だ！」

知っている人物が相手だと、こうもやり難《にく》いのかと、今さらのように痛感する。

「まず、誤解を解かないといけないですね」

「言ってみろ」

「戸塚貴俊という青年から、悪霊云々《うんぬん》で相談を受けたのは事実です。それに、彼にとり憑いた霊を祓うとも言いました」

「だったら、誤解じゃねぇだろ！」

後藤は、再び立ち上がる。

今の説明は、開き直り以外のなにものでもない。

「だから、最後までちゃんと聞いて下さい」

桐野が呆《あき》れたように苦笑いを浮かべる。

子ども扱いされているみたいで、腹が立ったが、ぐっと感情を呑《の》み込んだ。

「戸塚君から、相談は受けましたし、それを解決するとも言いました。でも、それは、別の目的があってのことです」

「何だ？」

「そもそも、私は悪霊を含めて、幽霊の存在を信じていません」

「信じてない？」

後藤は、首を捻《ひね》るより他なかった。

「しかし、キリスト教では、悪魔は存在しているんですよね」

ここまで黙っていた石井が、急に会話に割り込んで来た。

――相変わらず、妙なところに食いつく野郎だ。

「悪魔と幽霊は、まったく別のものですよ。それに、私は悪魔の存在も信じていません」

「え？　でも、それでは……」

石井が困ったように眉《まゆ》を寄せる。

後藤も同じ気持ちだった。教会の牧師が、堂々と否定していいものか？

「私が信じているのは、キリストの奇蹟《きせき》ではありません。だからといって、聖書の教えを否定しているわけではありません。あそこに書かれているのは、人が生きていく上で、とても大切なことなのです」

「神そのものの存在は信じないが、教えの内容には共感する――ということか？」

後藤は、混乱しながらも口にした。

「まあ、そんなところです。意外かもしれませんが、科学がこれだけ発展した今、私のような考え方を持っている牧師も、少なくはありません。もちろん、口には出しませんけどね」

　あまりに、あっさり言うので、後藤は石井と顔を見合わせた。

　だが、考えてみればそうかもしれない。

　世界は神が七日間で創った――などという話を、本気で信じている方が、どうかしている。

「ついでに言うと、昔、カトリック教会には、エクソシストという役職がありました――」

　貴俊の家で、石井も同じことを言っていた。

「映画に出て来るやつだな」

「あの映画が、多くの誤解を招いたと言っても過言ではない」

　桐野が静かな口調で言う。

「何が言いたい？」

「確かにエクソシストという役職が存在したことがあります。しかし、それは、他宗派からの改宗を促すのが、本来の目的だったんです」

「悪魔祓いではないのか？」

「ええ。悪い言い方になりますが、他宗派の神を、悪魔と称して、改宗するように説得する――という意味合いもあったようです」

「そうだったんですか……」

なぜか、石井が残念そうに肩を落とした。

何にしても、話が脱線しているようだ。当初の疑問は別のところにある。

「幽霊を信じていないお前が、何で戸塚にとり憑いた霊を祓うなんて言ったんだ？　やっぱり、金を騙し取るつもりなんじゃねぇのか？」

「そうではありません。さっきも言った通り、私は幽霊の存在を信じていません。ですから、戸塚君の件も、心霊現象ではないと考えています」

「だったら、何なんだ？」

「思い込みによる、幻覚や幻聴の類《たぐい》です」

桐野は、キッパリと断言した。

「つまり悪霊の仕業ではない——と？」

石井が念押しするように桐野に問う。

「はい。ただ、そのことを本人に言っても納得しません。そこで、一芝居打つことにしたんです——」

ここまで聞けば、後藤にも桐野が何をしようとしていたのか、自《おの》ずと察しがつく。

「つまり、悪霊を祓ったことにして、本人を安心させようとしたってことか？」

後藤の質問に、桐野が大きく頷《うなず》いた。

その手法は、八雲も過去に何度か行っている。騙しているようで、後ろめたさは残るが、効果的な方法であることは確かだ。

「紛らわしいことしやがって……」

後藤は、身体の力が抜けて、へなへなと会衆席に座り込んだ。

——なぜ、おれは安心している？

自ら抱いた感情に、戸惑いを覚えた。

後藤は、桐野のことが大嫌いだった。殴りたいと思ったことは、一度や二度ではない。

といっても、そのほとんどが、後藤が一方的に感情を爆発させただけで、桐野は飄々《ひょうひょう》とそれをかわしていた。

その態度が、余計に後藤の苛立《いらだ》ちを増幅させもした。

それでも、かつての相棒が、インチキ霊媒師に成り下がったとあっては、後味が悪い。

いや、もしかしたら自分は——。

後藤は、頭に浮かんだ考えを振り払った。

「お前は、本当に騙すつもりはないんだな？」

後藤は改めて桐野に目を向ける。

「もちろん。私は、嘘はつきません。それは、よく知っているでしょ」

真っ直ぐに見返す桐野の目に、淀《よど》みはなかった。警察官時代、後藤と言い争ったときも、桐野はよくこういう目をしていた。

いけすかない奴だったし、後藤とは価値観がまるで違っていたが、桐野は絶対に嘘はつかなかった。それは、間違いない。

「分かった」

後藤が言うと、桐野が笑った。

「相変わらずですね」

「厭《いや》みか？」

「いや、羨《うらや》ましいと思っただけです」

桐野が、はにかんだように笑った。

「そういうのを、厭みだって言うんだよ」

後藤は、舌打ち混じりに言った。

「そういうところも変わっていないですね」

そう言って桐野は、昔を懐かしむように目を細めた。

桐野は、こんな風に感傷に浸るタイプの男ではなかったし、嘘でも後藤のことを羨ましいなどと言ったりはしなかった。

桐野は、理性と思考の人物だったのだ。

――いったい何があった？

疑問は残るが、ここでそれを問い質《ただ》すのは憚《はばか》られた。

「取《と》り敢《あ》えず、今日のところは帰る」

後藤が席を立ち、教会を出て行こうとすると、桐野に呼び止められた。

「何だ？」

「もし、心配だったら、明日《あした》、ここに顔を出してはいかがですか？」

思いもよらぬ申し出に、後藤は思わず石井と顔を見合わせた。

桐野は、後藤に立ち会ってもらうことで、悪意がないことを証明したいのかもしれない。

「考えておく――」

後藤は、そう言い残して教会をあとにした。

11

晴香は、八雲の背中を追いかけて、雑木林を歩いていた――。

木の間を、縫うように進んでいく。地面は枯れ葉で覆い尽くされている上に、ぬかるんでいてひどく歩きにくい。

鬱蒼《うっそう》として、何だか気味の悪い場所だった。

病院を出たあと、八雲はどこに行くかは口にしなかった。それでも、ここまで来れば、どこを目指しているのか、自ずと察しがつく。

事件の発端となった泉――鏡湧泉を目指しているのだ。

「ここか……」

しばらく進んだところで、八雲が足を止めた。

背中越しに覗《のぞ》き込むと、想像していた通り泉があった。

ぐるりと一周したら、百メートルくらいだろうか。ちょうど真ん中には、まるで何かの目印のように、大きな岩が突き出ている。

晴香には、それが墓標のように見えた。

風がなく、水面が凪《な》いでいて、まるで鏡面のように輝きを放っていた。

「ここが鏡湧泉――」

「ああ」

雑木林を歩いているときは、どんなおどろおどろしい泉かと思っていたが、泉自体は美しく、風情が感じられた。とても呪いがあるとは思えない。

八雲は、ガリガリと髪をかき回したあと、屈《かが》み込んで、泉を覗いた。

「ちょ、大丈夫なの？」

ここは、人の真実の姿を映し、それを見た者は呪い殺されるという伝説があるのだ。

それを、不用意に――。

「まだ、あんな迷信を信じているのか？」

八雲は、呆《あき》れた口調で言いながら、泉の中に手を差し入れた。

「別に、そういうわけじゃないけど……」

ただの噂だと頭で分かっていても、心から怯《おび》えが完全に消えるわけではない。思考と感情は、常に乖離《かいり》しているものだ。

それに、佐和子の件もある。真実を映す、映さないは別にして、ここで何かあったのは確かなのだ。

「そもそも、真実の姿とは何だ？」

八雲が立ち上がり、濡《ぬ》れた手をジーンズにこすりつけながら言った。

その目は、鋭い光を放っているようだった。

「それは……」

すぐに答えが思いつかなかった。

「真実とは、いったい、誰にとっての真実のことを言っているんだ？」

「どういう意味？」

「事実だけをつなぎ合わせた、客観的な事柄が真実なのか？　もし、そうだとしたら、ここに映るのは、鏡と同じで、ただの映像に過ぎない」

八雲の目に、暗い影が差したようだった。

はっきりと理解したわけではないが、感覚としては分かる。

「もしかしたら、その人も気付かない、心の底のことを言ってるのかも——」

晴香は、思いついたことを口にする。

「あくまでそれは、自分自身の深層心理に過ぎない」

「それって、真実の姿じゃないの？」

「違う」

即答だった。

「どうして?」

「そもそも、人の姿は、多面的なものだ。どれも真実であり、どれも真実ではない——」

八雲は強い口調で言うと、じっと泉に目を向けた。

——その視線の先には、いったい何が見えているんだろう?

晴香は、足を踏み出して八雲の隣に肩を並べた。しかし、そうしたところで、晴香に見えるものは何も変わらない。

一陣の風が吹き、一気に体温を奪い去っていったようだった。

「ねぇ、何か見える?」

晴香は、少しだけ八雲に身を寄せながら訊《たず》ねた。

「君は何も分かってないな」

八雲は、小さく首を振ったあと、泉の縁に沿ってゆっくりと歩き始めた。

「何が?」

晴香は、八雲のあとを追いながら訊ねる。

「さっき病院で会った、佐和子という女性が、この場所で霊にとり憑《つ》かれてたのだとしたら、ここには、もう霊はいない」

言われてみれば、その通りだ。ここにいた霊は、今は佐和子の身体の中にいるのだ。

納得すると同時に、疑問が生まれた。

「だったら、何でわざわざ足を運んだの？」

「何も分からずについて来たのか？」

八雲が、呆れたように言う。

「だって何も教えてくれなかったじゃない」

「まったく……考え方を変えてみろ」

八雲が、ピタリと足を止め、ガリガリと髪の毛をかき回す。

「どういうこと？」

「この場所に幽霊が出たということは、この場所で、誰かが死んだ——或《ある》いは、死んだ人間は、この場所に特別な思い入れを持っている——ということだ」

「あっ、そうか……」

ようやく合点がいった。

つまり八雲は、その痕跡《こんせき》を見つけ出そうとしているというわけだ。

八雲は、再び泉の縁に沿って歩き出した。

半周ほどしたところで、八雲がふと足を止め、泉に背を向けた。

晴香も、同じ方向に目を向ける。

高台になっていることもあり、そこからは街並みが一望できた。

いつもは、雑多でごみごみしていると感じているのに、こうやって俯瞰《ふかん》して見ると、綺麗《きれい》だと感じるから不思議だ。

もしかしたら、人生もそんなものかもしれない。

慌ただしく、殺伐とした日常も、ふと足を止めて振り返ってみれば、美しく、輝かしいものかもしれない——。

「なぜ、彼女は歌を歌い続けているんだと思う……」

不意に、八雲が呟《つぶや》くように言った。

さっきの佐和子の姿が、脳裡《のうり》を過《よ》ぎり、彼女の声が、耳朶《じだ》に蘇《よみがえ》る。

囁《ささや》くように続く歌声——。

ただの印象でしかないが、あれは、今まで見て来た憑依《ひょうい》現象とは、明らかに違う。怒りや憎しみといった強い感情の発露がないのだ。

かといって、何か未練を残しているようでもない。

だからこそ——。

「分からない」

「それが分からなければ、彼女の迷いを祓《はら》うことはできない」

八雲は幽霊を、死んだ人の想いの塊だと捉《とら》えている。

だから、とり憑いた霊を鎮めるためには、お経や呪文《じゅもん》を唱えるのではなく、幽霊がなぜ現世を彷徨《さまよ》っているのか、その原因を見つけ出して解消する。それが八雲のやり方だ。

だからこそ、なぜ、歌を歌い続けているのかが分からなければ、手の施しようがない。

晴香には、歌を歌っている理由は分からない。ただ——。

「私には、あの歌がとても優しい歌に聞こえた」

晴香が言うと、八雲が小さく笑った。

「君らしいな」

「え？」

「君は、すぐに感情移入して、同情的になる」

「どうせ私は……」

残念ながら、強く否定することができない。

「ぼくには、あの歌は、もっと別のものに聞こえた」

「どう聞こえたの？」

「そうだな――たとえるなら……」

「こんにちは」

八雲の言葉を遮るように声がした。

視線を向けると、そこには知っている人物の姿があった――。

12

真琴は、新聞社にかかって来た奇妙な電話が頭から離れず、話に出て来た泉に足を運ぶことにした。

──なぜ、あんな電話をかけて来たのか?

──死体があるとは、どういうことなのか?

そうした疑問を頭の中で反芻《はんすう》しながら、泉へと通じる雑木林を歩いた。

やがて、拓《ひら》けた場所に出て、目当ての泉が現れた。

聞いたこともない場所だったので、ここに来るまでは、酷《ひど》く荒《すさ》んだ光景を想像していたが、実際に目にすると、その考えは一気に吹き飛んだ。

太陽の光を受け、キラキラと輝く水面は、神々しくもあった。

そこに佇《たたず》んでいると、微《かす》かに人の話し声が聞こえた。視線を向けると、泉の縁を歩くカップルの姿が見えた。

知っている二人だった。八雲と晴香だ。

彼らとは、ある事件をきっかけに知り合った。今、思い出してもぞっとする。何せ、自分自身が霊にとり憑かれたのだ。

あのとき、赤い左眼をもつ八雲によって、真琴は救われた。それ以来、色々と縁があり、協力したり、されたりの関係だ。

彼らが、ここにいるということは──。

真琴は駆け足で二人に近付き、「こんにちは」と声をかけた。

「真琴さん!」

晴香が、驚いて目を丸くしている。

彼女がすると、そんな顔でも、かわいらしく見えてしまうから不思議だ。

八雲の方は、相変わらず何を考えているのか分からない顔で、「どうも」と肩をすくめてみせる。

「今日はデート？」

二人の関係が進展していないことは、容易に想像がついていたが、敢《あ》えて口にしてみた。ちょっとしたイタズラ心だ。

「ち、ち、違います」

晴香は、顔を真っ赤にして否定する。

ブリッ子なのではなく、これが彼女の素の姿なのだ。こういう純粋さが、自分にもあったら——と羨《うらや》ましく思う。

「こいつとデートするほど、ぼくは暇じゃありません」

八雲は、無表情のまま言う。

感情を押し隠すのが上手《うま》いのか、実際、何も感じていないのか、真琴には判断できない。おそらく、晴香にもそれが分からないからこそ、関係が進展しない。

「何よ。その言い方」

「事実を述べたまでだ」

「私だって、別に……」

八雲と晴香の、微笑ましいやり取りが続いているが、用件は別にある。真琴は「あの

「八雲君が、ここにいるってことは、心霊がらみのトラブルですか？」

──」と、二人の会話に割って入った。

真琴は探るような視線を向けながら訊ねた。

「そうなんです。あっ、でも、今回は、私が持ち込んだんじゃないです」

答えたのは晴香だった。

自分が持ち込んだのではないということを、特に強く主張した。日頃、八雲からトラブルメーカーと揶揄《やゆ》されていることを、気に病んでいるからだろう。

「真琴さんは、どうしてここに？」

八雲が、すっと目を細めた。

恐ろしく勘のいい八雲のことだ。真琴が目的をもって、この場所に足を運んだことは察しがついているはずだ。

「実は──」

真琴は、今朝かかって来た、奇妙な電話の内容を、八雲と晴香に語って聞かせた。

全てを話し終えると、八雲が「そうですか……」と小さく呟いた。

「ねぇ。八雲君。関係あるんじゃない？」

晴香が、少し興奮した調子で言う。

「この泉で、幽霊にとり憑《つ》かれた女性がいるんです」

八雲が小さく頷《うなず》いたあと、淡々とした口調で言った。

――やっぱりそうか。

「もし、今朝の電話の主が言っていたことが真実だとすると、辻褄《つじつま》が合いますね」

真琴が言うと、八雲は苦い顔をした。

「まだ、断定するのは早いです」

「どうして？」

「電話の主が言ったことが、真実とは限りません。偶然、今回の心霊現象との符合をみせただけかもしれません」

八雲は、あくまで慎重な論調だった。

先入観で物事を捉えることを嫌う、八雲らしい発言だ。

「でも、偶然にしては出来過ぎじゃない？」

晴香が口を挟む。

「この程度の偶然は、起こり得るんだ。発想を変えれば、その電話の主は、この場所に心霊現象があるという噂を知っていた。それで、死体があるという話をでっち上げたとも考えられる」

理路整然と言う八雲の言葉を受け、晴香が「そっか……」と意気消沈する。

「それに――」

八雲は、一つ間を置いてから、言葉を続ける。

「その電話の主が言っていた死体と、今回の霊の死体が、同一であるとは限らない」

「それも一理ありますね」

真琴は感心する。

八雲は、常にあらゆる可能性を考慮しているのだ。

「何にせよ、素性の知れない男の話を、単純に鵜呑《うの》みにすべきではないです」

辛辣《しんらつ》とも取れる言葉だが、八雲に言われるとすんなり受け容《い》れられるから不思議だ。

とはいえ、無視できるものではない。真琴がそのことを八雲に伝えると、彼は「同感です」と頷いた。

「それで、晴香ちゃんたちは、いったいどんなトラブルを抱えているの？」

真琴の許《もと》にかかって来た電話と、関係しているようなことを言っていた。何がどう関係しているのか、気になるところだ。

「実は……」

晴香が、ここに至るまでの経緯を、丁寧に説明してくれた。

泉で起きた心霊現象。それ以来、とり憑かれてしまった女性。しかも、その女性は、歌い続けているのだという。

確かに、自分の許にかかって来た電話の一件と、関係していると考えるのも頷ける内容だ。

「ねぇ、これからどうするの？」

晴香が、八雲のワイシャツの裾《すそ》を引っ張る。

「一度、この泉をさらってみる必要がある」

八雲はぐいっと左の眉《まゆ》を吊《つ》り上げながら言った。

確かにそれが一番手っ取り早いだろう。しかし、そこには大きな問題が横たわってい
る。

「この泉を、この人数で捜すのは、かなり厳しいです」

しかも、この季節だ。

真冬とまではいかないが、水温はかなり冷たい。とてもではないが、耐えられるもの
ではない。

「簡単ですよ」

八雲は、そう言いながら携帯電話を取りだした。

「え？」

「こういうときのための、国家権力じゃないですか」

ニヤリと笑ったあと、八雲はどこかに電話をかけ始めた。おそらくは、後藤と石井を
引っ張り出すつもりなのだろう。

振り回される後藤と石井も大変だ。真琴が、苦笑いを浮かべたところで、ふと誰かの
視線を感じた。

——誰？

素早く視線を走らせた真琴は、木の陰に隠れるようにして、じっとこちらを窺《うかが》ってい

る人影を見つけた。

「何かありました？」

晴香が、心配そうに訊《たず》ねてくる。

「あの木陰に、人がいるみたい」

真琴は囁《ささや》くような声で晴香に伝える。

晴香は、じっと目を凝らすが、何も見えなかったらしく、確認するためか、足を踏み出そうとした。

真琴は、慌てて腕を摑《つか》んでそれを制する。

「待って。気付かれたら、逃げられるかも。素知らぬ顔で、歩きながら確認してみるわ」

小声で告げると、真琴は帰る素振りをみせながら、岸に沿って歩き始める。

木陰の人物との距離が、わずかに縮まり、さっきよりはっきりと、その姿が確認できた。

若い男だ。暗闇の中で、大きなギョロッとした目が浮かんでいるようだった。額の右側に、大きな傷があった。

——もしかして。

あの木陰の男こそ、今朝、新聞社に電話して来た張本人かもしれない。根拠はない。ただの勘だ。

しかし、一度その考えが浮かぶと、もうそれしか当て嵌《は》まらないような気がした。

「確かに誰かいますね……」

晴香も確認できたらしく、囁くように言った。

問題は、ここからだ。距離は縮めたものの、まだ十メートル以上は離れている。普通に近づくべきか――しかし、そうした場合、逃げられてしまう可能性が高い。

真琴が考えを巡らせている間に、男は踵《きびす》を返した。そのまま、雑木林の中を歩いて行く。

もう迷っている余裕はない。

「待って！」

真琴は、声を上げると同時に駆け出した。

男が一瞬だけ立ち止まる。

「今日、電話をしてきたのは、あなたでしょ」

真琴がさらに言葉を重ねると、男は脱兎《だっと》の如く駆け出した。真琴は、すぐさまあとを追いかけた。

雑木林の中に入り、必死に男の背中を追う。

しかし、暗く視界が悪い上に、林立する木々に邪魔されて、思うように前に進むことができない。

男との距離は、近づくどころか、離れていく一方だ。

「待って下さい！」

真琴は、声を上げるのと同時に、足を滑らせ、尻餅《しりもち》をついてしまった。

すぐに立ち上がり、顔を上げたのだが、そのときにはもう、男の背中は闇の中に消えていた——。

13

「邪魔するぜ」

勢いよくドアを開ける後藤に続いて、石井も部屋に足を踏み入れた。

明政大学のB棟裏手にある、プレハブの建物の一階の一番奥の部屋。〈映画研究同好会〉の部室だ。

「邪魔だと分かっているなら、帰って下さい」

部屋の主《あるじ》である八雲が、いつもの仏頂面で椅子に腰かけていた。

「てめぇが呼んだんだろうが！」

よせばいいのに、後藤がむきになって怒る。

石井は、毎度のやり取りに半ば呆《あき》れながらも、仲裁に入る。予想していた通り、後藤に頭をひっぱたかれ、ようやく場が落ち着いた。

「後藤さん。石井さん。お茶でいいですか？」

声をかけて来たのは、部屋の隅で微笑みとともに、やり取りを見守っていた晴香だった。

「は、晴香ちゃん！」

思いがけず晴香に出会えたことに、石井は歓喜の声を上げる。

相変わらず、天使のような微笑みだ。晴香の、あの微笑みを自分のものにできるなら、死んでもいいとすら思える。

「ニヤニヤしてんじゃねぇ」

後藤の拳骨《げんこつ》が落ちた。

危うく、舌を噛《か》むところだった。

「後藤さんに、ちょっと頼みたいことがあったんです——」

後藤と石井が並んで座ったのを見計らって、八雲が慎重な口ぶりで切り出した。

「おれも、お前に、頼みたいことがある」

そう返したのは後藤だ。

晴香は、冷蔵庫から出したペットボトルのお茶を、後藤と石井の前に置くと、八雲の隣にちょこんと座った。

何だか、新婚夫婦の家に遊びに来たような感覚に陥る。

——いや、ダメだ。

八雲と晴香がくっつくなど、あってはならないことだ。

「何です？」

石井の心中など、知る由もない八雲が、頬杖《ほおづえ》をつきながら訊ねて来た。

「ちょっと、心霊がらみの事件に巻き込まれていてな……石井」

後藤が、顎《あご》で合図をする。

どうやら、自分で説明するつもりはないらしい。石井も、さして話が得意ではないが、逆らえばまた拳骨が飛んでくる。

しぶしぶではあるが、戸塚貴俊の身の上に起きた心霊現象から、教会の牧師が、その相談に乗っていて、除霊と称した説得を行おうとしていることなどを、仔細《しさい》にわたって説明する。

途中、牧師の桐野が、元刑事で、後藤とコンビを組んでいたらしい——と口にすると
「余計なことを喋《しゃべ》るんじゃねぇ」と、後藤の拳骨が落ちた。

「その泉って、もしかして、高台にあるやつですか？」

説明を終えたあと、真っ先に口を開いたのは晴香だった。

「はい。そのようです」

石井が答えると、晴香が驚いたように目を丸くする。

「今、八雲君がかかわっている事件って、まさにその泉にまつわるものなんです」

「八雲！　本当か？」

後藤が、ずいっと身を乗り出す。

「気持ち悪い顔を、それ以上近付けないで下さい」

八雲は、身体を反らして、露骨に嫌な顔をする。

「てんめぇ！」

よせばいいのに、後藤が再び怒りを爆発させる。

気持ちは分かるが、八雲の言うことに、いちいち反応していては、身がもたない。

「後藤刑事。それより八雲氏の話を聞きましょう」

石井は、後藤を宥《なだ》めてから八雲に視線を向けた。

てっきり、八雲が説明するのかと思っていたが、彼は晴香に視線を向け、黙《だんま》りを決め込んだ。

晴香は、「もう」と、不満そうにため息を吐く。

その気持ちは、ついさっき同じ経験をした石井には、痛いほどに分かる。

「実は、今日、宇都木さんという人が、相談に来たんです。その人の話では――」

晴香は、宇都木賢人という青年から持ち込まれた心霊現象の相談から、霊にとり憑《つ》かれ、歌を歌い続けている女子学生に会いに行ったこと、さらには、真琴の許《もと》にかかって来た、奇妙な電話について、事細かに話をした。

「つまり、私たちの追いかけているものと、八雲氏のかかわっている事件は、同じ――ということですね」

晴香の話を聞き終えた石井は、驚きとともに口にした。

「そのようです」

八雲が、あくびを噛み殺しながら答えた。

いかにも興味なさそうにしているが、これが見せかけの態度であることを、石井は知っていた。

悔しいが、八雲は死者の魂が見えるというだけでなく、類《たぐ》い希《まれ》な頭脳を持ち、今まで何度も事件を解決に導いて来た。

すでに、頭の中では、幾つかの推理を組み立てているに違いない。

「八雲。お前は、どう思う？」

後藤が険しい顔で訊《たず》ねた。

「質問が抽象的過ぎて、返答のしようがありません」

八雲が素っ気なく言う。

「だから、あれだよ。その……」

後藤が口籠《くちご》もる。

何から質問すべきか、頭の中が整理できていないのだろう。

「あの……桐野さんという牧師さんは、信頼できるのでしょうか？」

後藤にかわり、石井が疑問を投げかけた。

「それについては、ぼくより、後藤さんに判断を仰いだ方がいいと思います」

八雲は、チラリと後藤に目を向けた。

後藤はすぐに答えが出せないらしく、苦い顔をして黙っている。

「おれの知ってる桐野は、いけすかねぇ野郎だが、平然と嘘を吐くタイプじゃねぇ」

しばらくの沈黙のあと、後藤は苦々しく言う。

「まあ、話を聞く限り、その桐野さんという牧師は、騙《だま》すつもりは無さそうですね」

八雲は、頬杖をつく。

それはそうかもしれない——と石井も思う。

もし、騙すつもりなら、幽霊を信じないなどと公言しないし、除霊に警察を立ち会わせようとはしないはずだ。

だが、そうなると問題なのは——。

「戸塚貴俊さんは、本当に幽霊にとり憑かれているんでしょうか？」

石井は、不安とともに口にした。

もし、貴俊に本当に幽霊がとり憑いていた場合、桐野のやることは、まったくの無駄だし、下手をすれば、霊を怒らせて事態を悪化させるかもしれない。

「見てみないことには、何とも言えませんね」

八雲は眠そうに目を擦《こす》りながら言った。

確かにその通りだ。今の話だけでは、判断のしようがない。

「でも……佐和子さんに、幽霊がとり憑いているんでしょ。だったら、戸塚さんという人には、何も憑いていないんじゃないの？」

別の疑問を口にしたのは、晴香だった。

「彷徨《さまよ》っている霊は、一人とは限らない」

八雲が、ガリガリと寝グセだらけの髪をかき回しながら言った。

何気なく言った言葉だが、石井は背筋がゾクリとした。

「つまり、戸塚さんにも、霊がとり憑いている可能性があると？」

石井が念押しするように言うと、八雲が小さく頷《うなず》いた。

「だったら、それを確認しろ」

後藤が、腕組みしながら言う。

命令口調が気に入らないらしく、八雲がぐいっと左の眉《まゆ》を吊《つ》り上げた。

「人にものを頼むときは、何て言うんでしたっけ？」

挑発的なもの言いだ。

「ふざけんな！　お前も、さっき頼みがあるって言ってただろ」

「覚えてたんですか」

八雲は、何食わぬ顔で言う。

「だったら、貸し借りなしだろうが」

「まあ、いいでしょう」

八雲が肩をすくめるように言った。

相変わらず、狡猾《こうかつ》な人物だ。八雲が詐欺師に転身したら、とんでもない凄腕《すごうで》になりそうだ。

「で、八雲氏の頼みとは、何ですか？」

石井が訊ねると、八雲がニヤリと意味深長な笑みを浮かべた。

思わず、後藤と顔を見合わせる。

何だか酷《ひど》く嫌な予感がした――。

14

貴俊は、ベッドの上にじっと座っていた――。

窓のカーテンは閉まっていて、外の様子は分からないが、もう夜になっているだろう。

「ぐうぅ」

貴俊は、背中を丸めながら唸《うな》った。

夜が恐ろしかった。

あの声が聞こえて来るのは、決まって夜だ――。

部屋の明かりは点《つ》いているが、そんなものが、何の役にも立たないことは、今までの経験からよく分かっている。

ふと、時計に目を向ける。

夜の九時を回ったところだった。布団を被《かぶ》って眠ることも考えたが、その方が、より一層恐ろしい。

眠っていても、その声は聞こえてくるからだ。

母親の由希子は、貴俊の体験する現象を、端《はな》からイタズラだと思い込んでいる。父親に至っては、興味すらないようだ。

今日来た刑事たちも、どこか半信半疑だった。

よく考えてみれば、それも仕方ないかもしれない。自分が、逆の立場だったら、こんなバカげた話は信じなかっただろう。

真剣に貴俊の話を聞いてくれたのは、牧師の桐野だけだった。

彼が、本当に除霊ができるかどうかなど、貴俊に分かるはずもない。テレビに出て来る霊媒師など、そのほとんどがインチキだと聞く。

だが、そんなことは問題ではない。

貴俊が抱える問題と真剣に向き合ってくれるか否かだ。

今のこの状況では、貴俊には、それが何より大切だった。正直、理解してくれる人なら、相手は誰でもいい。

貴俊を苦しめていたのは、恐怖だけでなく、信じてもらえない孤独でもあった。

「何で、おれだけ……」

貴俊は、半べそをかきながら口にした。

あんな場所に行くべきではなかった。だが、今さら後悔しても、もう手遅れだ。

脳裡《のうり》に、鏡湧泉で見た光景が蘇《よみがえ》る。

その瞬間、背筋が凍りつき、貴俊は「うわぁ！」と叫び声を上げながら、頭の中の映像を振り払った。

しかし、いくらそうしたところで、あそこで見たイメージは、頭にこびり付いて離れない。

どこまでも、貴俊を追い詰めてくる。

冗談半分で泉を覗《のぞ》き込むと、そこには自分の顔ではなく、別のものが映り込んでいた。

それは、女の顔だった。

頭から血を流し、恨めしげに貴俊をじっと見返してくる女——。

貴俊は、その女の顔を知っていた。だからこそ、ここまで怖れているのだ。

耳の奥で、キィーンと甲高い音がした。

貴俊は、はっと顔を上げる。

——予兆が始まった。

あの声が聞こえる前触れだ。貴俊は、無駄だと分かっていながら、両手で耳を塞《ふさ》いだ。

〈許さない——〉

哀しみ、いや、怒りに震えた声が貴俊の耳に届いた。

「止めろ！　止めろ！　止めろ！　おれは、関係ない！」

繰り返し叫ぶが、そんなことはお構い無しに、声は貴俊の鼓膜を揺さぶる。

〈殺してやる。無残な方法で、お前を殺してやる〉

「うわぁ！」

貴俊は、叫び声を上げた。

——もう限界だ。

これ以上、こんなことは耐えられない。気付いたときには、貴俊は部屋を飛び出していた。

15

「ったく。八雲のせいで、あちこちから非難囂々《ごうごう》だ」

後藤が椅子にふんぞり返って煙草に火を点けた。

〈未解決事件特別捜査室〉に戻ってから、後藤は延々と愚痴をこぼしている。石井は「はぁ」と曖昧《あいまい》な返事をするばかりだ。

後藤の気持ちは、分からないでもない。

八雲から出された交換条件は、市の西側の高台にある、鏡湧泉という泉の大々的な捜索だった。

——死体が眠っているかもしれない。

それが、八雲の言い分だった。その可能性は大いにあると石井自身も思う。

今までの経験から、幽霊が出るところに、死体が眠っているというケースは往々にしてある。

だが、あの泉の中を捜索するとなると、相当な人員が必要になるし、水の中の捜索のためにダイバーも出さなければならない。

後藤は、その交渉に当たっていたのだが、何せ理由が曖昧だ。幽霊が出るから——などと言ってみたところで警察は動かない。

「で、お前の方はどうなんだ？」

後藤が、資料と睨《にら》めっこをしている石井に訊《たず》ねて来た。

石井の方は、あの場所で、過去に殺人、自殺、もしくは事故などで、亡くなっている人がいないか、過去の資料を遡《さかのぼ》って確認していた。だが——。

「今のところ、何も……」

十五年ほど前まで確認しているのだが、あの鏡湧泉で殺人、自殺、事故などで死亡した人の記録はない。

「本当に、ちゃんと確認したのか？」

「もちろんです」

目を皿のようにして、取り組んだのだ。見落としはないと自信を持って言える。

こうなると、やはり泉の捜索に賭《か》けるしかない。そこで、死体が発見されれば、それが幽霊の正体ということになる。

しかし、もし見つからなかったら、どうなるのだろうか？

貴俊に憑いている霊が、本物かどうかの確認は取れていないが、少なくとも、佐和子という女性は、あの場所で幽霊にとり憑《つ》かれたのだ。

――その幽霊は、いったい何処からやって来て、なぜあの場所に留《とど》まっているのか？

疑問だらけで、頭がこんがらがって来た。

「聞いてんのか！」

後藤の拳骨《げんこつ》で、現実に引き戻された。

「はい？」

はっきり言って、途中からまったく聞いていなかった。

後藤は呆《あき》れたように舌打ちをしながらも、改めて口を開く。

「お前は、どう思うんだ？」

「何がです？」

「だから、今回の事件だよ」

「事件というか――正直、現段階では、警察が介入すべきことは、何も起きていません」

石井の言葉に、後藤が驚いたように目を丸くした。

そんな顔をされても、それが事実だ。貴俊の件に関しては、イタズラだという証拠はないし、八雲に見てもらっていないので、本物だという確証も得られていない。

桐野についても、一切の金銭要求をしていないのだから、詐欺行為を行っているわけではない。

真琴にかかって来た電話も、肝心の死体が見つからない。

これでは、どうもこうもない。何だか、煮え切らない。それに、石井にはもう一つ気になることがあった。

「後藤刑事」

「何だ？」

「桐野さんは、元相棒ということでしたよね」

「ああ」

「どんな人物だったんですか？」

石井は、おそるおそる訊ねた。

もちろん、状況を把握するために、桐野の人となりを知っておきたいというのもあるが、それとは別に、個人的に後藤の過去――というものに興味があった。

今の後藤の性格は、よく知っているつもりだが、その過去については、まったくといっていいほど知らない。

桐野の存在は、それを紐解《ひもと》くきっかけであるような気がした。

「冷たい目をした男だったよ……」

後藤が、虚空を見つめながら口にした。

「冷たい目？」

「ああ。世の中の全てを疑《うたぐ》ってる――そんな目だ」

「何だか、八雲氏みたいですね」

「一緒にするな。全然違う」

後藤が、怖い目をしながら言った。

「す、すみません……」

謝りはしたものの、考えを改めたわけではない。

八雲もまた、世の中の全てを否定しているような、冷たい目をすることがある。

「とにかく奴は、取り調べでも、聞き込みでも、やたらと高圧的で、犯罪者全部を屑《くず》だって言い切ってやがった」

「確かに、少し偏っているかもしれませんね」

「少しじゃねぇよ。物的証拠が全てで、犯人を特定すること以外は、まるで興味がなかった。なぜ、事件が起きたかなんて、奴にとっては、どうでもいいことだったんだよ」

後藤は舌打ち混じりに言う。

「そんな……」

「奴と、傷害事件の取り調べをしたことがあった。会社の役員が、帰宅途中にナイフで斬りつけられたって事件だ」

「通り魔ですか？」

「いや、そうじゃない。容疑者として上がったのは、被害者の部下だった。奴は、発見されたナイフの指紋や、目撃証言を突きつけて、お前が犯人だって決めつけてかかった」

後藤は、喋《しゃべ》りながら新しい煙草を取り出す。

「実際は、その人は犯人ではなかったんですか？」

「いいや。やったのは、その男だった。だがな、問題はそこじゃねぇ。なぜ、そいつがナイフで斬りつけるような真似をしたか——だ。そこが分からなければ、事件は解決したとは言えねぇ」

後藤は、煙草に火を点《つ》けることなく、ぐしゃっと握り潰《つぶ》した。

「そうですね」

後藤の言う通りかもしれない。

犯人が誰かは重要だ。しかし、それと同等に、なぜ事件が起きたのかも明らかにする必要がある。

「桐野のやり方に納得できずに、容疑者の前で大げんかさ。奴は、犯罪者は人じゃないとまで言いやがった……」

後藤が、ドンッとデスクに拳《こぶし》を落とした。

加害者も被害者も、どちらも人だ。事件が起こる背景には、それぞれの想いが影響している。それを無視した捜査を行えば、本質を見失うことになるし、書類上は収束したとしても、本当の意味で事件は解決しない。

後藤の怒りももっともだと納得すると同時に、石井の中には違和感が残った。

「私には、桐野さんが、そんな人物だとは思えません」

昔の桐野が、どういう人物だったかは知らないが、少なくとも、今の彼がそこまで冷たい人物だとは思えない。

それに、後藤の言うように、過去の桐野がそういう考え方を持っていたのだとしたら、なぜ警察を辞めて牧師になったのかが分からない。

「おれだって、同じだよ」

後藤は、遠い目をしながら言った。

過去を知ることで、今が分かると思っていたのだが、余計に混乱してしまっただけのようだ。

石井がため息を吐いたところで、デスクの上の後藤の携帯電話が鳴り出した。

「誰だ？」

後藤は、相変わらず携帯電話の表示モニターを確認もせずに、電話に出た。

このタイミングでの電話――おそらく、相手は八雲だろうから、またいつもの不毛なやり取りが始まる。

そう思っていたのだが、後藤の顔がみるみる険しくなっていく。

「そりゃ、いったいどういうことだ？　……いや、そうだが……分かった。今から行くから待ってろ」

後藤は、電話を切るなり立ち上がった。

「どうしたんですか？」

石井が訊《たず》ねると、後藤が睨《にら》むような視線を向けて来た。

「戸塚の母親だよ」

「用件は何ですか？」

このタイミングでかかって来たということに、妙に懐疑的になってしまう。

「あのガキが、もう耐えられないって、家から飛び出して行ったらしい」

「またですか？」

「放ってもおけんだろ」

後藤は、舌打ち混じりに言う。

まあ、それはそうだ。色々なことで混乱してしまったが、そもそもの依頼は、貴俊の身辺で起きる心霊現象を解明することだ。

「しかし、捜すにしてもどこを……」

後藤が石井の頭をひっぱたいた。

「痛っ」

「学習しねぇ野郎だな。行くところは一つだろ」

「ああ――」

ようやく石井も納得した。

心霊現象に怯《おび》えて家を飛び出したのだとしたら、戸塚は間違いなく牧師の桐野を頼るはずだ。

「とにかく、行くぞ」

後藤が、大股《おおまた》で部屋を出て行く。

石井は慌ててあとを追いかけようとしたが、足が絡まり転んだ——。

16

「邪魔するぜ」

後藤は、教会の扉を押し開けた。

夜の遅い時間ではあったが、明かりが灯《とも》っていた。昼間とはまた違った、幻想的な雰囲気を醸し出している。

石井が、何に怯えているのか、後藤に貼り付いてくる。

後藤は「離れろ」と石井を突き飛ばしてから、歩みを進める。

「やっぱり来ましたね」

祭壇の前で、背を向けて立っていた男が、ゆっくりと振り返った。

礼拝服を着た桐野だった。

「お前に、訊きたいことがある」

後藤が声を張ると、桐野は柔らかい笑みを浮かべてみせる。

やはり、違和感がある。後藤の記憶の中にいる桐野は、鉄仮面でも被《かぶ》っているかのように、常に無表情だった。

「分かってます。戸塚君のことでしょ。彼なら、そこにいます」

桐野が会衆席の中ほどを指差した。

男が背中を丸めて震えていた。貴俊だった。

「今から、彼にとり憑いている悪霊を祓《はら》います――」

桐野が宣言するように言った。

石井が「えぇぇ！」と大げさに驚いてみせる。

「本気か？」

後藤は、祭壇の前にいる桐野の前まで歩み寄り、小声で訊ねた。

桐野は貴俊を一瞥《いちべつ》したあと、改めて後藤に目を向ける。

「それしかありません。あんな状態では、本当に精神が崩壊してしまいます」

「だが、あいつの言っていることが、思い込みじゃなかったとしたら？」

後藤は、貴俊に目を向けた。

桐野は心霊現象を貴俊の妄想だと考えているようだが、もしかしたら、貴俊には、本当に霊がとり憑いているかもしれない。それに、誰かのイタズラであるという可能性も捨て切れない。

そうなると、桐野が何かしたところで、状況は改善されない。

「ただのお芝居だから、成功しなかったとしても、何ら支障はありませんよ」

「それは、そうだが……」

桐野がやろうとしているのは、除霊という名目ではあるが、実際はカウンセリングに近いものだ。

たとえ、失敗したとしても、今の状態が続くだけで、弊害があるわけではない。

「まあ、そう肩肘《かたひじ》を張らないで下さい」

桐野が後藤の肩をポンポンと叩《たた》いた。

「だが……」

「大丈夫です。迷惑をかけるようなことはしませんから」

「おれは、そういうことを言ってるんじゃない」

「じゃあ何です？」

桐野に問われたものの、後藤は自分の胸の内にあるものを、うまく説明することができなかった。

それは、単なる予感に過ぎない。

これから、とんでもなく嫌なことが起こる——そんな不安のようなものだ。

「大丈夫。信じて下さい」

桐野は、そのまま貴俊の許《もと》に歩いて行った。

——何が信じろだ。

コンビを組んでいても、後藤と桐野の間に信頼関係は存在しなかった。

反発し合う磁石のように、決してお互いの考えを曲げず、歩み寄ろうとはしなかった。

そんな男が「信じて下さい」などと口にするとは、思ってもみなかった。

「どうします？」

石井が、駆け寄って来て声を上げる。

会衆席に目を向けると、貴俊が桐野にすがりつくようにして何かを言っていた。

どうしますも、こうしますもない。この状況において、警察ができることなど、何一つない。

「待つしかねぇだろ」

後藤は、覚悟を決めて会衆席の一番前の席に、腕組みをして座った。

口に出してみると、さっきまでの不安が吹き飛び、心がすっと落ち着いたような気がした。

「除霊は、この奥の控え室で行います。二人とも、ここで待っていて下さい」

桐野はそう告げると、貴俊と一緒に、朗読台の奥にあるドアを開けて、中に入って行った。

閉まりかけたドアが、再び開き、桐野が顔を出した。

「後藤さん。これが終わったら、呑《の》みに行きませんか。話したいことが、たくさんあるんです」

桐野は、人懐こい笑みを浮かべた。

「てめぇと呑んだところで、酒が不味《まず》くなるだけだ」

吐き捨てるように言った後藤だったが、この数年で、桐野にどんな変化があったのかを訊いてみたい気持ちも、少なからずあった。

「そうでしたね。気にしないで下さい」

桐野が、苦笑いを浮かべてバタンとドアを閉めた。

「本当に、大丈夫ですかね？」

石井が指先でメガネを押し上げながら、不安げな表情を浮かべる。

「さあな」

後藤は、曖昧《あいまい》に返事をして天井を見上げた。

桐野が変わった——そう感じていたが、実際は、今の桐野が本来の姿で、後藤の知る桐野の方が、偽りの人物像であったのかもしれない。

ふと、そんな思いが過《よ》ぎった。

桐野は、優秀な刑事だった。それは、認めざるを得ない。

いい意味でも、悪い意味でも、後藤とは正反対の価値観をもっていた。

そのせいで、反発ばかりしていたが、ただの一度でも、桐野の本心を聞こうとしたことがあっただろうか？

——なかった。

桐野には、桐野なりの信念や正義があったはずだ。だが、それを見ようともせず、ただ否定してばかりいた。

二人で、酒を酌み交わすのも、悪くないかもしれない。

後藤が、自嘲《じちよう》ぎみに笑ったところで、ガタンッ——と、何かが倒れるような音がした。

反射的に立ち上がり、石井と顔を見合わせる。

——何かあったのか？

そう思うやいなや、次いで何かがバリンッ——と割れる音がした。

〈止めなさい！　な、何をするんだ！〉

ドアの向こうから、桐野の叫び声が聞こえて来た。何かがあったことは明白だ。

後藤は、一気に駆け出し、ドアを開けようとした。

しかし鍵《かぎ》がかかっているらしく開かない。

「桐野！　何があった？　おい！　開けろ！」

後藤は、ドアをドンドン叩きながら必死に叫んだ。

ドア越しに、獣が唸《うな》るような声がした——。

〈殺してやるぅ！〉

低く、掠《かす》れた声だった。

後藤は、ドアに向かって体当たりをする。しかし、かなり頑丈なドアらしく、撥《は》ね返されてしまった。

〈止せ！　止めろ！〉

桐野が叫んでいる。

「ご、後藤刑事……」

石井が、オロオロしながら声を上げる。

〈があぁ！〉

ドアの向こうから、桐野の悲鳴が聞こえた。それと同時に、それまでの騒がしさが嘘のように、静寂が訪れた。

「桐野！　おい、桐野！　返事をしろ！」

ドアに向かって呼びかけたが、返事はなかった。

――嘘だろ。

心の中に、一気に広がる不安を払い除《の》け、後藤は近くにあった朗読台を持ち上げ、それをドアに向かって投げつけた。

バキッ――といううけたたましい音とともに、ドアがひしゃげた。

「邪魔だ！」

変形したドアを、力一杯蹴《け》り開ける。

ドアの先にある部屋の様子を目の当たりにした後藤は、絶句した。

桐野が倒れてぐったりとしている。首の辺りから、大量の血が流れ出し、床を赤く染めていた。

「おい！　桐野！　しっかりしろ！」

すぐさま駆け寄り、声をかけたが、まるで人形のように何の反応もない。

——冗談じゃない！

「おい！　何やってんだ！　しっかりしろ！」

叫びながらも、呼吸を確認してみる。息はしていない。脈を確認してみたが、こちらも反応がない。

桐野は、ただ濁った目で虚空を見つめていた。

石井が携帯電話を取りだし、どこかに電話をかけている。おそらくは、救急車だろう。

「死ぬんじゃねぇぞ！　石井、止血だ！」

電話を終えた石井を呼び寄せる。少し躊躇《ためら》った素振りをみせながらも、石井は桐野の首もとにハンカチを宛《あて》がう。

後藤は、桐野に心臓マッサージと人工呼吸を試みる。

「いいか！　死ぬんじゃねぇぞ！　おれの前では、誰も死なせねぇ！」

額に汗を浮かべながら、必死に繰り返す。だが、いくらそうしても、桐野の身体はピクリとも動かなかった。

次第に力が抜けていく。

——桐野は死んだ。

その事実が、後藤の心にじわじわと広がっていく。

「畜生……何なんだ……」

言うのと同時に、後藤は床に拳《こぶし》を打ちつけた。

――あなたは、感情移入し過ぎなんです。

耳の裏で桐野の声がした。おそらくは、記憶の中の声だ。

桐野は、いつもそうだった。必死になり、感情を爆発させる後藤を冷めた目で見ていた。

だが、今になって思い返せば、桐野がいたからこそ、後藤は自らの信念を曲げずに生きて来られたのかもしれない。

「後藤刑事！」

石井の叫びで、後藤は現実に引き戻された。

見ると、部屋の隅で貴俊がぶるぶると震えていた。その顔には、べったりと血が飛び散っていた。

それだけではない。震える手には、血に塗《まみ》れたナイフが握られていた。

身体の底から、熱をもった怒りが湧き上がり、全身を駆け抜ける。

「てめぇか？」

後藤が問うと、貴俊は、放心状態のまま眉《まゆ》を顰《ひそ》めた。

「ち、違う……何だこれ……」

貴俊は、ナイフを床に放り投げ、走って逃げだそうとする。

後藤の中で、ブツッと何かが切れる音がした。

「てめぇがやったのか！」

後藤は、叫び声を上げながら貴俊を床に引き摺《ず》り倒すと、馬乗りになり、顔面に渾身《こんしん》の一撃を振り下ろした。

「ご、後藤刑事！　や、やめて下さい！」

石井が、身体を入れて止めに入る。しかし、それでも、後藤の怒りは収まらなかった。

ただがむしゃらに拳を振り回し、そして叫んだ。

第二章

泉に映るもの

FILE: 02

1

真琴は、驚きとともにその連絡を受けた——。

深夜だったが、すぐに身支度をして、マンションの部屋を飛び出した。

現場である教会に足を運ぶと、警察関係者や報道陣でごった返していた。

状況を確認したいのだが、立ち入り禁止の黄色いテープが張られ、制服警官が厳戒態勢で監視しているために、近づくことができない。

ただ、困惑するばかりの真琴だったが、テープの向こうに知っている顔を見つけた。

「石井さん！」

手を振ると、石井も真琴の存在に気付いたらしく、駆け寄って来た。

深夜だということもあるかもしれないが、いつになく冴《さ》えない顔色をしていた。

「何があったんですか？」

真琴が早口に訊《たず》ねると、石井はキョロキョロと辺りを見回す。

新聞記者に情報を流しているところを、他の捜査員に見られては都合が悪いのだろう。

「場所を変えましょう」

真琴は、石井と現場から少し離れた路地に移動した。

屋外照明によって照らし出される教会は、不気味に見えた。ここで人が死んだという事実が、そう思わせているのかもしれない。

「いったい、何があったんです？」

真琴は、改めて石井に訊ねた。

「あの教会の牧師である桐野さんが、戸塚さんの除霊をするということで、奥の控え室に入ったんです。しばらく待っていると、争うような物音が聞こえて――」

「物音？」

「ええ。何かあったんだ――と、後藤刑事がドアを開けて、中に入ろうとしたんですけど、鍵《かぎ》がかかっていたんです」

石井は、唇を噛《か》み締め、小さく首を左右に振った。

「それでどうなったんです？」

「中から、桐野さんのものと思われる悲鳴が聞こえて来ました――」

「悲鳴？」

「ええ。止めろ――そう叫んでいました。私と、後藤刑事が、ドアを壊して中に飛び込んだときには、もう……」

桐野は息絶えていたということだろう。

「何で、そんなことに……」

「分かりません。しかし、状況から考えて、殺したのはおそらく――」

明言は避けたものの、誰が桐野を殺害したのか、状況を鑑《かんが》みれば、自《おの》ずと答えは導きだされる。

だが、疑問がないわけではない。

「外部から、誰か侵入した可能性もあります」

「それは、私たちも考えました。しかし、控え室は、六畳ほどの狭い部屋で、外に通じるドアは、朗読台の奥の一箇所だけでした。窓はありましたが、ステンドグラスなので、開かないんです」

「幾つか、割れていたようですけど……」

さっき、外から見たところ、ステンドグラスが割れている窓があった。そこが、桐野が除霊をしていた部屋かどうかは定かではないが、可能性としては捨て切れない。

「確かに、あの部屋のステンドグラスは、割れている箇所がありました」

「だったら……」

「でも、破片は全て外側に散らばっているんです。外部からの侵入で割れたのではなく、争ったときに、割れたんだと思います」

「そうですか……」

図らずも、密室になっていたわけだ。そうなると、一緒に部屋にいた貴俊が殺害した——と考えるのが自然だ。

「戸塚さんは、何と言っているんですか?」

真琴が訊ねると、石井はくしゃっと表情を歪《ゆが》めた。

「それが……何も覚えていないと……」

「覚えていない？」

「ええ」

石井が、小さく頷《うなず》いた。

明確な答えを持っていないとなると、警察の嫌疑は、より色濃くなるだろう。いや、もう貴俊が犯人ということで、捜査方針を固めているかもしれない。

しかし、何かが引っかかる——そう思う理由は、おそらく動機だ。状況は、全て貴俊が犯人であることを指しているが、今のところ、彼には桐野を殺害する動機がないように思われる。

これからの捜査で、意外な接点が明らかになるのかもしれないが、それでも、不自然さは拭《ぬぐ》えない。

「石井さんは、どう思うんですか？」

真琴が訊ねると、石井は「うっ」と小さく唸《うな》った。

「私は……あの事件と重ねてしまうんです」

「あの事件？」

「戸塚さんは、心霊現象に悩まされていました。幽霊に、殺してやる——と囁《ささや》かれ、非常に不安定な精神状態にありました」

「そのようですね」

真琴は、貴俊に直接会ったことはないが、精神的にかなり参っていたことは、石井から説明を受けていた。

「戸塚さんの体験した心霊現象が、真実だと考えた場合、別の推測が成り立ちます」

「何です？」

「戸塚さんにとり憑いていた幽霊が殺そうとしていたのは、桐野さんだったと考えるとどうでしょう？」

石井が、上目遣いに真琴を見た。

彼にしては、珍しく鋭い光を放っているようだった。

「つまり戸塚さんは、幽霊に操られ、桐野さんを殺害した——」

真琴は、口にすると同時に、石井が言っていた「あの事件」が、何を指しているのかを理解した。

確かに、過去にそういう事件があった。

様々な人の思惑が交錯して起きた、哀しい事件だった。石井は、警察官としてではなく、一個人としてその事件に関係していた。

「それも、可能性の一つかもしれませんね」

石井の推測なら、殺害動機がない点についての説明がつくし、筋が通っているように思える。

ただ、そこに新たな疑問が生まれる。

――戸塚にとり憑いていた幽霊とは、いったい誰なのか？

「できれば、事件が起きる前に、八雲氏に、戸塚さんを会わせておきたかったです……」

石井が無念さを嚙み殺すように言った。

まさにその通りだ。

もし、八雲が貴俊と会っていたなら、事件は起こらなかったかもしれない。

しかし、今、それを悔やんだところでもう手遅れだ。問題は、これからどうするか――だ。

真琴は、そこまで考えを巡らせたところで、ふと気付いたことがあった。

「後藤さんは？」

被害者である桐野は、元警察官で、後藤とコンビを組んでいた時期があったと聞く。

後藤は、普段から事件に必要以上に感情移入する傾向がある。そんな後藤が、今回の事件をどう捉《とら》えているのか気にかかるところだ。

「もう、大変でした。逆上して、戸塚さんを殴ってしまいまして……裁判のときに、問題になるかもしれません……」

直情的な後藤なら、やりかねないだろう。

「それで、今はどこに？」

「それが……さっきから、姿が見えないんです……どこに行ったのやら……」

石井が困ったように眉《まゆ》を下げながら、首を左右に振った。

今の後藤は、完全に暴走している。感情にまかせて、早まった行動を取らなければいいが——。

2

後藤は、気が付くとドアの前に立っていた——。

なぜ、自分がこの場所に足を運んだのか、よく分からない。

貴俊に手錠をかけ、簡単に事情を聞いている間に、病院に搬送された桐野の死亡が確認されたという連絡を受けた。

分かり切っていたことだった。現場に倒れていた時点で、呼吸もしていなかったし、脈もなかった。

だが、それでも心のどこかに、桐野は無事だという根拠のない希望を抱いていた。

それが無残にも打ち砕かれた。

しばらく放心したあと、現場を一方的に石井に任せた。最初は、病院に行くつもりだった。だが、途中で止めた。

今さら桐野の死体を見たところで、何かが変わるわけではない。

無力感と虚脱感に襲われ、頭がくらくらした。

警察官としても、人としても、最低の役立たずだ。ドア一枚を隔てた向こうで、殺人が起きていたにもかかわらず、後藤は何もできなかった。

——感情に流されれば、自分を見失う。

耳許《みみもと》で桐野の声が聞こえた気がした。

桐野が、後藤と接するときの口グセだった。

その指摘を否定するつもりはない。事実、後藤は冷静さを欠いたことが何度もあった。

だが、それでも、後藤には譲れないものがあった。

警察官として、いや、人として、貫きたい信念があった。だが、その想いは、いつも無残に打ち砕かれる。

あのときもそうだった——。

嫌な記憶が、頭を過《よ》ぎる。

後藤は桐野とある事件を追っていた。窃盗事件だ。目撃証言もあり、犯人の目星はついていた。

容疑者の許に足を運び、事情を聞きつつ任意同行で引っ張る。あとは、証拠を突きつけて自白させるだけ。

どうということのない事件のはずだった——。

だが、その目算は誤りだった。後藤の心に、深い傷跡を残すことになった。それは、おそらく桐野も同じだっただろう。

「おれは——」

そんなことを考えながら、どこをどう彷徨《さまよ》ったのか判然としないが、気が付いたらここにいた。

後藤がドアノブを回すと、鍵《かぎ》はかかっていないらしく、すんなりとドアが開いた。

部屋の中は、暗かった。

椅子に座っている影が見えた。

斉藤八雲だ――。

黒いコンタクトレンズを嵌《は》めていない。薄明かりの中、赤い左眼が、怪しく光ったような気がした。

「来ると思っていました」

八雲が、じっと後藤を見つめたまま静かに言った。

挑戦的ともいえるその視線に、後藤は居心地の悪さを感じた。

「なぜ、来ると思った？」

後藤が訊《たず》ねると、八雲はすっと目を細める。

「真琴さんから、連絡を受けました。桐野さんが、殺害された――と」

「そうか……」

たったそれだけの情報で、ここに足を運ぶことを予期していたとは、さすがの勘の良さだ。後藤の人格をよく知っているからかもしれない。

「これから、どうするつもりですか？」

「おれは……警察を辞める」

ここに来るまで、何度もそのことが頭にちらついていた。

自分には、その資格がない。偉そうなことを言っても、何もできなかった。無力で、愚かな男だ。

「下らない」

八雲が嫌悪感を露《あら》わにして、吐き捨てた。

「何だと？」

後藤は、怒りとともに八雲を睨《にら》み付ける。

だが、八雲は動じることなく、蔑《さげす》みの視線を返して来た。

「子どもみたいに、自分の殻に閉じこもったところで、何も解決しません」

「このガキ……」

「いっちょ前に悔しがるんですね」

「元はといえば、てめぇのせいだ！」

後藤は怒声を上げた。

そんなことを言っても何も始まらない。そもそも、そんなことを言いに、ここまで足を運んだわけではない。

身体の底から湧き上がる、得体の知れない感情に翻弄《ほんろう》され、自分でも歯止めが利かなくなっていた。

「そうかもしれません――」

八雲は、あっさりと認めた。

いつもなら、ああだこうだと能書きを垂れる八雲が――だ。

そのらしくない態度が、余計に後藤の感情のざらつきを増大させる。

「何だと？」

「ぼくが、貴俊さんに会っていれば――後藤さんからの電話に出ていれば――あるいは、事件は起きなかったかもしれない」

淀《よど》みなく八雲が言う。

その目には、一切の迷いがなかった。

「何が言いたい？」

「後藤さんも、そう思ったから、ここに来たんでしょ。ぼくを、責め立てるために」

「ふざけんじゃねぇ！」

後藤は、テーブルを力一杯蹴《け》り上げた。

けたたましい音を立てて、テーブルが横倒しになる。それでも、八雲は微動だにせず、じっと後藤を見据えている。

「ふざけてなんかいませんよ。ぼくは、真剣に言っているんです」

「それが、ふざけてるって言ってんだよ！」

後藤は八雲の胸ぐらを摑《つか》み上げた。

それでも、八雲は動じない。ただ、真っ直ぐに後藤を見ている。まるで、鏡を見ているような気になる。

「どうしてですか？」

「お前が今さらそんなことを言ったところで、死んだ桐野は、戻って来ねぇんだよ！」

後藤の怒声が、狭い部屋に反響した。

「そうです。もう戻って来ません」

「だったら……」

「それが分かっているのに、どうして後藤さんは、立ち止まっているんです？」

八雲の言葉が、後藤の脳を激しく揺さぶった。

力強く、真っ直ぐな視線に射貫《いぬ》かれ、後藤は一瞬、言葉を失った。

「どういう意味だ？」

「言葉の通りです。後悔なら、ぼくにもあります。だけど、今、それを並べ立てたところで、過ぎた時間は戻って来ません」

「そんなことは、分かってるって言ってんだろ！」

「でも、後藤さんは、自分を責めて立ち止まっている！」

八雲の絶叫に近い声が、後藤の心の奥にある何かを粉々に打ち砕いた。

全身の力が抜け、気付いたときには、八雲から手を離し、その場に座り込んでしまっていた。

「おれは……」

後藤は、頭を抱えた。

もうどうしていいのか、分からなくなった。自分は、何に苛立《いらだ》ち、何を思い、なぜ、ここにいる?

「肉体バカは、走り回るんでしょ」

八雲が、後藤の前に立った。

いつになく、その姿が大きく見えた気がした。

「何だそれ?」

「後藤さんが言ったんです。それぞれ自分の特技を活《い》かせって――」

言われてみれば、そんなことを言った気がする。

八雲が、まだ中学生の頃だ。当時の八雲は、死者の魂が見えるという赤い左眼を嫌悪し、世の中を斜めに見ていた。

そんな八雲を見て、いてもたってもいられずに言った言葉だ。

後藤が言いたかったのは、赤い左眼は、頭がいいとか、運動ができるといった特技の一つに過ぎないということだ。

だから悩む必要などないと伝えたかった。

――八雲氏みたいですね。

ふと、石井が言っていた言葉が頭を過ぎった。

こうやって、改めて考えてみると、かつての八雲と桐野は、よく似た目をしていたのかもしれない。

だからこそ、八雲と再会したときに、放っておけなかった——。

「後藤さんは、事件が起きる度に、いちいち感情移入し過ぎる」

八雲が冷めた口調で言う。

桐野に、同じことを何度も言われた。

「そんなことは、分かってる」

「何もできないクセに、偉そうに、何かをしたがる。見ていて、本当に痛々しいんですよ」

「てめぇ……言わせておけば……」

「でもね、そんな後藤さんに、助けられる人もいるんです。極、わずかかもしれませんけど……」

八雲が皮肉っぽい笑みを浮かべた。

「ふざけやがって……」

「ぼくは、ふざけてなんかいません。後藤さんの役目は、立ち止まって、うじうじと自分を責めることですか？」

まさか大学生のガキに、自分の本質を教わることになるとは、思ってもみなかった。

「バカ言うな。そんなものは、性に合わねぇよ！」

後藤は、言うのと同時に立ち上がった。

さっきまで、ふわふわと雲の上を歩いているようだったが、今は違う。しっかりと自分の足で立っている。

八雲の言うように、今はうじうじと自分の殻に閉じこもっているときではない。

この足で、事件が終わるまで駆けずり回る。自分にできることをやる。それだけのことだ。

「早速ですが、調べてもらいたいことがあります」

「調べる？　犯人は……」

「犯人が誰かは問題ではありません。そもそも、ぼくは殺人事件の調査をしていたわけではありませんから――」

八雲は、そう言って意味深長にニヤリと笑った。

3

晴香は朝早くから、〈映画研究同好会〉の部屋にいた――。

いつもの定位置ではなく、八雲の隣の椅子に腰かけている。向かいの席には、賢人が神妙な顔つきで座っていた。

八雲は、淡々とした口調で、これまで起きたことを賢人に語って聞かせている。

その内容は、晴香にとっても、驚きのものだった。

もちろん、佐和子のことや、真琴の許にかかってきた電話のことは知っていたので、これといった感情の変化はなかった。

しかし――牧師である桐野が殺害されたという事実は、このとき初めて耳にした。

しかも、容疑者として逮捕されたのが、賢人と一緒に心霊現象を体験した、戸塚貴俊だというのだ。

「何で、そんなことに……」

話を聞き終えた賢人は、呻《うめ》くように言った。

朗らかな笑顔が印象的な人物だが、さすがに、このときばかりは、顔が真っ青になり、表情が抜け落ちていた。

「詳しくは、調べてみないと分かりません」

八雲が、顎先《あごさき》に手をやりながら言う。

「本当に貴俊が、人を殺したんでしょうか？」

賢人は、眉《まゆ》を顰《ひそ》めた。

まだ、事実を受け容《い》れられていないといった感じだ。

「警察は、そう考えているようです」

「もしかして、貴俊は悪霊にとり憑《つ》かれて……それで、人を殺したんじゃないでしょうか？」

実は、晴香も賢人と同じことを考えていた。

話を聞く限り、貴俊に桐野を殺害する理由が見当たらない。

「可能性としては、否定できません」

「その場合、貴俊は、無罪になるんでしょうか？」

賢人の声には、切実ともいえる響きが込められていた。

「難しいでしょう。警察は死者の魂を認めていません」

八雲がキッパリと言った。

冷たい言い方のように聞こえるが、変に慰めて、期待を持たせるよりは、ずっといいのかもしれない。

「でも、現に幽霊は存在しているんですよね」

賢人が食い下がる。

「実際にいるかどうかは、問題ではありません。存在しない——というのが、警察のルールです。それに則《のっと》って捜査が行われるだけです」

ここまで言われると、賢人にも返す言葉がないらしく、肩を落として項垂《うなだ》れた。

あまりの意気消沈ぶりに、晴香は同情を禁じ得なかったが、何と言葉をかけていいのか分からない。

「一つ、訊《き》いていいですか？」

しばらくの沈黙のあと、八雲が口を開いた。

「はい」

賢人が顔を上げる。

「この前、ここに来たとき、貴俊さんの身の上に起きている心霊現象について、何も言っていませんでしたよね」

八雲が、すっと目を細める。

「はい……」

賢人が掠れた声で答える。

「なぜ、あのとき、そのことを話さなかったんですか？」

「貴俊のことは、気にはなっていました。でも、ぼくとしては、佐和子ちゃんの方が、気がかりだったんです――」

佐和子の状態を見たら、貴俊のことを後回しにする気持ちは、分からないでもない。

それほどまでに、彼女の姿は異様だ。

「貴俊の話をちゃんと聞いていれば……」

賢人が、掠《かす》れた声で言った。

顔がわずかに紅潮している。後悔の念と、自分自身に対する怒りとに、さいなまれているのだろう。

「今になって、自分を責めても、何も変わりません。それに――」

八雲は、途中で言葉を切った。

「貴俊が殺した可能性もある——そう言いたいんですね」

賢人が、八雲の言葉を先読みしたように言った。その口調は硬く、敵意が籠《こ》もっているようだった。

「可能性の話です。それに、捜査は、警察に任せるべきです。それより、そもそもの問題は、佐和子さんという女性にとり憑いた霊のことですから」

八雲は淀《よど》みなく言う。

賢人も、納得したらしく「そうですね……」と苦笑い混じりに答えた。

「話を戻します。貴俊さんは、心霊現象について、どんな風に言っていたんですか？」

八雲の視線が鋭くなる。

普段は、寝ぼけ眼の八雲だが、いざ事件と向き合うとなると、一気に表情が変貌《へんぼう》する。

「あの泉での出来事のあと、貴俊は、誰かの声が聞こえると言っていました」

「声？」

「はい。女性の声で、殺してやると訴えてくるらしいんです」

「佐和子さんに憑いている霊も、女性だよね」

晴香は、同意を求めて八雲に目を向けた。

「何が言いたい？」

そう返した八雲は、不機嫌さを露《あら》わにしている。

「もしかして、同じ女性かも……」

言ってから晴香は、しまった——と思った。

考えてみれば、同じ女性であるはずがない。もし、同じだった場合、佐和子にとり憑きながら、頃合いを見計らって、貴俊の前に現れて、殺すと囁《ささや》いていたことになる。

いくら何でも、それは不自然だ。

「その可能性も充分にある」

八雲は、晴香が想像していたのと、まったく別のことを口にした。

「あるの？」

逆に、晴香の方が訊《たず》ねることになる。

「幽霊は、人の想いの塊だって話はしたよな」

「うん」

「人間の感情は、必ずしも、同一方向を向いているわけではない。愛する感情があったとして、もう一方で、憎むという感情が存在することもある」

それは、分かる気がする。

かわいさ余って、憎さ百倍——などという言葉があるくらいだ。

「もしかして魂って分裂するの？」

「そんな大げさなものじゃない。強い想いがあれば、残留思念のようなものが生まれることもある。その最たる例が、生霊というやつだ」

生霊の話は、以前に耳にしたことがある。

生きている人間が残した強い想いが、心霊現象のかたちとして現れるというものだ。

「つまり、貴俊も、佐和子ちゃんも、同じ女性の霊に憑かれていたということですか？」

賢人が、驚きを露わにしながら口にする。

「もちろんあの場所に、別々の二つの霊が存在した可能性も、否定はできません」

何だか、ややこしい話になって来た。

もし、八雲が貴俊に会っていれば、ここまで話はこじれなかったかもしれない。だからこそ、最初に賢人が説明しなかった理由を問い質《ただ》したのだろう。

とはいえ、誰かを責められる類《たぐい》のものではない。八雲にしても、賢人にしても、こんなことになるとは、思ってもみなかっただろう。

「あの……この先どうしたら……」

しばらくの沈黙のあと、賢人が探るような視線を向けて来た。

「貴俊さんのことは、警察に任せるとして、佐和子さんの現象については、調べてみます」

八雲は、ガリガリと髪をかき回しながら言った。

「よろしくお願いします」

賢人は、深々と頭を下げてから立ち上がった。

「最後にもう一つだけ――」

八雲が、部屋を出て行こうとする賢人を呼び止めた。

「何です？」

賢人が振り返る。

「なぜ、ぼくのところに、相談に来たんですか？」

その質問は、賢人が昨日、ここに来たときに、答えを得ているものだ。なぜ、今さら、そんなことを訊ねるのか？

疑問に思いはしたが、晴香は口に出すことはできなかった。

「どういう意味です？」

賢人が怪訝《けげん》な表情を浮かべる。

「あなたがここに来たのは、佐和子さんにとり憑いた霊を祓《はら》うことが目的ではなかった──そう言いたいんです」

八雲の言葉に、賢人の動きがピタリと止まった。

「ぼくを、疑っているんですか？」

賢人が険しい顔で八雲を見る。

「牧師の殺人事件──という意味ではNOです。しかし、別の観点で言えばYESです」

「言っている意味が分かりません」

「では、質問を変えましょう。あなたは、鏡湧泉で幽霊の姿を見たんですよね」

「はい」

「その姿に、見覚えがあったんじゃないんですか？　だから、ここに来た。あなたは、佐和子さんにとり憑いた霊を祓うことよりも、幽霊の正体が気になっていた。違いますか？」

八雲の真っ直ぐな視線が賢人を射貫《いぬ》く。

晴香は、沈黙の中で息を呑《の》んだ。

「思い違いですよ。そんなはずは、ありませんから……」

賢人は笑顔で答えた。

「なら、それでいいです」

言葉巧みに聞き出すのかと思ったら、八雲は意外とあっさり退《ひ》いた。賢人は、釈然としない顔を浮かべながらも、部屋をあとにした。

「ねぇ、今のって本当なの？」

ドアが閉まるのを待って、晴香は八雲に訊ねた。

「違うと、彼が否定しただろ」

「でも……」

八雲は、食い下がろうとする晴香を無視して席を立ち、ハンガーにかかっているコートを手に取った。

「どこかに出かけるの？」

「ああ。そうだ。君に、少し頼みたいことがある」

そう言って、八雲がニヤリと笑った。

八雲から何か頼まれるのは、頼られているようで嬉《うれ》しいが、酷《ひど》く嫌な予感がした。

4

真琴は、パソコンのモニターをじっと眺めていた——。

インターネットで、鏡湧泉にかかわる噂を、片っ端から検索していた。

昨晩、桐野が殺害された事件は、単なる殺人ではなく、鏡湧泉で起きた何かが関係している——そう考えていた。

確固たる根拠があるわけではない。脆弱《ぜいじゃく》な勘に過ぎないが、それでも、真琴はその考えを拭《ぬぐ》い去ることができないでいた。

心霊現象を集めたサイトを覗《のぞ》いてみると、幾つか鏡湧泉にまつわるものを見つけることができた。

ただ、引っかかることがあった。

普通、心霊スポットというのは、そうである所以《ゆえん》というものがある。過去に、大規模な事故や火災があったとか、古戦場であった、或《あ》いは、殺人事件の現場だったり、自殺の名所だったりするのがお決まりのパターンだ。

ところが、鏡湧泉に関しては、どこのサイトを見ても、そうした背景が語られていないのだ。

そのことに関係しているのかもしれないが、心霊現象の噂が立ち始めたのが、ここ数年に限定されていることも違和感がある。

さらに、貴俊から語られた、呪いに関する記述は、見つからなかった。

ただ、あの場所で心霊現象が起きたことは事実だ。何かがあったことだけは間違いない。真琴が、さらに検索を続けていくと、あるサイトに行き当たった。

そのサイトには、幽霊が彷徨《さまよ》い歩く云々《うんぬん》と書かれていて、動画が貼り付けてあった。

真琴は、パソコンにイヤホンを挿し、その動画をクリックして再生してみる。

家庭用のビデオカメラで撮影されたと思われる映像だった。夜間撮影モードに切り替えられていて、画面全体が緑がかっている。

大学生くらいだろうか。三人の男たちが、雑談に興じながら、雑木林を抜けて、泉に向かっていく。

素人の手持ちカメラということもあって、画面の揺れが酷く、見ているだけで酔ってしまいそうだ。

少し、早送りする。画面に泉が映ったところで、再生に戻した。

〈ここが、幽霊が出るという噂の泉です〉

泉の岸に立った男性が、場に不釣り合いな笑みを浮かべている。

〈幽霊出て来い〉

もう一人の男性が、地面に落ちていた枯れ木を泉に向かって放り投げる。だが、その拍子にバランスを崩して前のめりに転んだ。

　カメラを持っている男性が、押し殺した笑い声を上げ、それに合わせてカメラが揺れる。

　ただの悪ふざけを、ネットにアップしただけなのかもしれない。諦《あきら》めて、サイトを閉じようとしたとき、一気に画面の向こうで緊張が走った。

〈今、何か聞こえなかったか？〉

　画面に映っている男が言った。

〈ああ。聞こえた〉

　もう一人の男が答える。

〈嘘だろ。何も聞こえなかったぞ〉

　笑いながら答えたのは、カメラを持った男だ。

〈ほら、また――〉

　最初の男が、ピタリと動きを止めながら言う。

　それに合わせて、もう一人の男も動きを止めた。カメラを持っている男が、息を呑む。

　長い静寂――。

　真琴も、じっと耳を澄ます。

　その声は、突然届いた。

　微《かす》かではあるが、遠くで女性の声がする。だが、何と言っているのかは、聞き取れなかった。

男たちが、その声をかき消すような悲鳴を上げながら散り散りに走り出し、映像はすぐに途切れた。

真琴は、もう一度、声が聞こえた箇所を再生してみる。

雑音に混じってはいるが、確かに聞こえる――。

よく耳を澄ませて、もう一度聞いてみる。声というよりは、歌のように聞こえた。

――もしかして。

真琴の頭に、ある考えが浮かんだところで、携帯電話に着信があった。

モニターの表示を見て、少し驚く。珍しい相手からの電話だが、彼から連絡をしてくるということは、何か動きがあったのかもしれない。

「もしもし。土方です」

〈突然のお電話で申し訳ありません〉

電話の向こうから、丁寧に八雲が言った。

外からかけているのか、雑音が少し混じっている。

「いえ。私も、八雲君に意見を聞こうと思ってたところです」

〈何についてですか？〉

訊《たず》ねてくる八雲に、鏡湧泉を検索していて気付いた点と、ネットで見つけた動画の件を説明する。

〈興味深いですね。あとで、確認してみます〉

「それで、八雲君の方は？」

〈実は、少し調べて欲しいことがあったんです〉

「調べる？」

〈もちろん、事件にかかわることです。うまくいけば、真琴さんの許《もと》に電話をかけて来た人物を見つけ出すことができるかもしれません〉

八雲が淡々と口にする。

うまくいけば――という表現を使ってはいるが、八雲のことだから、ただの勘というわけではないのだろう。

「分かりました。何を調べればいいんですか？」

〈貴俊さんの、中学時代の交友関係です。当時の状況も含めて、できるだけ詳しく知りたいんです〉

「それって、警察が調べていますよね？」

貴俊は、殺人事件の被疑者だ。彼の交友関係は、警察が徹底的に洗うに違いない。自分たちが、出る幕ではない気がする。

〈警察が最優先で調べるのは、あくまで現在です。ぼくが知りたいのは、彼の過去です〉

「その過去に、鏡湧泉にかかわる何かがある――そう考えているんですね」

〈まあ、そんなところです〉

「分かりました。調べて連絡します」

〈お願いします。あまり、役に立たないと思いますが、助手をそちらに派遣しますので、詳しくは、そいつから聞いて下さい〉

「助手？」

〈迎えが来たのでこれで――〉

質問に対する答えがないまま、電話は切れてしまった。とはいえ、助手が誰なのか、大方見当はついた。おそらくは、彼女だろう。

ふうっと一息ついたところで、デスクの上の電話が鳴った。妙な予感があった。真琴は、すぐさま受話器を取る。

「はい。北東新聞文化部です」

〈死体は、見つけたか？〉

この声――間違いない。昨日の男性だ。

「まだ、見つけてはいないわ。でも、いろいろと働きかけているの」

できるだけ、相手の情報を引き出したい。真琴は、丁寧な口調で言った。

〈おれは、嘘は吐いていない……〉

男の声が震えていた。

彼は、いったい何を考えているのだろう――。

「分かってるわ。でも、それを証明するためにも、まずあなたの名前を教えて欲しいの」

〈言えない〉

「どうして？」

〈もう切る〉

「ちょっと待って。あなた、昨日、鏡湧泉にいた人でしょ？」

真琴が訊ねると、長い沈黙のあと電話が切れた。

5

石井は、車を停車させたところで、校門に凭《もた》れかかっている八雲の姿を見つけた。

携帯電話で、誰かと話をしているらしい。しばらく待っていると、八雲はこちらの存在に気付き、電話を切ってゆっくりと歩み寄って来た。

寝グセだらけの髪をガリガリとかきながら、大きなあくびをする。

大変な事件が起きているというのに、八雲からは動揺も緊張も焦りも感じられない。

巧みに心の底に隠しているのか、あるいは、本当に何も感じていないのか——石井には、未《いま》だに判断がつかない。

「遅いです」

八雲は、助手席の後藤に文句を言いながら、後部座席に乗り込んだ。

「うるせぇ。こっちは、色々と忙しいんだよ」

助手席の後藤が懲りもせず、反論する。

「忙しいのを邪魔して悪かったですね。あとは、任せますので頑張って下さい」

八雲は、淡々と言うと車のドアに手をかけて、降りようとする。

「どこに行く気だ」

後藤が慌てて声をかける。

「帰るに決まってるでしょ」

「何でだよ」

「忙しいんでしょ」

「てんめぇ！」

後藤が、怒りを滾《たぎ》らせ、今にも八雲に殴りかからんとする。

「ちょ、ちょっと待って下さい」

石井は、慌てて割って入った。このままにしたら、後藤は本気で八雲を殴りそうだし、八雲も容赦なく帰ってしまいそうだ。

「どうかここは、穏便に」

石井は、拝むように手を合わせる。今、八雲に帰られてしまっては、捜査はどうにも立ち行かなくなってしまう。

石井の願いが通じたのか、八雲はため息を吐きながらも、後部座席に座り直した。後藤の方も、怒りに顔を歪《ゆが》めてはいるが、取り敢《あ》えず収まりはついたようだ。

──良かった。

石井は、ほっと胸を撫《な》で下ろしてから、車をスタートさせた。

「それで──貴俊さんの取り調べの状況はどうですか？」

しばらく車を走らせたところで、八雲が声をかけて来た。

「戸塚さんは、知らぬ存ぜぬの一点張りで、一向に話が進まないらしいです」

石井は、溜め息まじりに答えた。

「でも、彼は現場にいたわけですよね」

「はい」

石井は返事をしながら、ルームミラー越しに八雲の顔色を窺《うかが》う。

変わらず気怠《けだる》げな表情で、何を考えているのか、さっぱり分からない。今回に限らず、八雲はいつもそうだ。

「直前まで、被害者である桐野さんと会っていたのは明白です。それなのに、否定しているんですか？」

「あの野郎、よく覚えていねぇと抜かしてやがるんだ」

後藤が、苦虫を嚙《か》み潰《つぶ》したような顔で言う。

「覚えていない？」

「ああ。中に入って、除霊が始まったところまでは、認識している。だが、そのあと、気付いたら桐野が倒れていた──それが、奴の言い分だ」

「おかしいですね」

八雲が、人差し指を眉間《みけん》に当てた。

「何がだ？」

後藤が問う。

「後藤さんたちは、争うような物音を聞いたんですよね」

八雲が、念押しするように言った。

後藤が「そうだ」と頷《うなず》く。石井も確認している。あのとき、確かに、物音と叫び声を聞いた。だからこそ、強引に部屋に飛び込んだのだ。

「それなのに、貴俊さんは、知らないと否定している」

「野郎が嘘をついているんだよ」

後藤が、口にしながらグローブボックスを蹴《け》った。

気持ちは分からないでもないが、桐野のことで感情が先走り過ぎているような気がする。

「私には、彼が嘘をついているようには見えませんでした」

それが石井の率直な感想だった。

「感覚で喋《しゃべ》るんじゃねぇ」

後藤が、すかさず石井の頭をひっぱたいた。

危うくハンドル操作を誤り、電柱に突っ込んでしまうところだった。

石井は別に感覚で喋っているわけではない。貴俊の証言には、曖昧《あいまい》な部分が多いが、その内容は一貫している。

本当に、覚えていないのでは——と感じる部分はある。

どちらかといえば、感覚で喋っているのは、後藤の方のような気がするが、当然、そんなことは口にはできない。

「後藤さん。貴俊さんが、嘘をついていると思う根拠は何ですか？」

八雲が、いつもの冷静な口調で訊《たず》ねた。

「あの部屋は、密室だったんだ。奴が殺したんじゃなきゃ、誰が殺したっていうんだ？」

後藤は、後部座席を振り返りながら主張した。

密室だったという部分については、石井も否定はしない。控え室に通じるドアは、朗読台の奥にしかなかった。

割れていたステンドグラスも、破片は全て外側に散らばっていた。

つまり、外部からの侵入ではないということだ。だが、石井がひっかかっているのは、もっと別のことだった。

「確かに、殺害したのは、戸塚さんかもしれません。しかし……」

「何だよ」

後藤が、石井を睨《にら》み付けてくる。

この先を口にしたら、また殴られそうな気がするが、黙っていても何も始まらない。

石井は覚悟を決めて口を開いた。

「戸塚さんに、殺人を犯させたのは、彼にとり憑いていた幽霊だったのではないでしょうか？」

石井は、持論を展開した。

そうであったなら、彼が殺害前後のことを覚えていないということの説明にもなる。

後藤が「あん？」と露骨に嫌な顔をした。

「バカ言え。戸塚にとり憑いていた霊は、戸塚を殺そうとしてたんだぞ」

「よく思い出して下さい。殺してやる——と言っていただけで、その相手が誰かは断定していません」

後藤が「あっ」という顔をした。

可能性としては、あり得ると判断したのだろう。

「八雲。どうなんだ？」

後藤は、後部座席に身を乗り出すようにして八雲に訊ねた。

「否定はできません。しかし、そうなると、貴俊さんにとり憑いていた霊は、桐野さんを殺したいと願っていたことになります」

八雲の説明を聞くなり、後藤の表情が曇った。

明言こそしないが、そこに隠された言葉の意味を感じ取ったのだろう。

「あいつが、桐野が、誰かに恨まれてたって言いたいのか？　しかも、殺意を抱くほどに――」

後藤は明らかに怒りを滲《にじ》ませていた。

「後藤さんから見て、どうでしたか？」

八雲だって、後藤の心情は分かっているだろうに、平然と口にする。

また、怒り出すのではないかと、冷や冷やしていたが、意外と後藤は冷静だった。

「考えられないことはない」

後藤は渋面を作りながらも言う。

「それって、桐野さんが、恨まれるような人だったってことですか？」

石井が訊ねると、拳骨《げんこつ》が返って来た。

「あいつも、元は警察官だ。他人に恨まれるのが仕事みてぇなもんだろ」

なるほど。後藤の言う通り、警察官は、とかく恨みを買う仕事だ。

事件を解決すれば犯人に恨まれるし、解決できなければ未然に防ぐことはできなかったのかと遺族に怒りをぶつけられる。そういう仕事なのだ。

いつ、どこで、誰が――という疑問は残るにしても、殺すほど恨まれていた可能性は、大いにある。

「何だか、容疑者が一気に増えましたね……」

石井は落胆しながら言うと、後部座席の八雲にチラリと目を向けた。

自分で話を振っておきながら、八雲はまるで興味がないと言わんばかりに、窓の外をぼんやりと眺めている。

色白で整った顔立ちではあるが、表情に乏しく、何を考えているのかさっぱり分からない。

それでも、八雲の中では、すでに事件の全容が見えているのではないか——石井には、そんな風に思えた。

6

後藤は暗い部屋にいた——。

目の前には、大きな窓ガラスがある。

正確には、マジックミラーだ。こちら側からは、向こうの様子が見えるが、向こう側からは見えない仕掛けになっている。

マジックミラーの向こうにあるのは、無論、取調室だ。

貴俊が項垂《うなだ》れるように椅子に座っている。最初に会ったときより、憔悴《しょうすい》しているように見える。顔のあちこちに、青痣《あおあざ》ができていた。後藤が殴ったときに、できたものだ。

貴俊の向かいには、宮川と石井が座っていて、取り調べに当たっている。

「どうだ？」

後藤は、隣に立つ八雲に目を向けた。

眉間に人差し指を当て、真剣な眼差《まなざ》しで、マジックミラーの向こうを、じっと見据えている。

貴俊に、幽霊がとり憑いているか否かを判別させようとしているのだ。

できれば、直接、貴俊に面会させたかった。八雲のことだから、貴俊と言葉を交わすことで、新たな事実を引き出すことができるかもしれない。

しかし、どうしても、許可が下りなかった。

今まで、八雲が秘密裏に、容疑者に接見したことは、何度もある。宮川も、事件解決のために黙認して来たが、今度は相手が悪い。

貴俊は、警察ＯＢの孫なのだ。下手に騒ぎ立てられれば、大問題に発展する。ただでさえ、後藤が手を上げてしまっているのだから、尚《なお》のことだ。

「今、見る限りでは、彼に死者の魂はとり憑いていません」

八雲は小さく首を振ると、踵《きびす》を返してマジックミラーに凭《もた》れかかった。

後藤の中に、落胆はなかった。八雲が見えなかったということも、また収穫の一つだ。

つまり――。

「戸塚は、やっぱり嘘を吐いていたってことだな」

後藤が断言すると、八雲はふんっと鼻を鳴らして笑った。

「相変わらず、救いようのないアホですね」

「何だと？」

「今、霊が憑《つ》いていないからといって、貴俊さんの全ての証言が覆されたわけではありません」

「どういうことだ？」

「お忘れですか？　後藤さんたちは、最初、イタズラを疑っていたんですよ」

　言われてみればそうである。

　誰かが、心霊現象を演出していた可能性は残っている。それを、本物だと信じていたとしたら、貴俊は嘘をついていないことになる。

　しかし、それはあくまで心霊現象に限ってのことだ。

「どちらにしても、石井が言っていた、霊にとり憑かれて殺人を犯した――という線はなくなるな」

　自信を持って口にしたつもりだったが、八雲はこれみよがしに首を振りながら深いため息を吐く。

「だから、アホだと言うんです」

「何でだ？　お前が言ったんだろ。戸塚には、霊はとり憑いていないって」

　ムキになって反論したが、八雲は相変わらず涼しい顔だ。

「確かに、言いましたよ。今、見る限りでは――と」

「あっ」

　――そういうことか。

後藤は、ようやく納得して手を打った。

「桐野を殺したあと、戸塚の身体を離れた可能性があるってことだな」

「そういうことです」

八雲は得意げに言うが、後藤にはどうにも納得できない。

「それだと、あまりに都合が良すぎないか？」

「何を言ってるんです。元々、現世を彷徨《さまよ》っている霊というのは、そういうものじゃないですか」

「どういうことだ？」

後藤が訊《たず》ねると、八雲は説明が面倒だと言いたげに、髪をガリガリとかき回す。

そんな態度を取られても、分からないものは分からない。説明を求めて八雲を睨み続けると、ようやく口を開いた。

「貴俊さんに憑いていた霊が、桐野さんに強い恨みを持っていて、殺したいと願っていたのだとしたらどうです」

八雲の説明を聞き、後藤もようやく理解することができた。

「桐野を殺したことで、その目的は達成された――」

絞り出すように言うと、八雲が大きく頷《うなず》いた。

よく考えてみれば、今までもそうだった。現世を彷徨う魂は、何か未練を残していた。

八雲は、丁寧にそれらの想いを紡ぎ、目的を達成させる、或《あ》いは、死者の魂の心情に変化を与えることで、事件を解決に導いてきた。

もし、貴俊に本当に霊が憑いていて、その霊が桐野を殺したいほど恨んでいたのだとしたら、目的が達成された今、現世に彷徨っている理由はない。

つまり、全てが手遅れだったことになる——。

「後藤さん」

八雲に声をかけられる。

視線を向けると、自分で呼んだクセに、八雲は両手をポケットに突っ込み、俯《うつむ》いていた。

「何だ?」

「分かっている範囲で構わないので、桐野さんの経歴を教えて下さい」

一瞬、躊躇《ためら》いはしたが、ここで隠したところで、何かが変わるわけではない。

「桐野は、大学の神学部を卒業後に、警察に入庁した。何年かの交番勤務を経て、刑事課に配属になった」

「後藤さんとコンビを組んでいたのは、いつ頃ですか?」

「八年くらい前だ——」

「ぼくと再会する、少し前ですね」

「ああ」

ある事件をきっかけに、桐野とのコンビは解消になり、再び宮川と組むことになった。

そんなとき、当時、中学生だった八雲と再会したのだ。

「警察を辞めたのは、いつのことですか？」

八雲が、流し目で後藤を見る。

「おれとのコンビを解消した、すぐ後だそうだ」

後藤は躊躇いながらも口にした。

今朝の捜査会議で、後藤は初めて桐野が辞めた時期を知った。

「桐野さんが警察を辞めた理由は？」

「一身上の都合ってことだったらしい。詳しくは、当時の上司も知らないそうだ」

「後藤さんは、知らないんですか？」

八雲の視線が突き刺さる。

後藤とのコンビ解消後、すぐに警察を辞めたのだから、何かしらの関連があると踏んでいるのだろう。

「知らない」

正直、辞めた理由について、心当たりがないわけではない。だが、本人の口から、そうだと聞かされたわけではない。

実際のところ、分からないというのが本音だ。

「本当ですか？」

八雲が顎《あご》に手をやった。

露骨に疑っているようだ。あの事件について、説明しようかと思ったが、結局、「知らん」と首を振った。

あれは関係ない――自分で、そう思い込みたかったのかもしれない。

「分かりました。警察を辞めたあとは？」

八雲は、意外にもあっさりと退《ひ》き、別の質問をぶつけて来た。

「しばらく修行したあと、あの教会の牧師になったらしい」

元々神学部を出ていたので、牧師への転身は、それほど苦ではなかったようだ。

「辞めたあと、警察関係者と連絡は取っていたんですか？」

「誰も、連絡は取っていなかったらしい。桐野が牧師になっていたってことに、みんな驚いていたよ」

「そうですか――。在職中は、どんな人物だったんです？」

八雲が目を細めた。

思えば、昨晩、石井からも同じ質問をされた。また、同じ説明をするのかと、億劫《おっくう》になりながらも口を開いた。

「おれとは真逆だ」

「どう違ったんです？」

「奴は、お前と一緒で、ロジカルなものの見方をする。情に流されることなく、ただ事実を事実として認識する――そういうタイプだ」

「それも、一つの考え方でしょ」

そんなことは、後藤も分かっている。

いや、最近になって分かったというべきだろう。

「どっちが正しいとか、間違っているとかではなく、あいつには、あいつの考えがあった。だが、あのときのおれには、それが理解できなかった。無論、あいつもそうだったようだけどな」

「そうですか……」

「桐野は、容疑者の話をろくに聞こうともしないで、ただ事実を突きつけるだけだ。捜査で聞き込みに行くときも、相手の都合などお構い無しで、ただ事実だけを収集しようとする」

「それが、当時の後藤さんには、許せなかったんですね」

「ああ」

否定はしない。事実だからだ。

人間は感情の生き物だ。犯罪者にだって言い分はあるし、被害者に非があることもある。それに耳を傾けずに、本当の意味での事件の解決はない——後藤は、そう信じて疑わなかった。

「そんなわけで、あいつとは、しょっちゅう言い合いをしてた。まあ、実際は、おれが一方的にまくしたてるだけなんだけどな」

後藤は、自分で口にしながら、思わず笑ってしまった。

改めて思い返すと、今の自分と八雲の関係に似ているのかもしれない。

「今の話を聞く限りでは、警察を辞めたあと、なぜ牧師になったのかが分かりませんね――」

それは、後藤も同じだった。

いったい桐野に何が起きたのか――本人に問い質《ただ》したいところだが、それはもう叶《かな》わない。

7

晴香は、市内にある中学校の校門の前に立っていた――。

今は、授業中ということもあり、校内は静かなものだった。こうやって学校に足を運ぶと、母校でもないのに、懐かしく思うから不思議だ。

「ごめんね。少し遅れちゃったわね」

声に反応して顔を上げると、真琴が駆け寄って来た。

グレイのパンツスーツで、髪をアップにまとめた姿が、スレンダーな真琴にはよく似合っている。

「あっ、いえ、私も今来たところです」

「じゃあ、早速行きましょう」

真琴は、そのまま校門を潜《くぐ》って行く。

「あの……いきなり行って、大丈夫なんですか？」

晴香は、あとを追いかけながら訊《たず》ねる。

「ちゃんと話は通してあるから平気。当時の担任の先生に、話を聞けることになっているわ」

真琴は、颯爽《さっそう》と歩きながら早口に言う。

まさにできる女性。さすがの根回しだと感心してしまう。だが――。

「どういう話になってるんですか？」

まさか、心霊現象について調べているとも言い難《にく》いだろう。それに、うまく口裏を合わせておかないと、妙な会話になってしまう。

「そのままよ」

真琴は、あっけらかんと答える。

「そのままとは？」

「戸塚さんの事件について、色々取材したいって伝えてあるの」

「そういうのって、学校は嫌がるんじゃないんですか？」

「もちろん、正攻法で行ったら、嫌がるわね。でも、ここって、私の母校でもあるの」

「そうなんですか！」

驚くのと同時に納得もした。勝手知ったる母校であるが故に、何の躊躇いもなく、歩みを進めているのだ。

晴香は、真琴のあとについて正面玄関でスリッパに履き替える。

そのまま、一階の廊下を進む。職員室の前で、真琴は「ちょっと待ってて」と言い残して、中に入って行った。

しばらくして、真琴は一人で出て来た。

「二階の応接室ですって。行きましょう」

「あっ、はい」

てきぱきとことを進める真琴に引き摺《ず》られるように、晴香は階段を上り、〈応接室〉のプレートがかかった部屋に入った。

ソファーセットが置かれているだけの、殺風景な部屋だった。

真琴と並んで腰を下ろす。

「まさか、真琴さんの母校だとは思いませんでした」

「どうして?」

「真琴さんって、私立のお嬢様学校を出てそうなイメージでした」

「私、そういうのって、性に合わないの」

サバサバと真琴が言う。

「そうですか?」

「私、中学のときは、凄《すご》く根暗だったの。クラスメイトとも、ほとんど話さなかったしね」

「そんな風に見えませんけど」

「本当よ。この前も、同窓会に参加したら、ほとんどの人が、私のこと覚えてなかったわ」

　今の姿からは、まったく想像できない。

　そうこうしているうちに、ドアが開き、五十代半ばと思われる女性が部屋の中に入って来た。

　ふっくらとして、穏和な印象のある女性だった。

　晴香は、真琴と一緒に立ち上がり、深々と頭を下げた。

「お忙しいところ、お時間頂いて申し訳ありません。北東新聞の土方真琴です。こちらは、アシスタントの小沢です」

　真琴は、名刺を差し出しながら、晴香の分も含めて挨拶《あいさつ》を済ませる。女性教師は、名刺を受け取りながら、「浪岡《なみおか》です」と小声で名乗った。

「あの……話せることは、あまり多くありませんから……」

　向かい合って座ったところで、浪岡は俯《うつむ》きながら口にした。

　警戒心を露《あら》わにしている。

　自分の教え子だった貴俊が、殺人事件の容疑者となっているのだ。そうなる気持ちは痛いほどに分かる。

「分かっています。私も、母校の不名誉になるようなことは書きませんので、どうかご安心下さい」

真琴が、柔らかい口調で言いながら笑みを浮かべた。

「何が訊きたいんですか？」

そう口にした浪岡は、表情も口調も硬いままだった。

「在学中の戸塚貴俊さんですが、かなり荒れていたとお聞きしました」

真琴が口にすると、浪岡が少し驚いた顔をした。

「ご存じなんですか？」

「はい。ここに来る前にも、色々と話は聞いていますから」

真琴が言うと、浪岡の表情が、いくぶん緩んだような気がした。他の人も話しているなら――という安心感が生まれたのかもしれない。

「まあ、確かに素行に色々と問題はありましたよ」

「具体的には、どんなことですか？」

「そうですね……髪を染めていたり、校内で喫煙をしたり、恐喝まがいのことをしているって噂もありましたね」

浪岡は、いかにも不愉快そうに口にした。ただ、どこか他人事《ひとごと》のような響きがある。

――自分の教え子に、そんな噂があったら、どうするだろう？

晴香は、ふと考えを巡らせる。

浪岡からしてみれば、問題が起きることを避けたい気持ちがあるのだろうが、それにしても、何もしなかったのだろうか？

「本人に問い質したりはしなかったんですか？」

晴香は、余計なことだと自覚しながらも、ついつい口にしてしまった。

「していません」

「なぜですか？」

「教師の仕事は、勉強を教えることであって、しつけについては、家庭内の問題ですから。それに、下手なことを言えば、親が乗り込んで来ます。戸塚君のお祖父《じい》さまは、警察関係の人でしたから、揉《も》めたら厄介ですしね」

浪岡は、キッパリと言った。

到底、納得できる理由ではないが、晴香はそれ以上は口にしなかった。言ったところで、話がこじれるだけだ。

「仲が良かった生徒はいますか？」

一呼吸置いてから、真琴が話題を切り替える。

「そうですね……栗山《くりやま》君とか、野本《のもと》君なんかが、仲が良かったと思います」

「当時の写真があれば、見せて頂きたいんですが」

「卒業アルバムでいいですか？」

「はい」

「ちょっと待っていて下さい」

浪岡が席を立ち、部屋を出て行った。

「晴香ちゃん、教育学科だったわね」

ドアが閉まるのを見計らって、真琴がポツリと言った。

「はい」

「ああいう教師にならないでね」

まるで、晴香の心の底を見透かしたような言葉だった。

嬉《うれ》しくもあったが、同時に、それは大きなプレッシャーでもあった。自分がなりたい自分と、実際に辿《たど》り着く場所は往々にして違っているものだ。

きっと浪岡も、最初は理想を持って教師という仕事を選んだに違いない。果たして、自分は理想を貫くことができるだろうか——。

答えを見つけ出す前に、浪岡が卒業アルバムを持って戻って来た。

「持ち出しはできませんから」

「分かっています」

真琴は、笑顔で応じてページを開いた。

晴香も隣から覗《のぞ》き込む。

クラスごとの写真の中に、貴俊の名前を見つけた。浪岡が指摘した通り、髪の毛は金髪に近い色に染めていて、睨《にら》み付けるような目つきをしていた。

さらに、賢人の顔もあった。

現在の貴俊がこの当時と比べて、落ち着いた印象があるのに対して、賢人は今とほとんど変わっていない。

「八雲君の考えが的中したわね」

真琴が声を潜めながら、ある人物の写真を指差した。

最初は、誰なのかよく分からなかった。だが、額の右のあたりにある大きな傷を見て、一気に記憶が蘇《よみがえ》ってきた。

鏡湧泉で見かけた青年だ。真琴に電話をかけてきたと思われる人物――。

「彼のことは覚えていますか？」

真琴は写真を指差しながら、浪岡に訊《たず》ねる。

浪岡は、身を乗り出し、写真を眺めたあと「ああ……」と落胆にも近い声を上げた。

「織田《おりた》君ね……」

「どういう生徒さんだったんですか？」

真琴の質問に、浪岡はしばらく考えるような素振りを見せた。

「まあ、一言で言うなら、嘘吐きね」

「嘘吐き？」

「ええ。宿題を忘れたり、遅刻したり、素行に色々と問題があって、その度に注意しなければならなくて、大変だったわ」

浪岡の言葉に、晴香は矛盾を感じた。

貴俊のときは、しつけは家庭の問題だと言っていたのに、織田には注意をする。要は、人を見て態度を変えていたということだ。

いろいろ言いたい気持ちはあったが、ここはぐっと堪《こら》える。

「それが、どうして嘘吐きになるんですか？」

真琴が訊ねる。

「あっ、そうそう。それで、遅刻の理由とかを問い質《ただ》すと、犬に襲われたとか、来る途中で川に落ちたとか、適当なことばかり言うんです」

「そうですか……」

真琴の声には、落胆の色が滲《にじ》んでいた。

「そういえば、死体を見つけた――なんて、私に電話して来たこともあったわ」

「死体ですか？」

晴香は、真琴と同時に口にした。

「ええ。死体を見つけたから、見に来て欲しいって。犯人も知っているって」

「それで、どうなったんですか？」

「どうも、こうも、警察にまで連絡して、その場所に行ったんですけど、死体なんてなかったのよ。警察には文句を言われるし、あれは、本当に大変だったわ」

浪岡は、うんざりしたように口にした。

それに反して、晴香は昂《たか》ぶりを覚えていた。真琴も同じらしく、大きく目を見開いている。

「もしかして、彼が死体があると言った場所って、鏡湧泉ですか？　市の西側の高台にある泉です」

真琴が真剣な眼差《まなざ》しで問う。

「そういえば、そうだったかもしれないわね」

浪岡の返答は曖昧《あいまい》なものだったが、晴香は間違いないという確信を持った。真琴も同じことを思ったらしく、大きく頷《うなず》いてみせる。

一通り話は聞いたのだが、晴香には、もう一つ気になることがあった。

「あの、宇都木さんはどうでしたか？」

思い切って質問をぶつけてみた。

「賢人君ね。彼は、真面目な生徒でしたよ。色々と苦労してましたからね」

「そうですか」

今も、賢人が真面目な青年であるという印象は変わらない。

「賢人君は、児童養護施設から通っていたんですよ」

「え？」

想定外の言葉に、晴香は目を見開いた。

「ご両親が早くに亡くなられて、頼る親戚《しんせき》もなかったので、お姉さんと児童養護施設に入っていたんです」

「そうだったんですか……」

賢人の、爽《さわ》やかな笑みが頭を過《よ》ぎる。

そこには、辛《つら》い境遇を生きて来たという悲哀は、微塵《みじん》も感じられない。強い人なんだろうと思う。

「そんな事情から、かなり白い目で見られてましたし、心ない陰口を言う人もいましたね。辛かったでしょうけど、それをあまり表に出したりはしませんでしたね」

両親がいないという境遇は、八雲に似ている。

「最後に、もう一つだけ――」

賢人の話が、一段落付いたところで、真琴が切り出した。

「何でしょう？」

「浪岡先生は、今回の事件、どう思われますか？」

真琴の質問に、浪岡が固まった。

「私の口からは……ただ、まあ、戸塚君は、ああいう子でしたから……」

曖昧な回答ではあったが、言わんとすることは充分に伝わって来た。

浪岡は、今回の事件に驚きはあったが、信じられない――というほどではないのだろう。

8

病院の地下にある、薄暗い廊下に立った石井は、醸し出される不気味な雰囲気に、息を呑《の》んだ。

――この場所は苦手だ。

何度も足を運んでいるのだが、いつまで経っても慣れない。この廊下を進んだら、二度と戻れなくなる気がしてしまう。

「何をボケッと突っ立ってんだ」

あとから来た後藤に、背中をドンッと押された。隣には、八雲もいる。

「す、すみません」

石井は、しぶしぶ歩みを進めた。

真っ直ぐに廊下を進み、一番奥にある部屋のドアの前に立つ。大きく深呼吸してから、ドアをノックした。

「開いとる」

中から、嗄《しわが》れた声が聞こえて来た。

ドアを開けると、畠秀吉《はたひでよし》が、自席でお茶をすすっていた。

しわくちゃで、目がギョロッとしていて、風貌《ふうぼう》も雰囲気も、妖怪《ようかい》のようで恐ろしい。

監察医でありながら、自分の仕事を趣味だと言い切る変人でもある。

「これはこれは石井君。ついに、熊に愛想をつかしたか?」

畠は鷹揚《おうよう》に言うと、ひっ、ひっ、ひっ、ひっ、と薄気味の悪い笑い声を上げた。

「誰が熊だ」

後藤が、脅すような口調で言いながら部屋に入って来た。

「何だ。生きておったのか。お前のような、何の役にも立たない熊は、さっさとわしに解剖されてしまえ」

畠が、首をゆらゆらと揺らしながら笑う。

冗談なのか、本気なのか分からないのが、畠の恐ろしいところだ。

「黙れ。妖怪じじい」

後藤の罵声《ばせい》などどこ吹く風。畠は、ひっ、ひっ、ひっと笑うばかりだ。

「ご無沙汰《ぶさた》してます」

最後に部屋に入った八雲が、丁寧に頭を下げる。

「おう。八雲君。そろそろ、その左眼を、わしに研究させてくれんか」

これまた、畠が恐ろしいことを口にする。

八雲の方は、真に受けていないらしく「機会があれば――」と軽く受け流してみせる。

「で、今日はお揃いでどうしたんじゃ?」

畠が惚《とぼ》けた口調で言いながら、ゆっくりとお茶をすする。

「どうした——じゃねぇよ。昨日の事件の検死結果を聞きに来たに決まってるだろうが」

興奮気味にまくしたてる後藤を見て、畠が小さく首を振る。

「本当に、騒々しいだけの役立たずじゃな」

「うるせぇ！　さっさと寄越《よこ》せ！」

「熊は、本当に礼儀を知らん。ほらよ」

畠は、抽斗《ひきだし》を開けてファイルを取り出すと、石井に向かってひょいっと投げた。

突然だったのと、運動神経の悪さが災いして、石井はキャッチすることができずに、床に落としてしまった。

後藤に「何をやってんだ」と頭をひっぱたかれる。

「す、すみません」

石井は、慌てて床に散らばった資料をかき集めようとしたが、桐野の遺体の写真が目につき、ビクッと動きを止めた。

あのときの、生々しい記憶が、鮮明に脳裡《のうり》に蘇《よみがえ》ってきた。冷たい汗がどっと溢《あふ》れ出す。

息が詰まったように苦しい。

「大丈夫ですか？」

訊《たず》ねて来たのは、八雲だった。

石井が「大丈夫です」と答えると、微《かす》かに笑みを浮かべて、落ちていた桐野の写真を拾い上げた。

写真を見て、何かに気付いたのか、険しい顔をしている。

「何をボケッとしてんだ」

後藤に叱責《しっせき》され、石井は慌てて残りの資料を拾い集めた。

「死因は何です？」

八雲が、じっと写真を見つめたまま訊ねる。

「失血死だ。首の左の動脈が、ばっさり切断されておった。すぐに病院に運んだとしても、助かったかどうか……」

畠が、真剣な眼差しで口にした。

発言には色々と問題はあるが、畠はこれで優秀な監察医なのだ。

「他に外傷は？」

八雲が、写真をじっと見つめながら訊ねる。

「無い。綺麗《きれい》なもんだ」

畠はキッパリと言う。

「凶器は、現場にあったナイフで、間違いありませんか？」

「傷口の形状から見て、まず間違いないだろう」

畠が、一人納得したように、うんうんと頷《うなず》く。

石井が拾った資料に目を通してみると、今言ったのと同じ記述があった。

「ナイフの指紋はどうなんです？」

八雲が、後藤に視線を向ける。

すぐに答えると思っていたのだが、後藤は困ったような顔をしたあと、石井に視線を送って来た。

どうやら、状況を把握していないらしい。感情が先走っていたので、致し方がないのかもしれない。

石井は、大きく頷いてから説明を始めた。

「ナイフに付着していた指紋は二つ。一つは、桐野さんのもの。そして、もう一つは、戸塚さんのものです」

「ナイフは、貴俊さんが持ち込んだんですか？」

「いいえ。桐野さんのものです。どこにでもある、果物ナイフです」

「元々、部屋の中にあったわけですね」

「おそらく——」

石井は、頷くと同時に、あらゆる状況を鑑《かんが》みて、貴俊の犯行が確定的なのではないかと感じた。

問題は、貴俊に殺害動機がないことだ。しかし、その部分については、霊にとり憑《つ》かれていた——ということで説明ができる。

あとは、なぜ、貴俊にとり憑いていた霊が、桐野を殺害しようとしていたかということだが、それについては、八雲に頼るしかない。

「あっ、そうじゃ。遺体を調べていて、ちょっと気になることがあってな」

畠がポンと手を打ちながら言った。

「何です？」

八雲が、怪訝《けげん》な表情を浮かべる。

「資料に追記しておいた」

畠は、ずずっと音をたててお茶をすすった。

資料を確認しようとした石井だったが、その前に八雲に取り上げられてしまった。

八雲は、眉間《みけん》に皺《しわ》を寄せながら、真剣な眼差《まなざ》しで資料に目を通している。

——いったい、何が書かれているのだろう？

訊ねようとしたところで、後藤の携帯電話が着信した。

「誰だ？」

相変わらず、不作法極まりない方法で後藤が電話に出る。

「それは、本当ですか！」

後藤が跳び上がるようにして声を上げる。

畠は、「無駄にうるさい男だ」と文句を垂れながら、ため息を吐く。八雲は、まるで聞こえていないかのように、資料を凝視したままだ。

「何かあったんですか？」

石井は、電話を切った後藤に訊ねる。

「あの泉の捜索の許可が下りた」

「ほ、本当ですか？」

　まさか、あんな曖昧《あいまい》な説明で、捜索の人員を動かせるとは思ってもみなかった。

「宮川さんが、色々動いてくれたんだ」

　説明を聞いて納得する。

　宮川は、口では何だかんだ言いながら、やることはきっちりやってくれる人物だ。

「おれたちも行くぞ」

　後藤が、勢い良く駆け出す。

　石井も「はい！」とあとに続いたのだが、後藤が急に足を止めた。勢いあまって、後藤の背中にぶつかってしまった。

「八雲、お前も行くぞ」

　後藤が声をかけると、八雲はいかにも面倒臭そうに顔を上げた。

「嫌です」

「何でだ？」

「寒いところ、嫌いなんです」

「てめぇ！」

　石井は、八雲に殴りかかろうとする後藤を、慌てて止めようとしたが、逆に吹っ飛ばされてしまった。

9

真琴は、晴香と駅前の喫茶店にいた——。

店内はアンティーク調に統一されていて、チェーン展開している店とは違い、落ち着いた雰囲気がある。

向かいの椅子には、野本晋《すすむ》という青年が座っていた。

面長で、目鼻立ちのはっきりした顔をした人物だった。服装は、いわゆるヒップホップ系で、ニットの帽子を目深に被《かぶ》っている。

学校を出たあと、中学時代に貴俊と親交のあった人物に連絡を取ってみた。

平日の昼間の時間帯ということもあり、すぐに捕まるとは思っていなかったのだが、幸いにして、野本はニートらしく、簡単に呼び出すことができた。

「こんな美人の二人に囲まれる取材だったら、いつでも歓迎だな」

野本は、ヘラヘラと笑いながら口にする。

軽率を絵に描いたような態度だ。晴香も、この手の男は苦手らしく、表情がどことなく硬い。

「今日、お訊きしたいのは、戸塚貴俊さんの件なんですが……」

「でしょうね。警察も来たっすよ」

晋は、真琴の言葉に被せるように言った。

「同じ質問になってしまうかもしれませんが、当時の彼は、どんな風でしたか？」

真琴は、至極事務的に口にした。

このタイプは、放っておいても、勝手に喋《しゃべ》ってくれる。下手に親しみを込めて話をすると、とんだ勘違いをされるかもしれない。

「どうも、こうも、おれらと一緒に、バカやってたって感じっすね」

「具体的には、どういうことですか？」

「まあ、喧嘩《けんか》もそうだし、あと万引きとかもやったかな」

まさか警察の前で、万引きをしたと公言するほど愚かではないと思うが、それにしても、自慢げに口にするようなことではない。

近頃の若者は――という言い回しは好きではないが、こういう軽率さを見ると、ついつい口にしたくなってしまう。

「中学を卒業後は、連絡を取り合ったりはしていたんですか？」

「まあ、たまにですね。あいつ、高校からは有名私立だったでしょ。それで、あんまつるまなくなったって感じっすね」

晋は、ズルズルと音を立てながら、アイスコーヒーをすすった。

「織田さんは、覚えていますか？」

真琴は、別の質問をぶつけてみた。

死体がある——と真琴に電話をかけて来たかもしれない人物だ。

「織田……織田……ああ、ホラ田か」

晋は、思い出したらしく、ポンと手を打った。

説明を受けなくても、何となく察することができた。嘘ばかり吐いているから、織田ではなく、ホラ田ということなのだろう。

「どういう人物でした？」

「貴俊の下僕っす」

「下僕……」

晴香が、驚いたように口にした。

そこには、嫌悪感が込められていたが、晋は違う解釈をしたらしく、「下僕がいると、便利だよ」などと、ヘラヘラと笑ってみせる。

自分たちのやっていることが、悪いことであるという認識がない。真琴は強い怒りを覚えたが、それを呑《の》み込み質問を続ける。

「絶対的な上下関係があったんですね」

「そう。何か、貴俊って、織田に、貢がせてたみたいっすね」

「貢がせる？」

「そうっす。上納金つって、金を払わせてたんっすよ。悪党っすよね。まあ、おれらも、そのおこぼれにあずかってましたけど」

晋は、おどけた調子で言うと、声を上げて笑った。

何がおかしいのか、到底理解できない。チラリと隣に目を向けると、晴香は引き攣《つ》った顔をしていた。

こちらの心情などお構い無しに、晋は話を続ける。

「織田って、平気で嘘吐くような奴だから、その罰則って感じっすね」

「どんな嘘を吐くの？」

「何か、織田を呼び出すと、親が急病で倒れたとか、上納金を持って来ない理由を問い詰めたら、来る途中で盗まれたとか、仕舞いには、さっきまであったはずなのに消えたとか、訳分かんないこと言うんっすよ」

——何てことだ！

真琴の中の怒りは、爆発寸前だった。

話を聞く限り、織田は根っからの嘘吐きだったわけではない。彼に嘘を吐かせていたのは、誰あろう、貴俊や晋といった心ない連中だ。

教師である浪岡も、言い訳と嘘ばかりだと言っていたが、おそらくは、宿題にしても、遅刻にしても、貴俊たちが何かしていた可能性が高い。

だが、そのことを口にすることができなくて、思いつくままに嘘を並べていたのだ。

そう考えると、胸に苦しい痛みが走った。

正直、これ以上、晋と同じ空間にいるのは不快だとすら感じた。引き揚げようと思ったところで、意外にも晴香が口を開いた。

「あの――」

「何？　おれのケータイ番号なら、いつでも教えるよ」

晋の言葉に、さすがに晴香がむっとした顔をした。しかし、すぐにそれを引っ込める。

「宇都木さんは、どういう人でした？」

晴香が訊《たず》ねると、晋は「ああ……」と気怠《けだる》げに言う。

「あいつ、気持ち悪いから……」

どうやら、晋は宇都木のことを嫌っているらしい。

「どういう意味ですか？」

晴香が、辛抱強く先を促す。

「何を考えてんのか、よく分からないんだよね。それなりに、馴染《なじ》んではいたみたいだけど、おれとかは、取っつき難《にく》かったから、あんま喋んなかったなぁ」

「でも、貴俊さんと宇都木さんは、仲がいいんですよね」

晴香が訊ねると、晋がまた嫌な顔をした。

「中学のときは、全然だったんだけどなぁ」

「仲は良くなかったんですか？」

「別に喧嘩してたってわけじゃないけど、あんまつるんだりはしてなかったね。女子にはわりと人気あったみたいだけど、あんな奴のどこがいいんだか……」

女子に人気があったことが、晋が賢人を毛嫌いしていた一番の原因だろう。

思春期に、そういうことが気になるのは、ある意味当然だ。

「誰か、仲のいい友だちはいましたか？」

晴香が、別の角度から質問する。

「そういえば、織田とは、結構、仲が良かったんじゃないかな」

「織田さん……」

「そうそう。あと、宇都木はシスコンだって噂もあったなぁ」

「お姉さんがいらっしゃったんですね」

晴香が口にすると、晋はいかにも卑しい笑みを浮かべた。

「何度か見たことあるんすけど、すっげー綺麗《きれい》だったなあ」

「そうですか」

「エロいっつうか、何か、そそるっつうか。貴俊とか、マジで狙ってた時期があったくらいだよ」

晋は、ヘラヘラと笑いながら、得意になって喋っている。実に不愉快だ。

不快感を抑えきれず、口を閉ざしてしまった晴香に代わり、真琴は適当に相槌《あいづち》を打ってみせる。

「あっ、そうか。貴俊が、宇都木と仲良くしてるのって、まだ姉ちゃんを狙ってんのかも」

このままいくと、延々と下らない話を聞かされることになりそうだ。

「色々と、ありがとうございました」

真琴は強引に話に区切りをつけると、晋に謝礼を渡した。

晋の方は、まだ何か話したいらしく、名残惜しそうにしていたが、どうせ、晴香を口説くつもりなのだろう。次の取材があるという口実で追い返した。

「何だか、嫌な気分になっちゃったわね……」

真琴はため息混じりに言った。

晴香も同感だったらしく、小さく頷《うなず》く。

色々と情報を得ることはできた。しかし、これらが、どうつながっていくのかが分からない。

謎を解いたつもりで、実は何も前進していないのかもしれない。

「一つ訊《き》いていい？」

真琴は、改めて晴香に目を向けた。

「はい」

「賢人さんのことを、色々と訊ねたのはなぜ？」

浪岡のときも、さっきの晋のときも、晴香は賢人のことについて幾つか質問していた。

その理由が、真琴には分からなかった。

「私も、よく分からないんです」

「え？」

「八雲君に指示されたんです」

「賢人さんを疑っている――ということ？」

八雲が気にするということは、そこに何かしらの疑念があるということだ。

「私も、同じことを訊いてみたんです」

「何て言ってたの？」

真琴は、幾分緊張しながら訊ねる。

「殺人事件の犯人とは思ってないようです。ただ、彼が何か知っているとは考えているようです」

「なるほど……」

誰が、どういう役割を果たしているかは不明だが、貴俊、織田、賢人の三人の過去が、事件を紐解《ひもと》く鍵《かぎ》になると考えているということだろう。

「晴香ちゃんは……」

真琴が別の質問をしようとしたところで、携帯電話の着信音が鳴った。晴香の携帯電話だった。

晴香が「すみません」と断ってから電話に出る。

真琴は、ふっと窓の外に目を向けた。

鏡湧泉に死体があると電話をして来たのは、織田に間違いないだろう。

彼は、中学時代に嘘吐きだと言われていたが、その元凶は、間違いなく貴俊や晋たちだ。

彼らのやったことは、人として最低だと思う。教師の浪岡にしても、対処の方法は幾らでもあったし、織田の嘘に隠された真意を汲《く》み取ることだって出来たはずだ。

織田は、多くの闇を抱え、一人苦しんでいたのだろう。

だが、そうなると分からない。織田は、なぜわざわざ鏡湧泉に死体があるという連絡をして来たのか。

「あの――」

晴香に声をかけられ、現実に引き戻される。

「どうしたの？」

「八雲君からです。真琴さんと、少し話したい――と」

そう言って、晴香が携帯電話を差し出して来た。

「土方です」

真琴は、晴香から携帯電話を受け取り、電話に出た。

〈色々頼んでしまって申し訳ありません〉

電話の向こうから、八雲の落ち着いた声が聞こえて来た。

「構いません。私も、このままじゃ納得できないですし……」

〈では、もう一つだけ、頼んでもいいですか？〉

「ええ」

真琴はメモを取り出し、八雲からの指示を書き留める。

これを調べることで、何が見えるのか、正直、真琴には分からない。だが、八雲のことだ。無意味なものではないのだろう。

「分かりました。やれる範囲でやっておきます」

〈ありがとうございます。それと、ようやく警察が死体の捜索に動きました。今、後藤さんと石井さんも行っています〉

それは朗報だ。あの泉から、死体が発見されれば、色々な疑問の答えが出ることになる。あとで顔を出してみよう。

10

「まったく。八雲の野郎……」

後藤は、怒りを嚙《か》み締めていた。

このクソ寒い中、泉の中を歩き回ることになるとは思わなかった。

今回の事件を解決するために、この泉にあるであろう死体を捜索する必要があることは認める。

幽霊も、身許《みもと》が分からなければ、捜査のしようがない。

ただ、腹立たしいのは、言い出しっぺである八雲が来なかったことだ。「寒いのは嫌だ」の一点張りで、頑《かたく》なに動かなかった。

仕方ないと諦《あきら》めながらも、虫の居所が悪いことには変わりない。

胸まである長靴を装着しているので、水に濡《ぬ》れることはないが、それでも身体の芯《しん》から冷え切っている。

泉に入っているのは、後藤だけではない。少し離れた場所に、危なっかしい足取りの石井がいる。

さらには、宮川を通じて、関係各署に応援を頼み、二十人態勢での一大捜索になっている。

水深の深いところは、潜水服を着たダイバーが潜るという徹底ぶりだ。

棒を突き、泉の底の感触を確認し、歩みを進め、また同じことを繰り返す。単純な作業を延々と続けていると、苛立《いらだ》ちが募る。

「くそっ！」

吐き捨てるように言いながら、棒を底に突き立てる。

「荒れてるな」

声をかけて来たのは、後藤と同じように長靴を履いた宮川だった。

「宮川さん。何やってるんです？」

「見りゃ分かるだろ」

そう言って、宮川は両手を広げてみせた。

どうやら、捜索を手伝うつもりらしい。

「刑事課長が、率先してやるようなことじゃないでしょう」

後藤が言うと、宮川が鼻を鳴らして笑った。

「お前らに仕事を押しつけたのも、捜索の指示を出したのもおれだ。責任ってやつがあるんだよ。それに、たまには、こうして外に出ないとな。書類仕事ばかりじゃ、身体がなまっちまう」

宮川が肩をすくめてみせる。

椅子にふんぞり返って、偉そうにしているだけじゃない。こういうところが、宮川が人望を集める要因だ。

「もう年なんですから、無理しないで下さいよ」

「うるせぇ。そんなことより、あんま自分を責めるんじゃねぇぞ」

宮川の顔に暗い影が差した。

「大丈夫ですよ。色々考えるのは、全部終わってからです」

「そうだな。それがいい。しかし……まさか、桐野が殺されるとはな……」

宮川が、しみじみとした口調で言った。

同時期に刑事課に所属していた宮川は、当然桐野のことも知っている。

「そうですね」

「お前は、桐野が牧師になっていたことは、知ってたのか？」

「いいえ。今回の件で、初めて知りました。宮川さんは、何か聞いてましたか？」

「いや。辞めるときに一悶着《ひともんちゃく》あったってのは、耳にしたことがある」

「でも、今日の捜査会議で、そんな話は、出て来てませんよ」

「言いたくはねぇだろうよ」

宮川は、ふっと視線を茜色《あかね》に染まった空に向けた。

確かにそうかもしれない。桐野の上司からしてみれば、今になって、あれこれ詮索《せんさく》されるのは避けたいところだろう。

「桐野が辞めたのって、もしかして、あの事件がきっかけですか？」

後藤が訊《たず》ねると、宮川が渋い顔をした。

それだけで充分だった。やはり、桐野は、あの事件をきっかけに警察を辞めたのだ。

──てめぇが殺したんだ！

後藤の脳裡《のうり》に、あのときの言葉が蘇《よみがえ》る。桐野に、後藤が浴びせた言葉だ。

桐野を辞めさせたのは、誰あろう後藤自身なのかもしれない。そう思うと、今さらのように息苦しさに襲われた。

「自分を責めるなって言ったはずだぞ」

宮川が、後藤の肩に手を置く。

「しかし……」

「桐野は、ああ見えて正義感の強い男だった……」

「おれには、そうは見えませんでしたけど」

後藤が言うと、宮川がふんっと鼻を鳴らして笑った。

「まったく。よく似てるよ」

「何がです？」

「お前と桐野だよ」

そんなことを言われたのは、初めてのことだ。

「正反対だと思いますけど」

「いいや。よく似てる。お前、桐野が、何で警察に入ったか知ってるか？」

前に訊ねたことがある気がするが、そのとき桐野が何と答えたのか、正直、思い出せない。

「分かりません」

「桐野の親父さんは、牧師だったんだ」

「だったら、そのまま牧師になれば良かったじゃないですか」

大学の神学部にまで通ったのだ。そのまま、信じた道を進めば、後藤と出会うこともなかっただろう。

「本人も、そのつもりだっただろうよ。だがな、桐野が大学三年のとき、親父さんが殺されたんだ」

「あっ——思い出しました」

後藤は、思わず大きな声を上げた。

そうだった。桐野に、なぜ警察に入ったのかを訊ねたとき、「親父が殺された」と口にしていた。

「嫌な事件だったよ。強盗を働いた男が、警察に追われて、教会に逃げ込んだ。桐野の親父さんは、勇敢にも犯人の説得を行ったんだ」

「その結果、殺された——」

「ああ。桐野の目の前でな。それで、奴は警察に入ることを決めた。敵討ちってわけじゃねぇだろうが、何かしたかったんだろうよ」

宮川の話を聞くに従って、後藤の記憶もより鮮明なかたちで蘇って来た。

——どんなに情をかけても、人は裏切るし、神は助けてくれない。

桐野の言っていた言葉だ。

あのときは、桐野との関係が、悪化の一途を辿《たど》っていて、その言葉をちゃんと吟味することもなかった。ついさっきまで、忘れてしまっていたほどだ。

だが、今になって改めて考えると、その言葉に、桐野の想いの全てが込められているような気がする。

父親の死は、桐野から信仰心を奪い去ったばかりか、人間不信にまで陥らせていたのかもしれない。

桐野は、腹の底に憎しみを抱え、その矛先を犯罪者たちに向けていた。だからこそ、あそこまで冷たい目をしていたのだ。

今まで、知ろうともしなかった桐野の一面を垣間見る《かいまみ》と同時に、別の疑問が首をもたげた。

もし、そうだとしたら、なぜ桐野は再び信仰心を取り戻し、牧師になったのか――。

「それより、ここに本当に死体はあるのか？」

後藤の思考を遮るように宮川が言った。

捜索を開始して、二時間あまりが経過している。それほど広い泉ではない。一通りの捜索は終えているが、未《いま》だに何の報告も上がって来ていない。それでも――。

「ここで心霊現象があったのは、間違いないです。今までの経験上、幽霊あるところに、死体ありですよ」

他の捜査員の前で言ったら、声を上げて笑われるところだが、宮川は違う。

「例のガキか？」

宮川が、昔を懐かしむような目をした。

ある事件のとき、宮川も八雲と顔を合わせていて、その能力についても知っている。

「そうです。それに、ブン屋の姉ちゃんのところにも、この泉に死体があるって匿名の電話があったそうです」

後藤は、岸で見守っている真琴に目を向けた。

ここまで条件が揃っていれば、捜索する価値はあるし、死体が上がるに違いないと信じていた。

「そう信じて、やるしかねぇな」

宮川は、小さく笑ったあと、棒を突いて底の感触を確認しながら歩いて行った。

後藤も大きく息を吸い込んでから、作業を再開する。

大きく足を踏み出したところで、何かに躓《つまず》いた。

あっ——と思ったときには遅かった。後藤は、前のめりに倒れ、泉の中に沈んだ。

11

「ただいま」

晴香は、〈映画研究同好会〉の部屋のドアを開けて中に入った——。

定位置の椅子で、腕組みをしていた八雲が顔を上げる。

「ここは君の家じゃない」

開口一番これだ。

頼まれたことを、色々と調べたのだから、労《ねぎら》ってもらいたいところだが、八雲にそんなことを期待しても無駄なようだ。

「ええ。そうでしたね」

「それで、何しに来たんだ？」

八雲が無表情に言う。

何だかつれない言い方だが、これが普段の八雲なのだから仕方ない。

電話があったときに、八雲には集めた情報は全て伝えてあった。本当は、立ち寄る必要もないのだが、それでも敢《あ》えて顔を出した。

今回の事件は、どうにも謎が多すぎてすっきりしないことばかりだ。八雲に会って、頭の中を整理しておきたかった。

とはいえ、そんなことを正直に話したところで、八雲が何も答えてくれないのは百も承知だ。

晴香は、深いため息を吐きながら、八雲の向かいに座った。

ほとんど、真琴が動いてくれたので、晴香は隣で聞いているだけだったのだが、それでも相当に疲れた。

多分、嫌な話をたくさん聞いてしまったせいだろう。

「ねぇ。こんなことやってて、本当に事件は解決するの？　何だか、複雑になってる気がするけど……」

晴香は、頬杖《ほおづえ》を突きながら不満を口にした。

発端は賢人からの依頼で、佐和子にとり憑いた霊を祓《はら》うことだった。

それが、教会の牧師である桐野の殺人事件にまで発展してしまった。

当初の目的から、どんどん離れていくような気がする。

「今は、バラバラになった事象の背景を探る作業だ。その中で、関係のあるものと、ないものを選別していけば、全容が見えてくる」

本当にそうだろうか――と晴香は懐疑的になってしまう。

「どこまで分かってるの？」

「まだ何も」

八雲は、あくびをしながら答える。

まるでやる気がないようにすら見えてしまう。

「本当に大丈夫？」

「さあね」

「無責任ね」

「どうして、そういうことになる？　ぼくは、最初から事件を解決するなんて言っていない」

確かにその通りだ。

賢人にも、佐和子さんの現象については調べてみます――と言うに留《とど》めている。

八雲は、できもしないことを、安易に口にしたりはしない。冷たいようにみえるかもしれないが、それが八雲なりの優しさだと晴香は認識している。それでも――。

「全然自信がないわけじゃないでしょ？」

晴香などは、目隠しされたような状態で、何をどうしていいのか分からないが、八雲は違う。

何だかんだ言いながら、後藤や真琴に指示を出している。

ということは、目的地は分からないまでも、進むべき方向くらいは見えているはずだ。

「君は、何が訊きたいんだ？」

「それが分からないから、困ってるんじゃない」

「重症だな——」

八雲が呆《あき》れたように首を振る。

こうなると、何かを訊く気が失《う》せてしまう。再びため息を吐き、テーブルに突っ伏した。

静かだった——。

瞼《まぶた》を閉じた暗闇の中、八雲と自分の呼吸の音だけが、微《かす》かに聞こえる。

普通なら、落ち着かなくなるはずの静寂が、八雲と一緒だと心地よく感じられるから不思議だ。

身体の疲労が、少しだけ和らいだ気がした。

「君だったら——」

不意に、八雲の声がした。

ゆっくり身体を起こす。八雲と視線がぶつかった。何だか、妙に恥ずかしく感じて、思わず視線を逸《そ》らした。

「な、何？」

「佐和子という女性にとり憑いた霊は、今まで、ぼくが見たどの霊とも違っている気がする」

「うん」

病院での光景が、鮮明に蘇《よみがえ》る。

あれは、今まで見た憑依《ひょうい》現象とは、まったく異なるものだった。苦しみにもがくでもなく、哀しみに身を焦がすでもなく、怒りに震えるわけでもない。

ただ——歌っているのだ。

「なぜ、彼女は歌い続けているんだと思う？」

「分からない……分からないけど……」

「けど、何だ？」

晴香は、すぐに答えられなかった。

今、頭に浮かんだ考えを口にしたら、八雲に笑われるかもしれない。そもそも、何の根拠もない、ただの感覚に過ぎないものだからだ。

八雲の顔色を窺《うかが》う。

何も言わず、ただじっと晴香の言葉を待っているようだった。

「私には、あの歌が、とても優しく聞こえた」

思い切って口にすると、八雲の表情が一気に歪《ゆが》んだ。

「優しい？」

「うん。もちろん、ただの感覚に過ぎないけど……」

八雲は、何かを考え込むように、尖《とが》った顎《あご》の先に手を当てた。

それから、長い沈黙が流れた——。

「正直、ぼくには分からない……」

しばらくの沈黙のあと、八雲がふっと睫《まつげ》を伏せた。

「何が？」

「あの霊が、何を望んでいるのかが分からないんだ——」

そう言って、八雲は天井を仰いだ。

「彼女の望みが分からなければ、佐和子さんを助けられないってことだよね」

「そうだ」

「その場合、佐和子さんは、どうなっちゃうの？」

晴香が訊《たず》ねると、八雲は姿勢を戻し、真っ直ぐに晴香に視線を向けた。

言葉は発しなかったが、その先にある答えは、容易に想像ができた。憑依された人の末路は、みな同じだ。

少しずつ衰弱していき、やがては——。

その先は、考えたくなかった。

「どちらにしても、あの霊が、どこの誰なのかが分からないことには、始まらない」

八雲は、再び天井を仰いだ。

確かにそうかもしれない。そうなると、泉の捜索をしている後藤たちに望みを託すしかなさそうだ。

再びため息を吐いたところで、携帯電話の着信音がした。

「はい」

八雲が電話に出る。

しばらく話をしたあと、八雲は「分かりました——」と短く答えて電話を切ると、大きく伸びをしながら立ち上がった。

「どこかに行くの？」

「ああ。確かめたいことがある」

そう言った八雲の目は、力強い光を帯びていた。

12

「何も見つかりませんでしたか……」

泉の岸に立った真琴は、落胆とともに口にした。

あたりは、もう闇に包まれている。作業に当たっていた警察関係者は、撤収作業に入っていた。

八雲から、死体の捜索が始まったと聞き、晴香と別れたあと、鏡湧泉に足を運んだ。報告を待っていればいいのかもしれないが、いてもたってもいられなかった。もしかしたら、織田の境遇に感情移入していたのかもしれない。

心のどこかに、死体が見つかるはずだという、確信のようなものがあった。

「すみません……」

隣に立つ石井が、申し訳なさそうに頭を下げる。

彼も作業に参加していたので、汗びっしょりで、顔には泥がたくさん付いていた。

「いえ、謝るのはこっちの方です。曖昧《あいまい》なネタで振り回してしまいました。本当に、申し訳ありません」

真琴が腰を折って頭を下げると、石井が慌てた様子で手を振った。

「止めて下さい。真琴さんのせいではありません」

「でも……」

「それに、もう一回捜索したら、何か出るかもしれませんし——」

石井はそう言うが、真琴はその可能性は極めて低いと考えていた。

この泉は、それほど大きなものではないし、水深も深くて四、五メートル程度だ。指輪ならともかく、捜していたのは人の死体だ。

二十人がかりで捜索して見つからないのだから、何度やっても同じだろう。しかし——。

「この場所で、心霊現象が起きたことは確かなんです」

現にとり憑《つ》かれた女性がいるのだ。間違いなく、誰かが死んでいる。

「そうですね」

「過去にこの場所で、事故で死んだ人や、自殺した人はいないんですか？」

真琴は一縷《いちる》の望みを託して訊ねた。

「いや、それに関しても、八雲氏から指示が出ていたので、資料の検索をかけていたんですけど……」

石井がそこで口籠《くちご》もった。

その先は、言わなくても分かる。そういった記録はない——ということだ。

「そうですか……」

「どうやら、八雲氏も、別の考えを持ち始めたようです」

「別の？」

「はい。この泉に限定せずに、ある人物の記録照会を依頼されたんです」

畠の病院を出る前に、八雲に頼まれた。

「そうなんですか？」

真琴は、驚きとともに声を上げた。

「はい。で、その人物を調べたところ、六年ほど前から行方不明になっていることが分かりました」

「では、その人物が幽霊の正体？」

「詳しくは話してくれませんでしたが、八雲氏は、そう考えているんじゃないでしょうか？」

「そうでしたか――」

さすがは八雲といったところだ。

鏡湧泉の捜索は継続しつつ、別の線から幽霊の身許《みもと》を特定しようと動いていたのだろう。

「ここで、死体が上がって、八雲氏が予測した人物と一致していれば、それが一番手っ取り早かったんですけど……」

「そうですね」

真琴は、返事をしながら、改めて鏡湧泉に目を向けた。

この泉にまつわる伝説が、ふと頭を過《よ》ぎる。真実の泉――なぜ、あんな噂が立ったのだろう。

こういう雰囲気の場所には、とかく奇妙な噂が立ち易いが、それにしても――と思う。

動画で見た映像もそうだったが、ここで起きた心霊現象は、歌が聞こえるというものだった。

それが、どこでどう真実の自分が映り、呪い殺される――という話に転化したのか？

改めて考えてみると、どうにも腑《ふ》に落ちない。

「何だか、釈然としませんね」

「そうですね」

真琴の言葉に、石井が同意した。

チラリと石井の横顔に目を向ける。目尻《めじり》が少し下がっていて、一見すると頼りない印象を抱くが、実際はそうでないことを真琴は知っている。

石井が日頃からオドオドしているのは、過剰なまでに、他人の顔色を窺《うかが》っているからだ。それは優しさの裏返しでもある。

そんな石井だからこそ、一緒にいて、安らぎを感じることができるのかもしれない。

ただ、残念なことに、石井と顔を合わせるのは、いつも血腥《ちなまぐさ》い事件の現場だ。今日にしても、心霊現象や死体の捜索のことなど無ければ、二人で綺麗《きれい》な夜景を眺めることができたかもしれない。

「どうしました？」

不意に、石井に声をかけられた。

「え？」

「何だか、嬉《うれ》しそうに笑ってましたけど……」

「え？　そうですか？　気のせいですよ」

真琴は、慌てて石井から顔を背けた。

顔が火照《ほて》り、火が出るように熱かった。自分もいい大人だと思っていたのに、まさかこんな少女のような妄想に耽《ふけ》るとは――。

「ところで、後藤さんは、大丈夫なんですか？」

真琴は、慌てて話題をすり替えた。

今回の事件を、後藤がどう受け止めているのか、非常に気になるところだった。どう考えても、平気なはずはない。

「口には出しませんが、やはり、苦しんでいるようです……」

石井はそう言って、下唇を嚙《か》んだ。

メガネの奥の目は、今にも泣き出しそうなほど、哀しみに満ちている。優しい石井のことだ。まるで、自分のことのように受け止めているに違いない。

「仲が良かったんですか？」

「後藤刑事は、嫌いだったと言い張っていますが、私は、少し違うように思います」

「どう違うんですか？」

「話を聞く限り、後藤刑事と桐野さんは、性格も違うし、反発し合っていたように聞こえます。でも、それだけじゃないというか……」

「後藤さんと、八雲君みたいな関係ですか？」

真琴が言うと、石井が「それだ」と声を上げた。

「かなり近いと思います。いがみ合ってはいても、根底では、お互いのことを認め、信頼している――そんな感じです」

「口では何だかんだ言っても、心の底で信じ合えるって、羨《うらや》ましいですね」

「そうですね。私も、そんな風に後藤刑事に信頼してもらえたら、嬉しいんですけど……」

石井は、叱られた子どものように頭を垂れた。

自分が石井と同じ立場だったら、同様に考えてしまうかもしれない。だが、きっとそれは思い違いだ。

「後藤さんは、石井さんを信頼していますよ」

「では、なぜ何も言ってくれないんでしょうか？」

そこは難しいところだと思う。

口に出して、全てを話すことだけが信頼関係ではない。ただ、それを口にしたところで、今の石井には受け容《い》れられないだろう。

「そのうち、話してくれると思います」

「そうでしょうか？」

「そうですよ」

励ましの意味もあったが、それが真琴の本心でもあった。

「こんなときに、何もできない自分が、情けないです」

石井が、ぐっと力を込めて拳《こぶし》を握る。

その手が、微《かす》かに震えていた。また、自分を責めている。見ていて痛々しく感じることがあるが、そこが石井の良さでもある。

「ただ、見守るだけでいいと思います」

真琴が言うと、石井が「えっ？」と顔を上げた。

「きっと、後藤さんは、ああいう性格の人ですから、誰かに優しい言葉をかけて欲しいなんて、思っていないと思います」

「そうですか？」

「私は、そう思います。だから、ただ、石井さんは、いつも通り、後藤さんの近くにいるだけでいいと思います」

「そうかも、しれませんね」

石井は、大きく頷《うなず》いたあと、微かに笑みを浮かべた。

「何、ニヤニヤしてやがるんだ！」

いきなりぬうっと後藤が現れ、石井の頭に拳骨《げんこつ》を落とした。

石井が、頭を押さえて蹲《うずくま》る。

「もしかして、聞いてました？」

真琴が訊《たず》ねると、後藤は、ふんっと鼻を鳴らした。

「盗み聞きの趣味はねぇよ」

どうやら、聞かれていたらしい。とはいえ、ここで弁解をしたら、余計に気まずくなるだけだ。

「それならいいんです」

真琴が笑顔で言うと、後藤は舌打ちを返して来た。

本当に不器用な人だ。だが、それが、後藤が後藤たる所以《ゆえん》でもある。

「石井。いつまでそうしてるんだ？　さっさと行くぞ」

後藤は、宣言するように言うと、さっさと歩き出してしまった。

「行くってどちらに？」

石井が、慌てて立ち上がる。

「八雲のとこだよ。あの野郎——死体なんかねぇじゃねぇか。一発殴ってやらねぇと、気が済まねぇ」

「ちょ、ちょっと待って下さい」

石井は、慌てて後藤のあとを追いかけた。

転んだ——。

13

晴香は、八雲と並んで病院の廊下を歩いていた——。

「ねぇ、何をするつもりなの？」

八雲が佐和子の病室を目指していることは分かる。だが、その目的については、何も知らされていない。

「君は、何も分からずについて来たのか？」

病室の扉の前で、八雲が足を止める。

「うん」

「まったく……」

八雲は、呆《あき》れたように言いながら、髪をガリガリとかき回す。

そんな態度を取られても、何も聞かされていないのだから、分からないのは当然だ。

まあ、勝手について来た感は否めないが――。

「確かめたいことがあったんだ」

八雲が、すっと目を細めながら言った。

「何？」

「うまくいけば、佐和子という女性に憑いている霊が誰なのか、特定できるかもしれない」

「そうなの！」

驚きの声を上げる晴香を一瞥《いちべつ》したあと、八雲は扉を開けて病室に入って行った。

晴香も、そのあとに続く。

ベッドに寝ている佐和子の脇に、男が立っているのが見えた。賢人だった。

賢人は、こちらの姿を見て、小さく会釈した。

「すみません。急にお呼び立てしてしまって……」

八雲が、賢人の許《もと》に歩み寄る。

「いえ。それより、何か分かったんですか?」

賢人が訊ねてくる。

八雲は、その視線を受け止め、しばらく黙っていたが、やがて「まあ、そんなところです」と、肩をすくめてみせた。

「佐和子ちゃんは、元に戻るんですか?」

賢人が、すがりつくように言う。

八雲は逃れるように、窓の前までゆっくりと移動する。

「あなたが、本当に知りたいのは、彼女の容態ではありませんよね」

窓の外に目を向けたまま、八雲が言った。

突き放すような、冷淡な口調だった。

「どういう意味です?」

賢人の顔は、困惑で歪《ゆが》んでいた。

晴香も同じ気持ちだった。八雲は、ここに来て、急に何を言い出すのか?

「言葉の通りです。少し、調べました。佐和子さんは、貴俊さんと恋仲にあったようです」

「それが、どうしたんですか?」

「あなたは、友人の心霊現象より、友人の彼女の現象の方を気にかけていた。これは、不自然ではありませんか？」

八雲が、改まって賢人に向き直る。

二人の視線が、激しくぶつかっているようだった。晴香は、息を呑《の》んで、じっと見守ることしかできなかった。

「何が——言いたいんです？」

賢人が、掠《かす》れた声で言った。額に汗が滲《にじ》んでいるようだった。

「あなたは、鏡湧泉に行ったとき、幽霊の姿を目撃した。そして、その姿に見覚えがあった」

「ぼくは……」

「あなたが、ぼくの許を訪ねて来たのは、佐和子さんを救いたかったからじゃなくて、佐和子さんに憑いている霊の正体を知りたかったから——違いますか？」

「なぜ、そんな風に思うんですか？」

「最初は、ただの勘でした。違和感といった方がいいかもしれない」

「違和感？」

賢人が首を傾げる。

晴香も同じ気持ちだった。あのときの賢人から、不自然な態度は感じられなかったし、八雲自身、一貫性があると言っていたはずだ。

「ええ。あなたからは、緊迫感がまるで感じられなかった。それに、怖くて慌てて逃げ出したわりには、話に一貫性があり過ぎたんです」

言われてみれば、頷けるところが多々ある。

佐和子のことを説明する賢人には、どこか他人事《ひとごと》のような響きがあった。それに、鏡湧泉での顚末《てんまつ》を説明するときも、やけに冷静だった。

真っ直ぐに向けられた八雲の視線から逃れるように、賢人は天井を仰いだ。

そのまま、何も答えず、じっと動かない。

八雲の方も、賢人に視線を向けたまま微動だにしなかった。

実際は、三十秒やそこらだったのだろうが、重苦しい空気に包まれていたせいか、晴香にはとてつもなく長い時間に感じられた。

やがて、賢人が大きく息を吸い込んだあと、八雲に視線を戻した。

「何か凄《すご》いですね……」

賢人が苦笑いとともに言った。

「何がです？」

八雲が怪訝《けげん》な顔をする。

「斉藤さんの言う通りです。ぼくは、鏡湧泉で幽霊を見たとき、もしかして——と思ったんです」

賢人の声が震えた。

「でも、それを信じたくなかった。かといって、気になったまま放置することもできなかった――」

八雲が言うと、賢人が大きく頷いた。

下唇を噛《か》んだ賢人の目には、うっすらと涙の膜が張っていた。

「あなたは、幽霊の正体が、六年前から行方不明になっている、お姉さんかもしれない――そう思ったんですね」

「はい……」

絞り出すように言った賢人の声は、涙に濡《ぬ》れていた。

ここに来て、ようやく晴香にも事情が呑み込めて来た。だから、八雲は賢人の素性を調べさせていたのだろう。

ここに来る前、かかってきた電話は、おそらく後藤か石井からで、賢人の姉の失踪《しっそう》届が出されているかどうかを確認していたのだろう。

「どうしますか？」

八雲が訊《たず》ねると、賢人が「え？」と顔を上げた。

「ぼくの眼には、他人には見えないものが見えます」

「見えないもの？」

「はい。死者の魂――つまり、幽霊です。佐和子さんにとり憑いているのが、あなたのお姉さんかどうか、確かめることができます」

八雲の言葉を受けた賢人は、涙の浮かんだ目で、じっと八雲を見返した。

「本当に、そんなことが……」

賢人の目には、疑念が込められていた。

その気持ちは晴香にも分かる。晴香自身、最初は、八雲のその能力を信じていなかった。

「八雲君の言っていることは、本当です」

晴香は、一歩前に足を踏み出しながら言った。

賢人の視線が、晴香に向けられる。その目は、わずかに揺れているようだった。信じるべきか否か、迷っているのだろう。

「信じないなら、それでも構いません。でも、ぼくに、何かできると思ったから、相談を持ちかけたんじゃないんですか？」

八雲が、淡々とした口調で言った。

賢人は俯《うつむ》き、拳《こぶし》を固く握る。

おそらく、賢人の迷いは一つではない。もし、佐和子にとり憑いているのが、自分の姉だった場合、彼女はすでに死んでいるということになる。

残酷な現実を突きつけられることになるのだ。

考えようによっては、事実を知らずに、姉が生きていると信じていた方がいいのかもしれない──。

「知りたいです。どんな結果であれ、姉さんに何があったのか、知りたい──」

賢人は、力のこもった視線を八雲に向けた。

見ていて痛々しくなる。

「分かりました。お姉さんの写真はありますか？」

「携帯の写メなら……」

「見せてもらえますか？」

賢人が、携帯電話を操作して、画像を表示させてから八雲に渡す。

それを受け取った八雲は、ゆっくりとベッドに寝ている佐和子に歩み寄ると、哀しげな目で彼女を見下ろした。

賢人は、その姿を固唾《かたず》を呑んで見守っている。

おそらく彼は今、「違う」という言葉を待っているのだろう。晴香も、違っていて欲しいという願いを込めて、じっと八雲の言葉を待った。

やがて——。

「間違いありません。佐和子さんにとり憑いているのは、あなたのお姉さんです」

淡々とした八雲の言葉が、静寂に包まれていた病室に響いた。

「嘘ですよね」

賢人が、無表情に言う。

「いいえ。間違いありません」

「嘘だって言って下さい。姉さんのはずがない。だって、姉さんは……」

賢人が八雲の両肩を摑《つか》み、激しく揺さぶる。

八雲は、何も言わなかった。

やがて賢人は、崩れるように膝《ひざ》を落とした。

必死に堪《こら》えようと身体に力を入れていた賢人だったが、寄せる感情の波に抗《あらが》いきれず、その目から涙が零《こぼ》れ落ちた――。

それが、きっかけとなり、賢人は床に突っ伏し、激しく嗚咽《おえつ》した。

深い哀しみに打ちひしがれているのだろう。

晴香は、そんな賢人の姿を見ていることができずに、視線を逸《そ》らした。

どれくらい、そうしていたのだろう。賢人は、しゃくり上げながらも、腕で涙を拭《ぬぐ》って立ち上がった。

「教えて下さい。姉さんは、どうして死んだんですか？」

賢人の声は、涙に濡れていたが、それでも強い意志が込められているようだった。

「それは、まだ分かりません。真実を知るためにも、あなたのお姉さんが、どんな人だったのか、教えてもらえませんか？」

八雲の問いかけに、賢人が大きく頷《うなず》いた――。

14

「死体なんか、どこにも無かったじゃねぇか！」

後藤は〈映画研究同好会〉の部屋に入るなり、いつものように椅子に座っている八雲に詰め寄った。

あれだけの人数を投入して、徹底的に捜索を行ったにもかかわらず、死体はおろか、その痕跡《こんせき》すら見つからなかった。

露骨に厭《いや》みを言う奴は、放っておけばいいのだが、これでは信頼して動いてくれた宮川に申し訳が立たない。

しかし、そんな後藤の心情を知ってか知らずか、八雲は退屈そうに大あくび。

「てめぇ！　聞いてんのか？」

後藤は怒りに任せて、八雲の胸ぐらを摑み上げた。

「デカイ声を出さないで下さい。耳が痛い」

八雲は、いかにも嫌そうな顔をして、耳に指を突っ込んでうるさいとアピールする。

少しは反省していると思ったが、まるで意に介していないようだ。

「このガキ！」

後藤が拳を振り上げると、「落ち着いて下さい」と、石井が、飛びついて来た。

「離せ！」

後藤は、力任せに振り払う。

軽々と飛ばされた石井は、部屋の壁に激突して、床の上に転がった。大げさに、背中を押さえてうんうんと唸《うな》る。

「まったく。感情に任せて責めるのは勝手ですけど、まずは話を聞くことを覚えたらどうです」

八雲が、ガリガリと髪をかき回しながら言う。

その指摘は、一々もっともだ。それに、今の八雲の口ぶりからして、次の策があるのかもしれない。

後藤は、乱れたジャケットを直し、気持ちを落ち着けてから、八雲の向かいに腰を下ろした。

石井も、のろのろと起き上がり、後藤の隣に座る。

「あの場所からは、本当に死体が見つからなかったんですね」

落ち着いたところで、八雲が切り出した。

「ああ。隅々まで捜したが、何も出て来なかった。とんだ無駄足を踏んだな」

厭みのつもりで言ったのだが、八雲はまるで動じない。それどころか、まるで嘲《あざけ》るような笑みを浮かべてみせた。

「なぜ、見つからなかったことが、無駄足なんですか？」

まさか、そんな風に返されるとは思わなかった。

「なぜって、捜しているものが見つからなかったら、無駄足だろうが」

「あの泉には、死体が無いと分かったんです。それは収穫でしょ」

「屁理屈《へりくつ》を……」

「屁理屈ではありません。そもそも、あの場所に死体があるかもしれないというのは、可能性の一つに過ぎません」

八雲は淡々と口にした。

どうにも、聞き捨てならない台詞《せりふ》だ。

「お前は、あるかどうか分からないものを、警察を使って捜索させたってことか？」

「その通りです」

八雲が平然と言い放つ。

「てんめぇ……こっちが、どれだけ苦労したと思ってんだ」

「何を怒っているんです。そもそも、警察の仕事とは、そういうものでしょ？」

「あん？」

「あらゆる可能性を考慮して、一つ一つ検証しながら潰《つぶ》していくものだと言っているんです」

まさに八雲の言う通りだ。

警察の捜査は空振りの連続だ。しかし、それは無駄な作業ではない。そうやって、精査しながら、事件の本質を見極めていくのだ。

「死体は見つかりませんでしたが、あの場所で、彷徨《さまよ》っていた霊の正体は、分かりました」

八雲が、さらりと驚きの発言をする。

「な、何だと！」

勢いよく立ち上がる後藤に、八雲は「騒々しい……」と軽蔑《けいべつ》の視線を寄越《よこ》してきた。

いちいち腹の立つもの言いだが、ここはぐっと堪える。

「で、誰なんだ？」

後藤は、椅子に座り直しながら訊《たず》ねる。

「畠さんのところで、依頼した案件がありましたよね」

「そんなの、あったか？」

畠の病院を出る前に、八雲が石井に何かを頼んでいたのは知っていたが、ちゃんと聞いてはいなかった。

これみよがしにため息を吐いてから、八雲が口を開く。

「六年前から、行方不明になっている女性がいるんです。名前は、宇都木久美《くみ》さん。ぼくのところに、心霊現象を持ち込んだ賢人さんのお姉さんです」

「何っ？」

「賢人さんに写真を見せてもらって、確認を取ったので間違いありません」

八雲の表情が硬くなる。

「しかし、そうなると、死体が見つからなかったのは、なぜでしょう？」

石井が、指先でメガネを押し上げながら訊ねる。

それは後藤も気になるところだ。あれだけ大規模な捜索をして、何も出て来なかったのはどうも解せない。

「可能性の一つですが、久美さんが死んだのはあの場所ではなく、別の場所だった──」

八雲が、呟《つぶや》くように言った。

「だが、そうなると、何であの場所で彷徨っていたんだ？」

後藤が疑問を投げかけると、八雲は苛立《いらだ》たしげに、ガリガリと髪をかき回す。

「本当なら、とり憑いている女性の霊から聞き出すところなんですが、彼女は、ただ歌っているだけなんです……」

今回の事件において、八雲の頭を一番悩ませているのはそこだろう。

女性にとり憑いた霊が、何を訴えているのか分からないことには、手の打ちようがない。

「完全にお手上げだな」

後藤は、両手を上げて降参のポーズを取った。

それを見て、八雲が苦笑いを浮かべる。

「諦《あきら》めるのはまだ早いです」

「何?」

「可能性は、もう一つあるんです」

八雲は、人差し指を眉間《みけん》に当てる。背筋がぞっとするくらい、怖い視線だった。

「何だ?」

「やはり、死体は、あの場所にあったんです——」

何を言うのかと思ったら、話が振り出しに戻ってしまった。

実に八雲らしくない発言だ。

「だから、無かったって言ってんだろ」

「先入観を持って事件に臨めば、本質を見失いますよ」

得意げなその態度に腹が立つ。

「そんなこと言いながら、何も分かってねぇじゃねぇか」

後藤は、ぐいっと身を乗り出して詰め寄る。

反論があるかと思ったが、八雲は焦点の合わない視線を宙に漂わせながら、ブツブツと何かを言っている。

深い思考に入ったらしい。こうなると、何を言っても無駄だ。

「どうします?」

石井が不安げな顔で訊ねて来た。

どうするも、こうするも、自分たちは万策尽きている。これ以上、どう動いていいのかさっぱり分からない。

「仕方ねぇ。帰るぞ」

諦めて立ち上がった後藤を、八雲が呼び止めた。

「犯行現場を見ることはできますか？」

八雲は、さっきまでとは異なり、不敵な笑みを浮かべながら口にした。

この反応——何か思い付いたのかもしれない。

「ああ。多分、大丈夫だ」

現場検証は終わっているので、荒らすようなことをしなければ、見ることは可能だ。

制服警官が張り番をしているだろうが、そんなものは、いくらでも誤魔化《ごまか》せる。

「では、行きましょう」

八雲が、すっと立ち上がった。

本当に腹の立つ男だが、こういうときの八雲は実に頼もしく感じられる。

「おう。行こう」

後藤は、期待を込めて返事をした。

15

晴香は、マンションの部屋に戻ると、大きなため息を吐いた——。

昨日から、色々なことがたくさんあって、肉体的にも、精神的にも相当に疲労してしまっていた。

キッチンでミルクを沸かし、ホットココアを淹《い》れる。

テーブルの前に座り、一口飲んだところで、ノートパソコンの電源を入れた。

疲れているし、すぐに眠ってしまいたい気持ちはあるが、そういうわけにもいかない。八雲にもう一つ指示されたことがあったからだ。

今回の事件は、とにかく、分からないことが多すぎる。八雲も、相当に頭を悩ませているようだ。

いつも助けられてばかりなので、少しでも八雲の力になりたいと思うし、晴香自身、このままでは気が収まらない。

それに、賢人に同情している部分もあった。

あのあと、佐和子の病室で、賢人から彼の過酷ともいえるこれまでの人生について聞いた。

母親を病気で早くに亡くし、父親も八年前に交通事故で失い、児童養護施設に入ることを余儀なくされた。

賢人と姉の久美は、二人で寄り添うように生きていたのだ。

高校卒業後久美が先に児童養護施設を出て、一人暮らしを始めた。それからも、二人は頻繁に会っていた。

いつか、二人で暮らそうと約束していたのに、久美は何の連絡もなく、突然失踪《しっそう》した。たった一人になってしまった賢人だったが、それでも必死に頑張り、奨学制度を利用して大学進学まで果たした。

賢人が、前向きに生きてこられたのは、久美がどこかで生きている——そう信じていたからだろう。

そのわずかな希望が、無残に打ち砕かれてしまった。

病室を出て行く賢人の背中は、今にも壊れてしまいそうなほど、儚《はかな》く見えた。

失われてしまった命は、もう二度と戻っては来ない。

自分たちに出来ることは、久美がなぜ死に、なぜ現世を彷徨っているのか——その原因を見つけ出し、彼女の魂を解放することだ。

パソコンの起動を待ってから、インターネットで、あるサイトにアクセスした。

真琴が見つけた、あの泉で起きた心霊現象を撮影した動画がアップされているというサイトだ。

黒い画面に、赤い文字で説明が書かれている。

不気味な雰囲気のサイトだが、そもそもがそれを狙っているのだろう。

「これか……」

晴香は、目当ての動画をクリックして、再生させる。

三人の男たちが、雑談に興じながら雑木林を抜けていく。やがて、あの泉が映し出される。

晴香は、昼間にしか足を運んでいないが、こうやって夜間の泉を見ると、かなり印象が異なっているように思えた。

どこからともなく、何かが聞こえて来たらしく、男たちは、悲鳴を上げながら散り散りに逃げて行く。

もう一度、同じ場面を再生し、耳をそばだてる。

真琴も言っていたが、微《かす》かに聞こえる声には、一定のリズムと音階がある。歌に聞こえなくもない。

佐和子の歌は、声が掠《かす》れていたし、朗読しているかのように抑揚がなかった。それに対してこの動画は、何を言っているのかは聞き取り辛《づら》いが、音程とリズムは明瞭《めいりょう》だった。

歌というより、楽器で演奏している旋律を聴いているようだった。

「これって……」

もう一度、今度は、ヴォリュームを最大にして、同じ箇所を再生する。

途中で男たちの悲鳴にかき消されてしまい、極短いフレーズだけだったが、今度ははっきりとその音階とリズムを聞き取ることができた。

——どこかで、聴いたことがある気がする。

晴香は、そのフレーズをハミングで口ずさんでみる。喉《のど》まで出かかっているのに、なかなか思い出せない。

「そうだ」

携帯電話を取り出し、動画で撮影しておいた佐和子の歌を、改めて聴いてみる。

「あっ！」

晴香は、興奮のあまり声を上げた。

今まで日本語の歌詞だと思っていた。だが違う。これは、英語の歌詞だ。

認識を変えて、もう一度聴いてみる――間違いない。晴香は、この曲を知っている。

以前に、オーケストラサークルで演奏したこともある。

すぐに八雲に電話をかける。

〈何だ？〉

しばらくのコール音のあと、不機嫌そうに八雲が電話に出た。

外にいるらしく、風の音が混じっていた。

「分かった。分かったのよ」

〈少し、落ち着いたらどうだ？〉

八雲に言われて、晴香は自分が興奮していたことに気付かされた。

「ごめん。あのね。何の歌を歌っているのか、分かったの」

晴香は、深呼吸をしてから、一言一句確かめるように口にした。

〈何という曲だ？〉

「多分だけど、この歌は――」

曲名と、その歌が作成された背景などを説明すると、八雲は〈なるほど――〉と短く答えた。

もう少し、驚くかと思ったのに、やけに素っ気ない反応だ。

「何か分かった？」

軽い落胆を覚えながらも訊《たず》ねた。

〈何となくだけど……〉

いつになく歯切れが悪い。

「何となく？」

〈正直、ぼくには分からない感覚だ。だが、そういうこともあるのかもしれない。きっと、これは……〉

そこまで言って、八雲が言い淀《よど》んだ。

「何？」

〈いや、何でもない。ただ、君の感覚は、正しかったのかもしれない〉

「私の感覚？」

いったい、何の話をしているのか、イマイチ分からない。さらに、質問をぶつけようとしたが、八雲に遮られた。

〈今、あれこれ推測を並べても仕方ない〉

「それは、そうだけど……」

〈とにかく助かった——〉

それだけ言うと、八雲は電話を切ってしまった。

何だか、モヤモヤとして釈然としないが、八雲から礼を言ってくれただけでも良しとしよう。

携帯電話をテーブルの上に置いたあと、晴香はあることを思い出した。

この曲を演奏したときのCDがあったはずだ。ガサガサとラックの中を探すと、すぐにそのCDは見つかった。

プレーヤーにCDを入れ、再生ボタンを押す。

やがて流れて来たのは、優雅で美しく、そして荘厳な旋律だった——。

佐和子にとり憑いている霊は、なぜこの歌を繰り返し歌っているのだろう？　目を閉じ、音楽を聴きながら、その疑問が頭に浮かんだ。

この歌は、誰かを恨んだり、憎んだりといった感情が込められたものではない。それとは正反対の調べなのだ。

この歌に込められているのは——。

16

——不気味だ。

教会の中に足を踏み入れた石井は、内心で呟《つぶや》いた。

前に足を運んだときも、気味が悪いとは思ったが、それとは異質な何かがある。

もしかしたら、ここで人が殺されたという事実が、石井にそうした感情を抱かせているのかもしれない。

「ビビってんじゃねぇよ」

石井の心情を見透かしたらしい後藤が、頭をひっぱたいた。

「で、八雲。どうなんだ？」

後藤は、祭壇の前に佇《たたず》む八雲に声をかけた。

八雲がゆっくりと振り返る。

その姿に、石井は思わずドキリとする。八雲と教会——妙な取り合わせだが、なぜか荘厳ともいえる雰囲気を醸し出しているようだった。

「桐野さんが、殺害されたのは、この奥の控え室ですね」

八雲が、朗読台の奥にあるドアを指差した。

後藤が「そうだ」と答えると、八雲は迷いのない足取りで、壊れて傾いたドアを開けて部屋の中に入って行った。

「行くぞ」

あとについて、後藤が歩き出す。

石井は——行きたくなかった。何だか、今日は酷《ひど》く嫌な予感がする。このまま、ここで待っていよう。

「石井！　何やってんだ！」

後藤に怒鳴られ、反射的に歩き出してしまった。

おそるおそる部屋の中を覗《のぞ》いた。

六畳ほどの広さの部屋だった。

床には、まだ生々しく赤黒い血の痕《あと》が残っていた。砕けたステンドグラスから、乾いた風が吹き込んで来る。

八雲が血痕《けっこん》の前に跪《ひざまず》き、そっと指で触れる。

その様は、まるで何かに祈りを捧《ささ》げているように見えた。

「後藤さんが部屋に入ったとき、容疑者の貴俊さんは、どこにいたんですか？」

八雲が、ゆっくりと立ち上がりながら言った。

「そこの壁の辺りだ」

後藤が指で示す。

八雲は、それに誘《いざな》われるように歩みを進めると、顎先《あごさき》に手をやって、何ごとかを呟いた。

——何と言っているのだろう？

訊ねようとした石井だったが、思わず口を閉じた。

背筋に、ぞわっと寒気がした。誰かに、触れられた——そんな感じだ。慌てて振り返ってみたが、そこに人の姿はない。

「どうした？」

後藤が、訊ねてくる。

「あっ、いえ、その……」

今、自分の中にある感覚をうまく説明できなかった。

石井の心情などお構い無しに、八雲は今度は割れたステンドグラスの前に歩み寄る。

「部屋の外にいるとき、ガラスの割れる音が聞こえたと言っていましたね」

八雲が目を細めながら問う。

「ああ」

「石井さんは？」

「わ、私も聞きました」

石井が答えると、再び八雲は口を閉ざした。眉間《みけん》に人差し指を当て、何かを思考しているようだ。

何を考えているかなど、石井に分かるはずもない。

それに、今回の桐野殺害事件については、貴俊の犯行で間違いないのでは——と石井は考えていた。

石井だけではない。捜査本部も、その方向で進んでいる。貴俊の祖父であるＯＢが、あれこれ難癖をつけているようだが、今から幾ら騒いだところで、これだけ証拠があるのだから、事実は覆しようがない。

そうなると、八雲はいったい何を調べようとしているのか？

疑問を抱いた石井だったが、その答えは、案外あっさりと導き出すことができた。

八雲は警察官ではない。そもそもが、殺人事件を解決しようとしているわけではない。

彼が臨んでいるのは、鏡湧泉で憑依《ひょうい》された女性の霊を救うことだ。

「一つ、訊《き》いていいですか？」

思考を終えた八雲が、後藤と石井の許《もと》に歩み寄って来た。

「何だ」

後藤が促す。

「なぜ、この部屋だったんですか？」

八雲の質問の意味が分からず、石井は「え？」と訊き返した。

「桐野さんは、霊を祓うことはできない――そう断言していたんですよね。除霊という芝居を打つことで、貴俊さんの妄想を取り除く――と」

八雲の言葉に、後藤が「そうだ」と頷《うなず》く。

「それなのに、この部屋を使った理由はなんなんでしょう？」

八雲は、いかにも分からないという風に首を傾げる。

――八雲氏は、何を問題視しているのだろう？

石井には、それが見えて来なかった。後藤も、同じ考えだったらしく、「何が言いたい？」と八雲に詰め寄る。

「この部屋には、何もないんです」

八雲が、ぐるりと部屋を見回しながら言った。

——何もない？

石井は、首を傾げる他なかった。

争った後なので、横倒しになってはいるが、テーブルも椅子もちゃんとある。何もないことはない。

八雲も、それは分かっているはずだ。と、いうことは、八雲が言おうとしていることは、もっと別の何か——だ。

石井は、改めて部屋をじっくりと観察する。

「お前、何言ってんだ？」

後藤が眉間に皺《しわ》を寄せる。

「まだ、分かりませんか？」

「あっ！」

問いかけた八雲を遮るように、石井は声を上げた。

石井にも、八雲が何を言わんとしているのかが分かった。一度、そのことに思い至ると、この状況は、至極不自然な感じがする。

「石井さんは、気付いたようです。後藤さんも、少しは見習ったらどうです？」

八雲は、そう言い残すとさっさと部屋を出て行ってしまった。

「てめぇ、それはどういう意味だ！」

後藤が怒りを露《あら》わにしながら、そのあとを追いかける。

石井も、すぐに続こうとしたが、その前にバタンッとドアが閉まり、行く手を阻んだ。

今のは後藤が閉めたのか、それとも――。

ドアに手を伸ばそうとした石井だったが、ビクッと動きが止まった。

まただ。さっきと同じ感覚――。

背中に感じる冷たい視線。すぐ後ろに、誰かが立っている。

「そんなはずはない」

石井は、声に出して否定した。

八雲も後藤もさっき部屋を出て行った。この部屋の中に、自分以外の人間がいるはずがないのだ。

言い聞かせたはずなのに、嫌な視線は一向に消えない。

振り返って確認しよう。そこに誰もいなければ、ただの勘違いだったと納得できる。

石井は、大きく深呼吸をしたあと、一気に振り返った。

息が止まった――。

そこには、誰もいないはずだった。それなのに、それなのに――目の前には、一人の男が立っていた。

石井は、赤い左眼をもってはいない。それでも、目の前の男が、すでに生きていないことは分かった。

冷たい視線で、じっと石井を見ている。

そこにある感情が、怒りなのか、哀しみなのかは分からない。ただ、とてつもなく嫌な視線だった——。

石井は、すぐに逃げだそうとしたが、足がもつれて転んでしまった。

慌てて起き上がろうとすると、さっきの男が、両手を伸ばして、石井に覆い被《かぶ》さって来た。

「ぎゃぁぁ！」

石井の意識は、悲鳴とともに闇の中に墜《お》ちていった——。

第三章

祈りの柩

FILE:03

1

真琴は、二十四時間営業のファミリーレストランの窓際の席に座り、じっと外の風景に目を向けていた。

午前七時――店内は、仕事前に立ち寄ったサラリーマンなどで、意外と混雑していた。

真琴の視線の先には、古びた団地がある。

ここである人物を待っていた。織田亮《りょう》。真琴に、電話をして来たと思われる人物だ。

昨晩、織田について色々と調べた。彼は、地元の高校に進学したものの、不登校となり、退学した。

今は、両親と同居しながら、夜間の警備のアルバイトをしている。

関係者に話を聞いてみたが、その評価は一貫して、寡黙で何を考えているのか分からないということだった。

個人的に親しい友人は、見つからなかった。

中学校の教師の浪岡から聞いた話が脳裡《のうり》を過《よ》ぎる。真琴自身、イジメに遭った経験がある。

そのきっかけは、実に些細《ささい》なもので、誰でもその標的になり得るのだ。

しかし、そのことが、その後の人生に、様々な影響を与えてしまう。織田などはその最たるものだと真琴は考えていた。

彼は、イジメから逃れるために嘘を吐いた。そして、イジメられている事実を、打ち明けることができずに、嘘を吐かざるを得なかったのだ。

優しすぎた故に、ホラ田などと、心ない仇名《あだな》をつけられることにもなってしまった。

「来た――」

真琴は、思考を中断して腰を上げた。

ゆっくりと俯《うつむ》き加減に歩いて来る織田の姿を見失わないように、会計を済ませ、店の外に出た。

正面に立ちふさがったのでは、逃げられてしまう。真琴は、斜め後ろから織田に歩み寄り声をかけた。

振り返った織田は、真琴の顔を見て、驚愕《きょうがく》の表情を浮かべる。

踵《きびす》を返して、すぐに逃げだそうとする。しかし、それは想定内の行動だ。真琴は、すぐに織田の腕を摑《つか》んだ。

「電話して来たのは、あなたでしょ」

「ち、違います」

織田は、真琴から視線を逸らし、掠《かす》れた声で答える。

警戒しているのだろう。

「私は、あなたの話を聞きに来たの」

真琴は、優しく語りかけるように言う。

「話すことは、何もない」

織田は、真琴の腕を振り払う。一度は、手を離してしまった真琴だったが、すぐに織田の腕を摑み直す。

「私にはあるわ。あなたは、嘘なんか吐いていない。そうでしょ」

真琴が言うと、織田の表情が固まった。

昨日、浪岡から聞いた話がずっと引っかかっていた。鏡湧泉で、死体を見たという証言だ。

浪岡や、クラスメイトたちは、また織田の嘘が始まった――くらいに思ったのだろう。

だが、真琴はそうは思わなかった。証言から推察して、織田が吐いて来た嘘というのは、全て自己防衛のものだった。

しかし、鏡湧泉に死体がある――という話だけは、そうではない。

俯瞰《ふかん》して見ると、この嘘だけが、完全に他のものから浮いているのだ。そこには、真実があるように思えた。

そして、あれから六年経った今になって、真琴の許《もと》に同様の電話をかけて来た。

「あなたは、六年前――鏡湧泉で何かを見た。そうでしょ」

それが、真琴が導きだした結論だった。

彼は、何を目撃したのか――その内容が分かれば、今回の事件の謎が解けるかもしれない。

もちろん、それだけではない。織田が、今も抱えているであろうトラウマを断ち切るためには、現実と向かい合う必要があるのだ。

「知らないっす……」

織田は、絞り出すように言った。

俯いているので、その表情を窺《うかが》い見ることはできない。

「いいえ。あなたは、知っているはずよ」

真琴が顔を覗《のぞ》き込もうとすると、織田は身体を捻《ひね》り、それから逃れる。

微《かす》かにではあるが、織田の身体が震えているようだった。

「知らない……おれは、何も知らない……」

「そんなことない」

「おれは、頭がおかしいから、幻を見たんだ……」

織田は小さく首を振った。

その言葉に、今まで織田が経験して来たことが、集約されているような気がした。他人を責めることができれば、もっと楽なのに、彼にはそれができない。だから、他の人より苦しんでしまう。

「お願い。私に教えて欲しいの。あなたの見たものを」

「知らないって言ってんだろ！」

織田は、叫び声を上げると、強引に真琴の腕を振り払って走り去って行った。

すぐに追いかけることもできるし、彼の家も知っている。だが、真琴は、どうしても後を追いかける気にはなれなかった。

織田のため——などというのは、欺瞞《ぎまん》に過ぎず、彼自身を追い込んでしまっているのかもしれない。

そう思うと、足が動かなかった。

だが、だとしたら、なぜ織田は「死体がある——」とわざわざ電話をして来たのだろうか？

真琴の思考を遮るように、携帯電話の着信音が鳴った。表示されたのは、晴香の名前だった。

「もしもし」

〈真琴さん。大変です〉

電話の向こうから、いかにも慌てた調子の晴香の声が聞こえて来た。

「どうしたの？」

〈さっき、八雲君から連絡があったんですけど、大変なことになってるみたいで〉

晴香自身が、相当に混乱しているのだろう。

大変ばかりで、肝心の内容が伝わって来ない。

「落ち着いて。何があったの？」

〈す、すみません……石井さんが……〉

その名前を聞き、真琴の心臓がビクッと跳ねる。

「石井さんが、どうしたの？」

〈幽霊にとり憑《つ》かれたって……〉

「え？」

あまりに想定外のことに、真琴は携帯電話を取り落としそうになった。

2

「いったい、どうなってやがるんだ？」

後藤は、椅子に座っている石井に目を向けて吐き捨てた。

八雲が隠れ家にしている、大学の〈映画研究同好会〉の部屋だ。

椅子に座った石井は、人形のように脱力して、まるで動かない。微かに聞こえる呼吸の音で、生きていると認識できるが——。

「何度も同じことを言わせないで下さい。見たまんまです。憑依《ひょうい》されているんですよ」

八雲は、いかにも眠そうに、あくびを噛《か》み殺しながら言う。

これだけの状況にもかかわらず、相変わらずの緊張感の無さだ。神経が図太いというより、感情が無いとさえ思える。

「おれが訊いてるのは、何で、こうなったかだ！」

昨晩、教会に足を運び、殺害現場となった部屋を見た。一通り検証をして、部屋を出たのだが、途中で石井がついて来ていないことに気付いた。

後藤が呼びかけるより先に、部屋の中から、石井の悲鳴が聞こえて来た。

慌てて八雲と部屋に飛び込むと、石井はぐったりと倒れていたのだ。外傷もないし、息もしている。

いったい、何が起こったのか――後藤の心中の疑問に答えるように、八雲が言った。

「憑依されていますね――」

病院に連れて行ったところで、手立てがない。そこで、八雲の部屋まで運んだというわけだ。

問題は、なぜ、石井がとり憑かれることになったのかだ。

「理由はまだ分かりません。ただ、桐野さんの魂が彷徨《さまよ》っているということは、何かしらの未練があるのでしょう」

「そうか……」

返事をしかけた後藤だったが、さらりと言った八雲の言葉に、重大な問題が隠れていることに気付いた。

「お前、今、何て言った？」

「ですから、未練が……」

「そうじゃなくて、石井に誰がとり憑いているって？」

「桐野さんです」

八雲は、表情一つ変えずに口にした。

「てんめぇ！　何で、そんな重要なことを黙っていやがった！」

後藤は、力任せに八雲の胸ぐらを摑《つか》み上げた。

「言ってませんでしたっけ？」

まるで緊張感のない口調で、八雲が言った。

この野郎のことだから、絶対わざとに決まっている。後藤の中で、怒りが一気に膨れ上がる。

幸いにして、石井がこんな状態なので、誰も止める人間はいない。今度こそ、八雲を殴ってやる。

拳《こぶし》を振り上げたところで、「ううっ……」と唸《うな》り声がした。

見ると、石井がゆっくりと顔を上げた。

「あれ……こ、ここは？」

石井がキョトンとした顔で、辺りを見回す。

「大丈夫か？」

近づこうとした後藤だったが、八雲がそれを制した。

「まだ、石井さんには、霊がとり憑いています」

八雲が小声で言う。

迂闊《うかつ》に近づくと、こっちがとり憑かれてしまうというわけだ。

「あの……私はいったい……」

石井が、困惑気味に口にする。

どうやら、石井には、霊にとり憑かれたという自覚がないらしい。

「覚えている範囲で構いません。何があったのか、教えて下さい」

八雲が、座っている石井の前に跪《ひざまず》き、目線を合わせてから訊《たず》ねる。

「私は……そうだ。あの部屋で、ゆ、幽霊を見たんです。あれは、桐野さんでした。彼が急に襲いかかって来て……」

石井が、額に脂汗を浮かべながら、両手で顔を覆った。

「いいですか。落ち着いて聞いて下さい。石井さんは、今、霊に憑依されています」

「え？」

石井が、手を下ろし、驚愕《きょうがく》の表情を浮かべた。

「大丈夫です。必ず助けます。ですから、教えて下さい。桐野さんは、何を訴えているんですか？」

後藤は、八雲の言葉に違和感を覚えた。

「お前、見えるんだろ。分からねぇのか？」

後藤が質問すると、八雲は小さく首を振りながら立ち上がった。

「彼は、何も語ろうとしないんです──」

「何？」

「ただ、そこにいるだけなんです。何か、未練があるから、彷徨っているはずなんですが、それを口にしようとはしないんですよ」

八雲が、苛立《いらだ》たしげに髪をかき回す。

別に心が読めるわけではない。向こうが語ってくれなければ、何も分からないということだ。

そうなると、憑依されている石井の方が、桐野の感情を感じ取れるというわけだ。

「おい、石井。どうなんだ？」

石井に目を向ける。

だが、未《いま》だ自分の置かれている状況が信じられないらしく、石井は呆然《ぼうぜん》としている。

「私は……」

苦しそうに、石井が頭を抱える。

「おい！　石井！　しっかりしろ！」

「嘘ですよね。私が、憑依されているなんて。お願いです。嘘だと言って下さい。だって私は……」

石井が、すがりついてくる。

「騒ぐな」

後藤は、思わず石井の頭をひっぱたいた。

まるでそれがスイッチであったかのように、石井の身体がビクビクッと痙攣《けいれん》する。が、それはすぐに治まった。

ゆっくり、石井が顔を上げる。

その表情を見て、後藤は背筋が凍りついたような気がした。

「桐野さんですね——」

八雲が、鋭い視線を石井に投げる。

後藤にも、目の前にいるのが、すでに石井でないことは分かった。それほどまでに、雰囲気が豹変《ひょうへん》していた。

「ご……とう……」

石井の口が動いた。

「何だ?」

「すま……なかっ……おれは……」

石井は、いや、桐野は呼吸を荒くしながら訴えてくる。

だが、言葉が途切れ途切れで、何を言わんとしているのか分からない。

「桐野。お前を殺したのは誰だ? あそこで何があった?」

「すまない……。すべて……おれのせいだ……」

言い終わるのと同時に、石井の身体からふっと力が抜け、椅子から滑り落ちる。八雲が素早く動き、それを抱き留めた。

「今のは、桐野の言葉だな？」

後藤が訊ねると、八雲は「そうです」と短く答えた。

聞き間違いでなければ、桐野は後藤に謝罪をした。それは、いったい、何に対する謝罪なのか——。

「ようやく見えて来ましたよ」

八雲は、そう言いながら、石井を椅子に座り直させる。

「何がだ？」

後藤が訊ねると、八雲が眉間《みけん》に人差し指を当て、怖いと感じるくらい、鋭い眼光を向けた。

長い付き合いなので分かる。

八雲が、こういう顔をするのは、何かを思いついたときだ。

「ぼくたちは、勘違いをしていたのかもしれません」

「どういうことだ？」

「今は言えません」

八雲がキッパリと言う。

こうなったら、いくら追及したとしても、真相が明らかになるまで、八雲は決して口を開かないだろう。

ついでに、次に来る言葉も、おおよそ見当がつく。

「で、何を調べればいいんだ？」

後藤が訊ねると、八雲がニヤリと不敵な笑みを浮かべた。

3

「八雲君！」

晴香は、勢いよく〈映画研究同好会〉のドアを開けた。

「騒々しいな」

息を切らして慌てている晴香とは対照的に、八雲は相変わらずの寝ぼけ眼だ。こうなると、晴香の方がおかしいとすら感じてしまう。

「石井さんは？　大丈夫なの？」

「取り敢《あ》えずはね。そこにいるよ」

八雲が、部屋の隅に視線を向けた。

そこには、椅子に座って項垂《うなだ》れている石井の姿があった。人形のように、まるで動かない。

「何で、こんなことに……」

晴香の質問を遮るようにドアが開き、真琴が血相を変えて部屋に飛び込んで来た。挨《あい》摋《さっ》もそこそこに、石井の姿を見つけるやいなや、彼に駆け寄ろうとする。

「下手に近づかないで下さい」

八雲が、真琴の肩を摑んで制する。

何を言わんとしているのか、すぐに理解したらしい真琴は「すみません——」と小声で口にした。

「座りませんか？」

八雲が促す。「でも——」と尚《なお》も食い下がろうとする真琴を、八雲が制した。

「石井さんに憑依《ひょうい》しているのは、桐野さんの魂です。石井さんを救うためには、一連の事件を解決する必要があります」

そのためには、情報を整理する必要がある——ということなのだろう。

「それは、分かりますけど、このままだと石井さんが……」

「その通りです。このままだと、石井さんが危険だ。だからこそ、ぼくたちは、できることをやる必要があるんです」

八雲が、睨《にら》むような視線を真琴に向けた。

感情を押し殺して、平静を装ってはいるが、心中は違うのだろう。

石井が憑依されたとき、八雲も現場にいたという。なぜ、防げなかったのか——と、責任を感じているに違いない。

「まずは、座りましょう」

晴香が促すと、真琴も状況を理解したのか、椅子に腰かけた。

普段の真琴らしくないが、憑依されたのが石井とあっては、動揺するのも仕方ないかもしれない。

「まず、鏡湧泉にまつわる噂の件です――」

場が落ち着いたところで、八雲が切り出した。

真琴は、幾分冷静さを取り戻したのか、「はい」と頷《うなず》いてから話を始めた。

「八雲君が言っていた通り、あの泉で心霊現象の噂が立つようになったのは、六年前からのようです」

「賢人さんのお姉さんが、行方不明になった時期と一致するわね」

晴香が言うと、八雲が大きく頷いた。

「真実の泉――という伝説については、どうですか？」

八雲が、顎《あご》に手をやりながら訊《たず》ねる。

鏡湧泉で幽霊が出るという噂と、セットになっていた伝説だ。真実の自分の姿が映り、それを見た者は呪い殺される――。

貴俊は、それを真に受け、牧師である桐野に頼ることになったのだ。

「その伝説については、心霊現象の噂が立ったずっと後になってから、言われ出したようです」

「そうなんですか？」

晴香は、驚きの声を上げる。

「私も、変だとは思ったんだけど……」

「まあ、その手の伝説は、後付けされるのが常ですからね」

八雲が淡々とした口調で答える。

言われてみれば、そうかもしれない。人の噂には、尾ひれがつくものだ。どこかで、誰かが話をねじ曲げ、それが広がった可能性は高い。

「次に、君だ」

八雲が、晴香に目を向ける。

「あっ、うん」

「あの歌が、何かは分かったんだよな」

「そう。多分、間違いないと思う」

晴香は、カバンの中から原曲の入ったCDを取り出した。さすがに、自分たちが演奏したものは気恥ずかしくて、昨日のうちに、レンタルショップで借りて来た。

八雲はCDを手に取ると、そっと瞼《まぶた》を閉じた。

まるで、今、その曲を聴いているかのような表情だった。

「織田さんには、会ったんですよね」

しばらくの沈黙のあと、八雲が目を開けて言った。

浪岡や野本の話が頭を過《よ》ぎり、晴香の中に、何ともいえないモヤモヤとした感情が膨らんだ。

「はい。今朝、話を聞こうとしたんですけど、逃げられてしまいました。自分は何も知らない——と」

真琴が落胆したように肩を落とした。

「よほど、話したくない事情があるのか、或《あ》いは……」

八雲は途中で言葉を切り、腕組みをして天井を仰いだ。

今、八雲の頭の中では、事件の概容が組み立てられているのかもしれない。晴香も真琴も、沈黙の中、八雲が次の言葉を発するのをじっと待った。

どれくらい時間が経ったのだろう——八雲が、すっと立ち上がった。

窓から差し込む光を浴びた八雲のその姿は、ときとして、近寄り難いオーラを放っているときがある。

何かを言うのかと思ったが、八雲は立ったまま、じっと虚空を見つめている。

晴香には、何も見えない。だが、八雲の視線の先には、事件の真相が見えている——

そんな風に感じた。

「分かりました。ぼくは、織田さんに会いに行ってみます」

やがて、八雲が静かに言った。

「え？」

真琴が驚きの表情を浮かべる。

正直、晴香も驚きだった。いきなり八雲が行って、織田が何かを喋《しゃべ》るとは思えない。だが、八雲の表情からは、自信が窺《うかが》えた。

真琴もそれを感じたらしく、「分かりました」と頷いてみせる。

「真琴さん、石井さんのことを頼みます」

細められた八雲の目が、わずかに光を放ったように見えた——。

4

八雲の部屋をあとにした後藤は、車の運転席に乗り込んだ——。

いつもなら、石井が座っている場所だ。よくよく考えてみると、一人で乗るのは久しぶりのことだ。

普段は、狭いと感じる車内が、石井がいないだけで、こんなにも広く感じるとは——。

コンビを組まされた当初は、とんでもない荷物を押しつけられたと思った。さっさと辞めてしまえばいいとさえ考えて、冷たく当たったこともあった。

だが、それでも石井は、めげずについて来た。

ドジだ、ヘタレだと罵《のの》りながらも、次第に石井のことを評価するようになっていた。

思えば桐野も、似たようなものだったのかもしれない。

感情に身を任せ、猪突《ちょとつ》猛進の後藤と、理論的で、感情を排除して事件に臨む桐野。価値観が正反対の二人の衝突は、必然だったし、周囲に心配や迷惑もかけた。

だが、今になって思えば、あれはあれで、いいバランスだったのかもしれない。

あの事件のあと、桐野が異動になり、コンビが解消された。清々したと思う反面、張り合いをなくしたと嘆く自分がいたのも事実だ。

後藤が、毛嫌いするのではなく、桐野ともっと言葉をかわしていれば、或いは違った関係になったのかもしれない。

「おれは、何を考えてんだ……」

後藤は自嘲《じちよう》気味に笑い、頭の中の考えを振り払ってから、車をスタートさせた。

今は感傷に浸っているときではない。八雲が、何を考えているのかは分からないが、信じて突き進む。

石井を救うためには、それしか方法がない。

同時にそれは、桐野の魂を救うことにもなるのだ。

車で署に戻った後藤は、そのまま鑑識課の部屋を訪れた。部屋の中をぐるりと見回し、各々の作業に没頭する鑑識官の中に、知っている顔を見つけて歩み寄った。

「おい」

声をかけると、馬面の男が顔を上げた。

後藤の同期の松谷《まつたに》だ。

「何だ。後藤か……」

松谷が露骨に嫌な顔をする。

こういうところが、好きにはなれないが、ある意味、自分も似たようなものかもしれない。

「ちょっと、訊きたいことがある」

「あとにしてくれ」

松谷は、蠅を追い払うように手を振ると、パソコンに向き直ってしまった。

――本当に嫌な野郎だ。

怒りがこみ上げて来たが、ここはぐっと堪《こら》える。何としても、協力してもらわなければならない。

「そういうわけには行かねぇんだよ」

後藤は、松谷の襟首を摑《つか》んでぐいっと引き寄せた。

驚いた顔をしながらも、松谷は観念したのか、抵抗することはなかった。

「何が、知りたいんだ？」

うんざりした表情を浮かべながらも松谷が言う。

「一つは、あの教会の図面が欲しいんだ」

「どの教会？」

松谷が訊き返して来る。本当は、分かっているクセに、まどろっこしい男だ。

「桐野が殺害された教会だよ」

「ああ……あるにはあるが、何でそんなものが欲しいんだ？」

松谷の質問には、答えられない。

なぜなら、後藤も何の為に必要なのか知らないからだ。ただ、八雲に持って来いと指示されただけだ。

「いいから出せ！」

後藤が凄《すご》んでみせると、松谷はしぶしぶといった感じで、デスクの抽斗《ひきだし》を開けて探し始めた。

「殺された桐野は、後藤とコンビを組んでいたらしいな」

探す作業を続けながらも、松谷が訊《たず》ねて来た。

「ああ」

「相当、仲が悪かったらしいじゃないか」

「誰から聞いた？」

「あちこちだよ」

警察は情報が回るのが早い。松谷の言うように、特定の誰かというより、当時を知る色々な奴が喋っているのだろう。

「おれは、誰とでも仲が悪いんだよ」

後藤は鼻息荒く言った。

それが事実だ。後藤は、自分の納得できないことがあれば、相手が誰であれ食ってかかる。

その結果が、今の窓際族だ。

だが、そこに後悔はない。自分の信念を曲げてまで、誰かに尻尾《しっぽ》を振りたいとは思わない。

「そうかもしれないな。まあ、桐野って奴も、相当な曲者《くせもの》だったらしいしな。訳ありの女と付き合ってたって噂もあったらしい」

「何だそれ？」

桐野に女がいたというのは初耳だ。

「噂だから、おれも詳しくは知らない。ほらこれだ」

松谷が、図面を差し出して来た。

「助かる」

図面を受け取り、部屋を出て行こうとすると、松谷に呼び止められた。

「用件は、それだけか？」

最初に松谷にも言ったように、図面は用件の一つに過ぎない。危うく肝心なことを忘れるところだった。

「そうだった。実は、音響機材について訊きたいんだ」

後藤は、再び松谷の許《もと》に歩み寄った。

5

晴香は、市内にある児童養護施設を訪れた——。

もちろん、八雲も一緒だ。

石井は、〈映画研究同好会〉の部屋に残したままだが、真琴が面倒をみてくれることになっているので大丈夫だろう。

問題は、なぜここに足を運んだか——だ。

話の流れからして、てっきり織田に会いに行くものとばかり思っていた。

「ここで、何を調べるの？」

エントランスの前まで来たところで、晴香が訊ねると、八雲はピタリと足を止めた。

「もちろん、宇都木久美さんのことだ」

「そっか——」

今回の事件の発端は、久美だ。彼女が、なぜ佐和子にとり憑き、そして歌い続けているのか——その謎を解かない限り、解決はあり得ない。

「おそらく、彼女は望んではいないだろうけど、それでも……」

八雲が呟《つぶや》くように言った。

今のは、いったいどういう意味だろう。訊ねようとしたが、八雲はそれから逃れるように、エントランスに入って行ってしまった。

受付で名前を告げると、すぐに応接室に通された。八雲が言うには、事前に真琴が電話でアポイントメントを取ってくれていたらしい。

さすがの根回しの良さといったところだ。

応接室のソファーでしばらく待っていると、一人の男性が部屋に入って来た。面長で、いかにも物腰の柔らかい人物だった。

「お待たせしてしまって、申し訳ありません」

「こちらこそ、お忙しい中、お時間を頂いて申し訳ありません」

「いえ、私、曽根《そね》と申します」

男が名刺を差し出した。

名刺には、曽根諭《さとし》と印字があった。肩書きは、この児童養護施設の責任者だ。

「私、北東新聞の斉藤と申します。こちらは助手の小沢です。すみません。名刺を切らしてしまっていて」

八雲は何食わぬ顔で口にする。

普段は仏頂面なくせに、こういうところは、本当に上手《うま》いと思う。

「それで、宇都木久美さんの件でしたよね」

一通り挨拶《あいさつ》が終わり、ソファーに腰かけたところで、曽根の方から切り出した。

真琴が訊きたい内容まで、しっかりと伝えてくれていたらしい。

「ええ。久美さんたちは、いつ頃、ここに入られたんですか？」

八雲が丁寧な口調で訊ねる。

「そうですね。確か、八年ほど前です。お姉さんは、十七歳の高校生で、弟さんは、小学生だったと思います」

曽根は、記憶を辿《たど》るように、視線を漂わせながら口にした。

「確か、お父様が、交通事故で亡くなられたとか……」

「ええ。まあ、ただの交通事故なら、それほど問題も起きなかったんでしょうが、状況が状況でしたからね」

曽根は苦い顔で手をこすり合わせた。

「どういう状況だったんですか？」

「それは、私の口からは……ようやく、ほとぼりが冷めたんです。宇都木という名も、本当は、母方の姓なんです。元は澄田《すみだ》でした」

「澄田？」

「ええ。苗字《みょうじ》を変えざるを得ない事情があったんです。それを察して、できれば、そっとしておいてあげて下さい」

その口ぶりからして、追及したところで、話してはくれないだろう。八雲も、それ以上は追及せず「分かりました」と小さく頷《うなず》いた。

「でも、入った年齢が年齢ですし、馴染《なじ》むのに時間がかかったんじゃないですか？」

八雲が訊ねると、曽根は小さく頷いた。

「お姉さんの久美さんは、すぐに馴染みました。優しいし、社交的な女性でしたからね。それに、歌もうまくてねぇ」

「歌――」

八雲が、敏感に反応した。

晴香の脳裡《のうり》にも、あの歌の記憶が呼び覚まされる。彼女は、なぜ、今もなお歌い続けているのか。そのヒントがある気がした。

「ええ。うちでやっている聖歌隊にも入っていたんです。結婚式とか、クリスマスのときに、教会からもお呼びがかかっていたくらいです」

「久美さんは、ここを出たあとは、どうされたんですか？」

八雲は、淡々とした口調で質問を続ける。

「あれだけの歌声ですからね。音楽の道に進めれば良かったんですけど、そういうわけにもいきませんでしたので、隣町の工場に就職しました」

「そうでしたか……」

「それからも、よく顔を出していましたよ。弟の賢人君もいましたしね。来るたびに、小さい子どもたちに、歌を聴かせてくれました」

話を聞く限り、最初に曽根が言った通り、本当に優しい女性だったのだろう。

「弟の賢人さんの方は、どうだったんですか？」

八雲が話題を賢人に切り替える。

「賢人君は、馴染むのに時間がかかりましたね。とても、繊細な子ですから、お父さんのことも整理できていませんでしたし、新しい環境に対する怯《おび》えというか、戸惑いもあったんだと思います」

実際に、自分がそういう境遇に陥ったことはないので、想像するしかない。

それでも、筆舌に尽くし難い苦労を強いられたであろうことは、容易に想像がつく。

中学時代、あまり友人を作らなかったのも、そういった事情があるのかもしれない。

晴香は、再び八雲に目を向けた。

もしかしたら、八雲と賢人は似ているのかもしれない。

自分の意思とは関係なく、苦しい境遇を強いられ、孤独と闘わなければならなかった。

「でも、久美さんが、しっかりしていましたから。賢人君にとって、久美さんは、姉でもあり、母でもあったのかもしれませんね――」

曽根が、遠くを見るように目を細めた。

「現在、失踪《しっそう》中だと聞きましたが……」

八雲が口にすると、曽根の顔が一気に暗くなった。

「ええ。弟の賢人君から、久美さんと連絡が取れないと相談がありましてね。警察に失踪届を出したのは、私なんです」

「そうでしたか」

「どうも、数日前から勤めていた工場も無断欠勤していたらしくて……。警察は、届けを受理しただけで、たいして動いてもくれませんでした」

曽根の目に、憤りが滲《にじ》んでいた。

「警察は、よほどのことがない限り、事件性があるとは思ってくれませんからね」

八雲が、淡々とした口調で言う。

どうやらこの場では、久美が死んでいることは、口にしないつもりらしい。曽根に、何かしらの疑念を抱いているのか、或《ある》いは——。

「そうなんです。私たちも、散々捜したんですけど、結局、見つけることはできませんでした。きっと、何か事情があって、遠くに行っているんだって思うようにしています」

曽根の顔には、悲愴《ひそう》感が漂っていた。

穿《うが》った見方かもしれないが、曽根は、もう久美が生きていないと、諦《あきら》めているのではないかとすら思ってしまう。

「失踪前、久美さんに、何か変わった様子はありませんでしたか？」

八雲が訊《たず》ねると、曽根は困ったように眉間《みけん》に皺《しわ》を寄せた。

「私の見る限り、何もなかったと思います。いや、本当は何かあったのかもしれません。でも、久美さんは、決してそういうことを表に出す女性ではなかった」

「一人で抱え込むタイプだったんですか？」

「それだったら、こっちも気付きようがあるんですが……。とにかく、彼女は、いつも穏やかに笑っている女性でした。全てを受け容《い》れ、包み込んでしまう……」

「包容力——ですか？」

「そうかもしれませんね。聖母マリアが実在したなら、きっと、彼女のような人だったんだろうな……なんて思ったことすらあります。今になって思えば、彼女のその懐の深さに甘えて、私たちは、彼女の苦しみや哀しみを、理解してやれなかったのかもしれません。そう思うと、苦しくなります」

淡々と喋《しゃべ》ってはいるが、その表情からは、曽根の苦悩が痛いほどに伝わって来た。

それと同時に、久美という女性に対する見方が変わった。

久美は、きっと多くの人を癒《いや》し、多くの人から愛された女性なのだろう。そんな女性が、なぜ死ななければならなかったのか。そして、今もなお歌い続けている理由とは何か？

晴香には、疑問の答えを見出《みいだ》すことができなかった——。

「最後に一つ」

八雲は、これが本題とばかりに、ずいっと身を乗り出した。

「何でしょう？」

「この方はご存じですね」

そう言って、八雲が一枚の写真をテーブルの上に置いた。

「ええ。今、ニュースで散々やってますからね」

曽根が答える。

「そうではなく、ニュースになる前から、この方を知っていましたよね」

念押しするように言ったあと、八雲がニヤリと笑った。

6

真琴は、椅子に座って項垂《うなだ》れている石井を見て、小さくため息を吐いた——。

八雲に石井の監視を頼まれたのはいいが、苦しそうにしている彼を、ただ見ていることしかできない。

自分が、ひどく無力で、ちっぽけな存在に思えてくる。

果たして、こんなことを続けていて、本当に石井を救うことができるのだろうか？

今回の事件は、分からないことが多すぎる。どこに辿《たど》り着くかはおろか、どこに向かっているかすら分からない状態だ。

それに——。

真琴の思考を遮るように、石井が「うぅっ……」と唸《うな》り声を上げた。

「石井さん！」

すぐに駆け寄る。そのまま、身体に触れようとしたが、八雲の言葉が思い返され、動きが止まった。

下手に近付けば、こちらが憑依《ひょうい》されるかもしれない。

「ま、真琴さん……」

目を開けた石井が、驚いたように口にする。

「大丈夫ですか？」

真琴が声をかけると、石井はしきりに辺りを見回す。

「ここは？　私はいったい……」

八雲は、石井には、憑依されていることを伝えてあると言っていたが、この反応からみて、まだ混乱しているのだろう。

真琴も経験がある。

憑依されると、他人の魂に侵食されるからか、意識が混濁して、記憶が曖昧《あいまい》になる。

「大丈夫です。怖くありませんから」

真琴は、優しく語りかけるように言った。

「そうか……私は……桐野さんにとり憑《つ》かれて……」

石井が額にびっしょりと汗を浮かべている。

「石井さん……」

「桐野さんが……私の中で……」

そこまで言ったあと、石井は相当に痛むのか、頭を抱えた。

「大丈夫ですか？」

「桐野さんが、後藤さんに……あの人は、本当は……」

掠《かす》れた声で言ったあと、石井は意識を失い、ずるずるっと椅子から滑り落ちそうになる。

真琴は、慌ててそれを抱き留めた。

こちらが憑依されるかもしれないが、正直、それでもいいと思った。それで石井が元に戻るなら、むしろ、その方が――。

石井の身体を強く抱き締めたところで、携帯電話が着信した。モニターに表示されたのは、八雲の名前だった。

「はい。土方です」

真琴は、石井を椅子に座り直させてから電話に出る。

〈そちらの様子はどうですか？〉

電話の向こうから、八雲の気怠《けだる》げな声が聞こえて来た。

「さっき、一度目を覚ましましたけど、また意識を失って……」

〈何か言っていましたか？〉

途切れ途切れで、何を言おうとしていたのか、真琴には分からないが、八雲なら別の見方をするかもしれない。

真琴は、石井との短いやり取りを説明した。

〈やはり、今回の鍵《かぎ》は後藤さんですね――〉

それより先に、それは、いったいどういう意味なのか？　問い質《ただ》そうとしたのだが、八雲が口を開いた。

〈実は、一つ頼みたいことがあったんです〉

「何でしょう？」

〈宇都木さんの父親の経歴を洗って欲しいんです。八年前に交通事故で亡くなっているようですが、その辺の事情を、特に詳しく知りたい〉

こんな状況だ。協力するのはやぶさかではない。だが——。

「それでしたら、後藤さんが調べた方が、早いんじゃないでしょうか？」

事故が事件にからむのなら、新聞記者より、警察が動いた方が、効率的な気がする。

〈そうしたいのは、山々ですが、後藤さんは今、手一杯なんです。あの人、調べることは苦手ですしね〉

「そんなことは……」

〈あんな状態でなければ、石井さんに頼むところなんですが……〉

電話の向こうで、八雲がため息を吐いた。

真琴は、改めて石井に目を向ける。確かに、この状態では、自分の他に動ける人間がいない。

八雲が、なぜそんなことを知りたがるのか——疑問はあったが、石井を助けるためだと割り切って動こう。

「分かりました。調べてみます。でも……」

〈何です？〉

「石井さんは、どうするんですか？」

真琴が、調べるために部屋を出てしまったら、石井はこのままここに取り残されることになる。

〈冷蔵庫の上に、ロープがあるので、それで縛っておいて下さい〉

「え？」

〈大丈夫です。常套《じょうとう》手段ですから。では――〉

八雲は、一方的に告げると電話を切ってしまった。

見ると八雲の言う通り、冷蔵庫の上にロープが置いてある。手に取ってはみたものの、やはり石井を縛るとなると躊躇《ためら》いがあった。

だが、このまま一人部屋に残し、憑依されたままうろつかれることの方が問題だ。

「石井さん。ごめんなさい」

真琴は覚悟を決めて、石井をロープで縛り始めた。

7

後藤が取調室に入ると、憔悴《しょうすい》しきった貴俊の姿があった――。

目の下には隈《くま》ができていて、無精ひげも生えている。最初に会ったときとは別人のようだ。

「また……ですか……」

後藤を認めるなり、貴俊は力無く言った。

延々と同じ質問を繰り返す――そんな取り調べが始まると思っているのだろう。

「幾つか訊きたいことがある」

「何度も言ったっす。おれ、知らないっすから」

貴俊が、後藤の言葉に被《かぶ》せるように言った。気持ちは分からないではないが、そんな態度では、話を進めることができない。

「まずは、おれの話を聞け」

「もう、いい加減にしてくれよ。おれは……」

「聞け！」

後藤が、デスクに拳《こぶし》を打ちつけると、ようやく貴俊は大人しくなった。

「おれが訊きたいのは、お前の身の上に起きた心霊現象について――だ」

その質問が、相当に意外だったらしく、貴俊は目を丸くしてきょとんとした顔をする。まあ、この反応も頷《うなず》ける。今になって、心霊現象について問い詰められるとは、思ってもみなかっただろう。

「お前は、あの泉に天体観測に行ったんだったな」

「はい」

さっきまでとは異なり、貴俊が素直に返事をする。

「それを言いだしたのは誰だ？」

「多分、佐和子です」

「お前と佐和子ってのは、恋人同士なのか？」

「その辺は、ビミョーっす。いいなぁとは思ってましたけど、まだちゃんと付き合ってはないっていうか……」

友だち以上、恋人未満といった関係なのだろう。

まあ、その関係をとやかく言うつもりはない。今、知りたいのはもっと別のことだ。

「それで、あの泉に行ったあと、どうなった？」

「流星群をみんなで待ってたんです。そしたら、急に佐和子が、あの泉にまつわる伝説を喋《しゃべ》り出して……」

「真実の泉ってやつか？」

「そうです。で、ふざけて水面を覗《のぞ》いてみたんです――」

そこまで言ったあと、貴俊は大きく息を吸い込んだ。

すぐに言葉が続くかと思っていたのだが、貴俊は、いつまで経っても口を開かない。

「何が見えたんだ？」

堪《たま》りかねて、後藤が先を促す。

「最初は、ただ水に、おれの顔が映ってました……でも、途中からそれが女の顔に変わったんです」

「女の顔？」

「おれには、そう見えました。そのうち、どこからともなく、歌声みたいなものが聞こえて来て、おれ、怖くなって……」

貴俊は、肩を落として俯《うつむ》いた。

「逃げ出したってわけか？」

「はい……」

ビミョーな関係の女を置き去りにしたことについては、敢《あ》えて追及しないことにした。要は、そういう類《たぐい》の男ということだ。

「それから、声が聞こえるようになったんだな」

後藤が言うと、貴俊は顔を上げて「はい」と答える。その目が、涙ぐんでいるようだった。

「聞こえたのは、声だけか？」

「え？」

質問の趣旨が分からなかったらしく、貴俊が首を傾げる。

「幽霊の姿を見たりしなかったのか？」

「あ、はい。見てはいないっす」

貴俊は、はっきりとした口調で答えると、洟《はな》をすすった。

八雲に、貴俊から、心霊現象についての証言を取り直せと言われたときは、そんなことに何の意味があるのかと思ったが、これはなかなかの収穫かもしれない。

桐野との再会、それに殺害と立て続けに起こったせいで、曖昧《あいまい》な情報のまま、突き進んでしまっていたのかもしれない。

「分かった。参考になった」

立ち上がりかけた後藤だったが、もう一つ訊き忘れていたことを思い出し、再び席に着いた。

「あと一つだけいいか？」

「何でしょう？」

「聞こえていた声は、殺してやる――だけだったのか？」

「いえ。他にも、色々言われました」

「何だ？」

「許さないって……お前は、人殺しだから罪を償えって……」

「なぜ、そのことを言わなかった？」

「なぜって言われても……」

貴俊は困ったように眉《まゆ》を下げた。

まあ、分からないでもない。他人に話をする上で、聞いたなかで一番インパクトのあるものを口にするのは自然なことだ。

それに、後藤も、貴俊の母親である由希子も、まともに貴俊の話を聞こうとしなかったのは事実だ。

後藤が、改めて席を立ったところで、貴俊に呼び止められた。

「おれ、これからどうなるんすか？」

残念ながら、後藤はその答えを持っていない。

後藤自身、この事件がどういう決着をみるのか、まるで見当がついていないのだ。

「分からん」

後藤は投げやりに言うと、後ろ髪を引かれる思いで取調室を出た——。

8

児童養護施設を出たあと、晴香は八雲と団地の前に足を運んだ——。

織田から話を聞くためだ。

正直、不安の方が大きい。真琴でダメだったものが、自分たちで素直に何か喋ってくれるのだろうか。

チラリと隣を歩く八雲に目を向ける。

緊張している様子もなく、相変わらずの無表情だ。

三階に上がり、部屋番号を確認してからインターホンを押した。しばらくして、ガチャッとロックの外れる音がして、一人の青年が顔を出した。織田だった。

いきなり見ず知らずの男女が立っていたことに、織田は驚きの表情を浮かべた。

「織田さんですよね。ぼくは、斉藤八雲といいます。六年前の件で、訊きたいことがあります」

八雲が言うなり、織田はドアを閉めようとする。

「待って下さい」

そう言いながら、八雲はドアの隙間に身体を入れる。

「あなたは誰ですか。帰って下さい」

織田は、八雲を押しだそうとする。

だが、八雲も譲らなかった。

「あなたが、六年前、鏡湧泉で見た死体は、宇都木賢人さんのお姉さんの、久美さんだった。違いますか？」

八雲が早口に言うと、織田の動きがピタリと止まった。

「どうして、それを……」

織田が唇を震わせながら言った。

この反応。彼は、ただ死体を見ただけではない。おそらくは、それが誰かも把握していた——ということだろう。

「あなたは、嘘吐きなんかじゃない。六年前、あの場所に、確かに死体はあったんです」

「でも、なかった……」

織田が、ガクリと肩を落とした。

優し過ぎたが故に、嘘を吐かざるを得なかった。だが、そのことで今度は嘘吐き呼ばわりをされてしまった。

そんな織田が、あの泉で六年前に何かを見た——。

それをきっかけに、彼の虚言癖のレッテルは決定的なものになってしまった。

「いいえ。あの場所に、死体はあったんです。考えられる可能性は一つ。誰かが、別の場所に動かしたんです」

「動かした？」

織田が、八雲に目を向ける。

「そうです。いったい誰が、何の目的で、どこに死体を動かしたのか——ぼくは、それを知りたいんです」

八雲が力強く言った。

しばらく、敷居を挟んで見合っていたが、やがて織田はドアの前から離れ、部屋の奥に入って行った。

どうやら、話を聞かせてくれるらしい。

晴香は、八雲と頷《うなず》き合ってから、織田のあとに続いて中に入った。

奥の和室に入ったところで、織田があぐらをかいて座った。晴香は、八雲と並んで、テーブルを挟んで向かいに正座する。

「あの日、おれはあの泉にいたんです……」

長い沈黙のあと、織田がポツリと言った。

「いつのことですか？」

八雲が、わずかに目に力を込めながら訊《たず》ねる。

「正確な日付は覚えていません……ただ、中学二年のときだったと思います」

織田は、さっきまでとは違い、丁寧な話し方だった。

「なぜ、鏡湧泉に行ったんですか？」

八雲の疑問はもっともだ。

鏡湧泉は高台の上にある。普段の生活の中で、偶々《たまたま》通り過ぎるような場所ではない。

「呼び出されたんです。戸塚に……」

戸塚の名前を口にした瞬間、織田の顔が苦痛に歪《ゆが》んだように見えた。

彼の中では、未《いま》だに癒《いや》されない傷なのだろう。

「なぜです？」

「理由なんて……あの場所は、中学校からは近かったし、人の目につかないので、呼び出されるのは、しょっちゅうでした……」

呼び出していた理由は、言わずもがなだ。おそらくは、上納金と称した恐喝や、陰湿な暴力のためだろう。

以前の事件のときもそうだったが、こういう話を聞くと、晴香の中に憎悪にも近い感情が湧き上がってくる。

それは、織田も同じだっただろう。

「で、何を見たんです？」

八雲が先を促《うなが》す。

「金を盗られそうになったんですけど、あの日は、嫌だって——そう言ってやったんです」

「なぜ、その日に限って抵抗を？」

「宇都木君が……負けるなって……あいつだけは、味方をしてくれたから……」

そう言って、織田は下唇を噛《か》んだ。

辛《つら》い環境にあった織田にとって、賢人が唯一の理解者だったということだろう。推測でしかないが、父親の死をきっかけに、児童養護施設に入ることになった賢人もまた、イジメに遭っていたことがあるのかもしれない。

だからこそ、織田の気持ちを理解することができた。

「その後、どうなったんですか？」

「戸塚に殴られて。それで、おれ、逃げたんです。だけど、途中で捕まって、落ちてた木の棒で殴られました……」

「酷《ひど》い……」

晴香は思わず声を上げた。

織田の額の傷は、そのときのものだろう。暴力によって、他人の感情をねじ伏せる。最低の人間のやることだ。

「おれ、そのまま気を失ったみたいで……気が付いたら、戸塚はいなくなってました」

「あなたを放置して、帰ってしまったんですね」

八雲の言葉に、織田が頷いた。

「そういう奴です。で、額をさわったら、ぬるっとして、血が出てるみたいだったので、泉を覗《のぞ》き込んで、確認しようとしたんです。そしたら……」

織田が、口に手を当てて「ううっ」と唸《うな》った。

当時の光景を、鮮明に思い出したのだろう。八雲が、「落ち着いて下さい」と、織田の震える肩を撫《な》でる。

「おれ、怖くて、そこから逃げ出したんです……」

織田は、髪をかきむしる。

仕方無いことだと思う。織田は、まだ中学生だったのだ。死体を目の当たりにして、平気でいられる方がおかしいのだ。

「そのまま、黙っていようかと思ったんですけど……でも……」

「それで、浪岡先生に電話をしたんですね」

織田は大きく頷いた。

今の話を聞く限り、織田は嘘は言っていないように思う。ただ、そうなると、問題なのは、死体はどこに行ったのか——だ。

晴香は、疑問の答えを求めて八雲に目を向けた。

八雲は何も答えてはくれなかった。

9

八雲が、じっと佇《たたず》んでいた——。

その視線の先には、鏡湧泉がある。

すでに陽は暮れ、辺りは闇に包まれていた。空と水面に、それぞれ青白い光を放つ月が浮かんでいる。

「ねぇ。何で、この場所に来たの？」

晴香は、八雲の背中に向かって声をかけた。

八雲がゆっくりと振り返る。その目は、どこか哀しげだった。

「ずっと、考えていたんだ」

「何を？」

「なぜ、この場所だったのか――だ」

「どういうこと？」

「織田さんの証言からして、ここで久美さんが殺害されたのは間違いない」

「うん」

織田は、貴俊にこの場所に呼び出され、そして死体を発見した。

死体がどこに行ったのか、彼女はなぜ死んだのか――謎はたくさんあるが、この場所で久美が死んだのは確かだろう。

「なぜ、この場所だったんだ？　彼女は、ここに何をしに来たんだ？」

「それは――」

言われてみれば、不自然ではある。

晴香は、事件が起こるまで、鏡湧泉の存在を知らなかった。普通に生活していたら、足を踏み入れる場所ではない。

「誰かに、無理矢理《むりやり》連れて来られたとも考えたが、多分、それは違う」

「どうして？」

「彼女は、生前からこの場所で歌っていたんだ――」

そう言って、八雲は空に浮かぶ月に目を向けた。

「なぜ、そうだって分かるの？」

「ぼくも、あのあと色々と調べた。鏡湧泉で心霊現象が確認されたのは、久美さんが失《しっ》踪《そう》した六年前だ。だが、その前から、この辺りには、女性の歌声が聞こえるという噂があったんだ」

「だから、以前から、この場所に足を運んでいた――」

「そうだ。だが、その理由が分からない」

八雲は首を振ったが、そういうことなら、晴香には充分に理解できる。そのことを口にすると、八雲は驚いた顔をする。

「久美さんは、きっと歌いたかったんだよ」

「歌なら、どこでも歌えるだろ」

八雲は眉間《みけん》に皺《しわ》を寄せる。

まあ、音楽をやっていない八雲からしてみれば、分からない感覚かもしれない。

「私もね、一人でフルートの練習をしたいって思うことがあるんだけど、サークルが休みのときは、なかなかできないんだよね」

「どうして？」

「うるさいって、クレームが来ちゃうもん」

比較的大きな音が出ないフルートでそれだ。大きな音が出る楽器や、歌であったなら、余計に部屋でなど練習はできない。

「カラオケボックスにでも行けばいいだろ」

「それだって、お金がかかるでしょ。久美さんって、生活に余裕は無かったんじゃないかな」

だから、時間があるときに、誰にも邪魔されないこの場所で、思いっきり歌を歌っていた。

まして、久美は進学したわけではないので、部活やサークルにも所属できなかった。児童養護施設を出たあとは、好きな歌を歌う機会すらなかった。

そんな彼女にとって、一人、この場所で歌うことが、唯一の楽しみだったのかもしれない。

「なるほどな。ぼくには、ない感覚だ」

八雲は、鏡湧泉に背を向けると、ゆっくり歩みを進め、街が一望できる場所に立った。

晴香もその背中を追いかける。

煌《きら》びやかな光を放つ街の灯《あかり》を見ていて、ふと目の前に一人歌う久美の姿が浮かんだ気がした。

「もしかして、彼女は……」

不意にある考えが浮かんだが、結局、途中で言葉を止めた。

何の根拠もないと、八雲に怒られそうだ。

「何を言おうとしたんだ？」

八雲が、まじまじと晴香を見つめる。

こういうロケーションで、そんな目をされると、胸がぎゅっと締め付けられるような息苦しさを感じる。

もちろん、それは、苦痛から来るものではない。

「根拠はないの。ちょっと思っただけ」

「だから、それを訊《き》いているんだ」

八雲が苛立《いらだ》たしげに、ガリガリと髪をかき回す。

「うん。久美さんは、もしかしたら……」

晴香の言葉を遮るように、八雲の携帯電話が着信した。

結構、いい雰囲気だったのに——。

10

「邪魔するぜ」

後藤は、〈映画研究同好会〉のドアを開けた。

仏頂面の八雲が口を開こうとしたので、言う前に「うるせぇ！」と吐き捨てた。どうせ、邪魔だと分かっているなら来るな、とか言うつもりだ。

部屋の隅には、相変わらず石井が項垂《うなだ》れたまま座っている。肩が微《かす》かに動いているので、息はしているようだ。

「石井は、どうだ？」

後藤が訊《たず》ねると、八雲が深いため息を吐いた。

「どうもこうもありませんよ。ときどき起きては、パニックになって騒ぐので、正直参ってますよ」

石井らしいといえば、石井らしいのだが、笑い事ではない。

何にしても、今のところは大丈夫そうだ。

「それで、そちらはどうでした？」

八雲が腕組みをしながら訊ねて来た。

「ああ。言われたことは、一通り調べて来た」

後藤は、貴俊に対する事情聴取の内容はもちろん、松谷から聞いた話、それに、桐野に女がいたらしいという話も含めて八雲に説明した。

八雲にしては珍しく、茶々を入れることなく、じっと後藤の話に耳を傾けていた。

「だいたい、見えて来ました」

それが、話を聞き終えた八雲の第一声だった。

「そりゃ本当か？」

後藤が、勢いよく身を乗り出すと、八雲がこれみよがしに嫌な顔をする。

「気持ち悪い顔を近付けないで下さい」

「てめぇ！」

怒りに任せて拳《こぶし》を振り上げた後藤だったが、不意に違和感を覚えた。

いつもなら、ここで石井が止めに入る。だが、その石井はあの様《ざま》だ。にもかかわらず、八雲を殴ることができなかった。

よくよく考えれば、何だかんだ言いながらも、八雲を殴る気などなかった。

どうせ殴らないのだから、必死に止めに入る石井は無駄骨なのだが、それでも無性に寂しさを感じる。

後藤は、舌打ち混じりに拳を下ろした。

「色々と説明する前に、図面はありますか？」

「おう」

後藤は、ジャケットの内ポケットから図面を取り出し、八雲に渡した。

それを受け取った八雲は、早速テーブルの上に広げて、丹念に目で追っていく。

「もしかして、教会の建物にトリックが仕掛けてあったのか？」

なぜ、八雲が図面を欲しがるのか——後藤なりに推理して、導きだした結論だ。だが、八雲は呆《あき》れたように首を振る。

「相変わらず、超弩級《ちょうどきゅう》のバカですね」

怒りは爆発したものの、拳を振り上げたり、叫んだりする気にはなれなかった。

石井がいないと、こうも気勢を削《そ》がれるのかと、正直、自分でも驚いた。

「ぼくが探しているのは、別のものです」

「だからそれが何か訊いてんだよ」

「そのうち話します」

また、はぐらかされた。

いったい、いつまでこんな捜査を続けるつもりなのか？

「そのうちっていつだよ」

「色々と話す前に、後藤さんに訊かなければならないことがあります」

八雲が、改まった口調で言う。

鋭い眼光が、後藤の胸を射貫《いぬ》いたようだった。

「何だ？」

訊ねる声が、わずかに上ずっていた。

なぜ、自分がこんなにも緊張しているのか、後藤自身、よく分からなかった。

「八年前に起きた事件について、訊きたいんです」

「何のことを言ってやがる」

平静を装ったつもりだったが、八雲の前では、どれほど隠せたか分からない。

「惚《とぼ》けるのは、止めて下さい」

「別に惚けちゃいねぇよ」

「まったく……今回の事件をややこしくしたのは、後藤さんです」

「何を言ってやがる。おれは……」

「もう一度訊きます。八年前、後藤さんと桐野さんの間に、何があったんですか？」

「八年も前のことなんて、関係ねぇだろ」

「それが、あるんです——」

八雲が後藤を睨《にら》む。

こんな目をするのを初めて見た。それほどまでに、怖い目だった——。

「どう、関係あるんだよ……」

なぜ今さら、八年も前のことを知りたがるのか、そこが後藤には分からなかった。

あの事件は今回の一件とは関係ない。後藤と桐野の問題だ。

「ぼくの許《もと》に、最初に心霊現象の相談を持って来た青年は、宇都木賢人といいます。しかし、本当は苗字《みょうじ》が違います」

「違う？」

「ええ。本当は、澄田賢人です。父親の名前は、澄田裕一郎《ゆういちろう》さんです。ここまで言えば、もう否定できませんよね」

——そうだったのか！

後藤は、言い知れぬ虚脱感を覚え、椅子の背もたれに身体を預けた。

まさかこんな風に、事件がつながってくるとは思わなかった。桐野に会ったときから、嫌な予感はしていた。

――お前の罪は、許されていない。

そう言われているような気がしてならなかった。

「八年前のあの日――おれは、桐野とある男のアパートに向かった」

後藤は、天井を仰ぎながら口を開いた。

「澄田さんのアパートですね」

「そうだ。澄田は、ある窃盗事件の容疑者だったんだ。任意同行を求めるつもりだったんだが、澄田が逆上した……」

「なぜ、です？」

「アパートの部屋には、子どもがいた。それなのに、桐野が容赦なく窃盗云々《うんぬん》の話をしたんだ」

チラリと見ただけだったが、部屋の隅で、姉が弟を庇《かば》うように抱き締め、縮こまっていた。

弟の方は、訳が分からないという感じだったが、姉の方は、全てを察して、覚悟を決めたような顔をしていた。

「そうですか……」

八雲が、哀しげに相槌《あいづち》を打つ。

「澄田は、部屋を飛び出した。おれと桐野は、必死にあとを追った。逃げられないと思ったのか、澄田は、途中で足を止めて包丁を抜いた。多分、咄嗟《とっさ》に家から持ち出したんだろう」

本当は、ここから先は話したくない。だが、逃げたところで何も始まらない。

後藤は覚悟を決め、姿勢を正して八雲を見た。

八雲は、真っ直ぐな視線を向けたまま、小さく頷《うなず》いた。

「おれは澄田を説得しようとした。だけど、なかなか話を聞いてくれない。自分が、刑務所に入ったら、二人の子どもがどうなるのか——それを考えたんだろうな」

「そうかもしれませんね……」

「そうこうしているうちに、桐野が拳銃《けんじゅう》を抜いたんだ」

「拳銃を?」

さすがに、八雲が驚いた顔をする。

「もちろん本気で撃つつもりじゃねぇ。威嚇のためだ。相手は刃物を持って暴れてるんだ。下手すりゃ怪我人が出る。今になって思えば、正しい判断だったと思う……」

だが、そのときの後藤は、そうは思えなかった。

拳銃なんか出したら、澄田が余計に逆上する——そう思った。

「おれは、犯人追跡中にもかかわらず、桐野に食ってかかった。向こうも一歩も退《ひ》かない。お互いに、信じるものが違ったんだ。決着なんか、つくわけがない……」

今なら分かる。桐野は、澄田を見て、自分の父親を殺した男を思い出したのだろう。

説得しようとしても、逆上した犯罪者相手では無駄だと考えた。だから、力で制圧しようとした。

だが、そのときの後藤には理解できなかったし、許せなかった。

実に下らない。日頃の確執が、あのとき、収拾がつかないほどに暴走してしまったのだ。

「それで、どうなったんですか？」

八雲が訊《たず》ねて来た。

この先を、自分で口にしなければならないかと思うと、心底気が重い。

だが、八雲の言うように、あの日の出来事が、今回の事件を呼んだというなら、向かい合う必要がある。

「おれたちが、揉《も》めているのを見て、澄田は逃げられると判断した。それで、道路に飛び出して……」

ちょうど走って来た、大型トラックに撥《は》ねられたのだ。

後藤の腹の底から、沸々と怒りがこみ上げる。それは、おそらく、あの局面で下らないことで対立していた自分に対するものだ。

だが、そのときの後藤は、そうは思えなかった。桐野が、拳銃など抜かなければ、こんなことにはならなかった――そう思った。

澄田の死体が安置されている霊安室で、力一杯桐野を殴り倒した。左の眉《まゆ》の上の傷は、そのときにできたものだ。

反撃が来るかと思ったが、桐野は何も言わなかった。ただ「すみませんでした」と頭を下げた。

それが、余計に後藤には許せなかった。本当は――。

「おれのせいだ……おれのせいで、澄田は死んだんだ……」

後藤は、テーブルに拳《こぶし》を打ちつけた。

桐野を殴ったときと同じように、ビリビリと痺《しび》れるような痛みが広がる。

「それがきっかけでコンビは解消になり、桐野さんは警察を辞めたんですね」

「まあ、そんなところだ――」

後藤はそのときの悔しさを、自分の中の信念に変えた。

――もう二度と、おれの前では誰も死なせない。

そう誓って突き進んで来たはずなのに、桐野を救うことはできなかった。

「分かりました……」

全てを話し終えると、八雲が静かに言って立ち上がった。

凛《りん》としたその立ち姿は、威光を放っているかのようだった――。

「何？」

「明日《あした》、事件を終わらせましょう」

「終わらせる？」

「ええ。明日、あの教会に、関係者を全員集めて下さい」

そう言って、八雲は小さく笑った。

それは、背筋がぞっとするような、冷たい笑みだった——。

11

石井は、ゆっくりと目を開けた——。

まるで霧がかかったように、意識が朦朧《もうろう》としている。身体がやけに窮屈だ。動かそうとしたが、うまくいかなかった。

目を向けると、ロープで椅子に縛りつけられていた。

「な、何だこれは……」

石井は、驚きの声を上げた。

必死にふり解《ほど》こうとしたが、動けば動くほどに、ロープが身体に食い込み、痛いだけだった。

——いったい、私はどうしてしまったというんだ？

もしかして、知らず知らずのうちに、国家機密に触れるような何かを手に入れ、国際的な陰謀に巻き込まれ、テロ組織に拉致《らち》されたのかもしれない。

妄想を働かせながら周囲を見回してみる。

見覚えのある部屋だった。ここは、確か、八雲の隠れ家である大学の〈映画研究同好会〉だ。

部屋の中に、いつもいるはずの八雲の姿がない。もちろん、後藤も晴香もいない。石井一人きりだ。

「すみません！　誰かいませんか？」

声を上げてみたが、部屋はしんと静まり返っているだけで、誰からも返事はない。

質《たち》の悪いイタズラで、驚かせようとしているのだろうか？

「あの！　八雲氏！　後藤刑事！」

再び声を張ってみたが、やはり誰からも返事はない。

石井の中で、段々と不安が膨らみ、額から汗が噴き出して来た。

ふと、石井はなぜ自分が、この部屋にいるのか、その理由を知っているような気になった。思い出せそうなのだが、それを本能が拒否していた。

「ちょっと……後藤刑事。いるんでしょ。出て来て下さいよ」

半泣きの状態で訴えたが、やはり誰からも返事はない。もう一度、身体を捩《よじ》ってロープから逃れようとするが、びくともしない。

もがけばもがくほどに、石井の中で不安は増大していく。

ふと、背後で誰かの視線を感じた。

ぴったりと貼り付くように、そこに人がいる気配がする。

「後藤刑事？」

首を回してみたが、自分の背中は確認できない。だが、確かに、そこに誰かいる気がする。

「少し、落ち着いて下さい」

背後から、急に肩を叩《たた》かれた。

「ひやぁぁ！」

石井は、身体を捩りながら悲鳴を上げる。

――嫌だ。嫌だ。嫌だ。

「石井さん。大丈夫です。ぼくです。八雲です」

声をかけられて、ようやく我に返った。

いつの間にか、目の前に八雲が立っていた。黒いコンタクトレンズを外している。薄暗がりの中、八雲の赤い左眼が怪しく光っているようだった。

「私は……そうだ。私は、桐野さんに憑依《ひょうい》されて……」

幾分、冷静になったことで、自分の置かれている状況を思い出すことができた。

「思い出したみたいですね」

八雲は微《かす》かに笑うと、石井を縛っているロープを解《ほど》き始めた。

「た、助けて下さい。私は……」

ロープが外れるなり、石井は八雲にすがりつく。

一刻も早く、この状況から抜け出したい。その一心だった。

「分かっています。石井さんを助けるためにも、教えて欲しいことがあります」

「教えて欲しいこと？」

「桐野さんは、何を訴えているんですか？　憑依されている石井さんなら、彼の感情や記憶を感じ取ることができているはずです」

八雲の言葉を聞き、石井の脳裡《のうり》に、一人の女性の顔が浮かんだ。

見たことのある女性だが、誰なのかは思い出せない。その女性は、とても優しい笑みを浮かべていた。

恐怖、怯《おび》え、憎しみ、それらの感情を、全て洗い流してしまう。そんな笑みだった。

これは、自分の記憶ではない。おそらくは、桐野の記憶。八雲が言うように、彼の記憶と自分の記憶が頭の中に混在している。

「私は……」

石井は、両手で頭を抱える。

「安心して下さい――」

八雲が、石井の肩に手を置いた。

「え？」

「あなたが、現世を彷徨《さまよ》っている理由は分かりました」

八雲の赤い左眼が、真っ直ぐに石井を見据える。

いや、その視線の先にいるのは、おそらくは石井ではない。石井の中にいる、別の人間だ。

八雲が、人差し指を眉間《みけん》に当てた。

「桐野さん。話して下さい。本当のことを――」

そう八雲が言うのをきっかけに、石井の頭の中に、様々な映像が浮かんで来た。桐野の記憶だ。

哀しみに満ちた、その記憶に触れ、石井の目から、自然と涙が零《こぼ》れ落ちた――。

12

晴香は、賢人と一緒に歩いていた――。

彼を連れて行くというのが、晴香に課せられた役目だった。もちろん、指示を出したのは八雲だ。

「何をするんです？」

隣を歩く賢人が、訊《たず》ねて来た。

笑みを浮かべてはいるが、微かに緊張の色が窺《うかが》える。

「佐和子さんにとり憑いている、久美さんの霊を祓《はら》うんです」

「姉さんの？」

「でも、どうやって？　それに、なぜ教会なんです？」

賢人が首を傾げた。

それは、晴香も分からないところだ。だが、八雲が霊を祓うというのだから、何か策があるのだろう。それに、ロケーションも熟慮しているはずだ。

「教会である必要があるんです。多分……」

晴香が言うと、賢人が声を上げて笑った。

「何がおかしいんです？」

「信頼しているんですね。彼のこと」

確かに、信頼はしているが、それはあくまで事件に限ってのことだ。それ以外については、正直、何を考えているのかさっぱり分からない。

そうこうしている間に、目的の教会が見えて来た。

事件にからんで、何度も話には出て来たが、実際に足を運ぶのは初めてだ。

何も知らなければ、どこにでもありそうな瀟洒《しょうしゃ》な教会なのだが、ここで殺人事件が起きたという事実が、建物全体を不気味に浮かび上がらせているようだ。

装飾の施された扉を押し開けて中に入る。

天井はアーチ型になっていて、正面に祭壇があり、磔《はりつけ》にされたキリストの像が掲げられていた。

「おう。晴香ちゃん」

会衆席に座っていた後藤が立ち上がり、軽く手を上げた。

「後藤さん。こんにちは」

挨拶《あいさつ》をしたところで、後藤の隣にもう一人、男が座っているのを見つけた。

——誰だろう？

「貴俊」

晴香の疑問に答えるように、賢人が声を上げた。

彼が戸塚貴俊。名前だけは聞いていた。桐野殺害の容疑で逮捕されている人物で、賢人と一緒にあの泉で心霊現象を体験した人物——。

中学校時代に、織田をイジメていた張本人でもある。

そういった情報が入ることで、貴俊が酷《ひど》く陰湿な人物に見えてしまう。

——ダメだ。

晴香は、頭の中の考えを振り払った。先入観を持って物事を見れば、本質を見失う。

いつも八雲に言われていることだ。

「宇都木。お前からも言ってくれよ。おれは、何もやってないんだ」

駆け出そうとする貴俊を、後藤が「大人しくしろ」と強引に座らせた。

貴俊は、まだ何か言いたそうだったが、後藤の迫力に気圧《けお》されたのか、肩を落として抵抗するのを止めた。

「あの……」

後藤に声をかけようとしたところで、入り口の扉が開いた。

俯《うつむ》き加減に教会に入って来たのは、織田だった。

「織田君」

賢人が声を上げる。

なぜ、彼が――そんな響きが込められている。

織田は「久しぶり……」と、掠《かす》れた声で言ったあと、会衆席に座った。

「これで、全員揃ったな」

一度立ち上がり、教会の中をぐるりと見回したあとに、後藤が口にした。

――全員？

「後藤さん。八雲君は？」

「もう来てる」

ぶっきらぼうに、後藤が答える。

来ていると言われても――見回してみたが、八雲の姿は見当たらない。

「どこにいるんです？」

晴香が訊ねたところで、朗読台の奥にあるドアが開いた。

――八雲だ。

石井を乗せた車椅子を押しながら、一歩、また一歩と、慎重な足取りで歩み出ると、祭壇の聖櫃《せいひつ》の前に立ったところで足を止めた。

八雲は、一言も発することなく、こちらに背中を向けて、磔にされたキリスト像を見上げた。

ステンドグラスから漏れる光を浴びたその姿は、八雲自身が威光を放っているようだった。

しばらく、じっとしていた八雲だったが、大きく息を吸い込んだあと、改めてこちらに向き直った。

「初めてお目にかかる方もいますね。ぼくは、斉藤八雲といいます」

名乗ると同時に、八雲がニヤリと笑ってみせた。

それに、呼応したかのように、車椅子の石井が顔を上げた。意識が戻ったらしい。

石井はキョトンとして、周囲を見回したあと、八雲に顔を向けた。

「これは、いったい……」

この反応。どうやら、今、現れているのは憑依《ひょうい》している桐野ではなく、石井本人のようだ。

「石井さん。もう少しの辛抱です」

八雲が石井の肩に手をかける。

「私は……」

「今、ぼくが用があるのは、石井さんではありません」

「え？」

「桐野さん。あなたですよ」

八雲が、石井の耳許《みみもと》で囁《ささや》くように言った。

それと同時に、石井の瞼《まぶた》が激しく痙攣《けいれん》し、引きつけを起こしたように、身体を仰《の》け反らせたかと思うと、ぐったりと頭を垂れて動かなくなった。

「石井！」

駆け寄ろうとする後藤を、八雲が制した。

「大丈夫です」

「だが……」

尚《なお》も食い下がろうとする後藤を窘《たしな》めるように、八雲が首を左右に振る。

一拍置いてから、八雲がゆっくりと会衆席の間の通路に歩み出る。

「まず、話を整理しましょう——ことの発端は、貴俊さんと賢人さん、それと佐和子さんの三人が、真実の泉と呼ばれる心霊スポットに、天体観測に行ったことです」

八雲は貴俊の近くで足を止め、彼に視線を向ける。

「間違いありませんね？」

八雲が訊ねると、貴俊は怪訝《けげん》な表情を浮かべた。

「こいつは、何者です？　それに、これっていったい、何なんです？」

貴俊が矢継ぎ早に質問を投げかける。

「そうですね。説明が、まだでしたね――」

八雲は、そう言うと黒いコンタクトレンズを外し、自らの赤い左眼を晒《さら》した。

それを見たときの反応は、様々だった。

貴俊は「ひっ」と短い悲鳴を上げ、織田は表情を歪《ゆが》めて視線を逸《そ》らした。賢人は、ただ無表情にそれを見ている。

「ぼくのこの左眼は、赤いだけではありません。他人には見えないものが見えるんです――」

「見えないもの？」

怯《おび》えた声を上げたのは、貴俊だった。

「死者の魂。つまり、幽霊です――」

宣言するように言った八雲の声が、教会の中に響き渡った――。

13

「バカな……」

後藤の隣に座る貴俊が、驚きの声を上げる。

貴俊は、心霊現象を体験したばかりだ。幽霊云々《うんぬん》の話に敏感になっているのだろう。

気持ちは分かるが、ここで騒がれたら、話が前に進まない。

後藤が一喝すると、何か言いたそうにしながらも、貴俊は口を閉ざした。

「黙れ」

「話を戻しましょう――」

八雲は、再び祭壇の前に歩みを進める。

服装こそ違うが、その佇《たたず》まいは、まるで牧師のようだ。

「賢人さん、貴俊さん、佐和子さんの三人は、心霊現象を体験しました。佐和子さんは、霊に憑依されて、今も意識が混濁した状態です。そして、貴俊さんは、それ以来、奇妙な声が聞こえるようになった。そうですね――」

八雲の視線が、貴俊を射貫《いぬ》く。

「毎日、毎日、耳許で誰かが囁くんだ。殺してやる、許さないって……おれ、何が何だか分からなくて……」

貴俊が早口で言いながら頭を抱えた。

この怯え方からみて、後藤には妄想とは思えなかった。実際の心霊現象だったにせよ、誰かのイタズラだったにせよ、貴俊が何かを体験したのは事実なのだろう。

「怖くなったあなたは、牧師である桐野さんに、相談を持ちかけたんですね」

八雲の言葉に、貴俊が何度も頷《うなず》いた。

「一つ、質問です。あなたは、なぜ、牧師の桐野さんに相談を持ちかけたんですか?」

次に投げかけられた八雲の質問に、貴俊が「え?」という顔をした。

「なぜって……」

「ここは、肝心な部分です。正確に思い出して下さい。あなたは、どこで桐野さんの存在を知り、なぜ、彼に相談を持ちかけたんですか？」

しばらく、視線を漂わせていた貴俊だったが、やがて口を開いた。

「声をかけられたんだ……」

「桐野さんからですか？」

貴俊が、大きく頷く。

「大学から、帰ろうとしているときに、あなたに、何か良からぬものが憑いているようだって」

――どういうことだ？

後藤の中に、強い疑念が生まれた。

桐野は、幽霊の存在を信じていないと断言していた。そんな奴が、貴俊に何か憑いているなんて声をかけるはずがない。

そうなると、桐野はやはり、貴俊に詐欺を働くつもりだったのか？

――そんなはずはない。

後藤は、頭の中に浮かんだ考えを、即座に否定した。考え方は違えど、桐野には、桐野の信念があった。決して、他人を騙《だま》すような奴ではない。

「つまり、桐野さんの方から、声をかけてきた――そういうことですね」

八雲が念押しするように言うと、貴俊が大きく頷いた。

「どうも腑《ふ》に落ちねぇ。桐野は……」

「今は、黙っていて下さい」

疑問を投げかけようとした後藤を、八雲がすかさず制した。

八雲も、後藤と同じ疑問に気付いているはずだ。それを、敢《あ》えて封じたということは、何か考えがあるのだろう。

後藤は、釈然としないながらも口を閉ざした。

「そのあと、あなたは、桐野さんに心霊現象を相談するようになり、あの夜、除霊をしてもらうために、この教会に足を運んだ」

「もう、限界だった……何でもいいから、早く逃げ出したかったんだ……」

貴俊が髪をぐちゃぐちゃにかきむしった。

精神的に、よほど追い詰められていたのだろう。佐和子の件も、聞き及んでいたはずだから、そのことも、追い打ちになったのだろう。

「そして、事件は起きた——」

「違う!」

貴俊が、八雲の言葉を否定して立ち上がった。

その目には、強い怒りが込められている。理不尽に対する怒り——後藤には、そんな風に見えた。

「おれは、殺していない！」

貴俊が会衆席を乗り越え、八雲に摑みかかろうとする。完全に、我を失っているようだ。

「落ち着け！」

宥《なだ》めようとしたが、貴俊は、それを強引に振り切り、八雲に詰め寄ると胸ぐらを摑《つか》み上げた。

――野郎！

後藤は、慌ててあとを追いかけ、貴俊を八雲から引き剝《は》がそうとする。

だが、意外にもそれを制したのは八雲だった。

「分かっています――」

八雲が、無表情に放った一言で、貴俊は「え？」と動きを止める。こうもあっさりと、認めてくれるとは、思わなかったのだろう。

今度は逆に、後藤の方が混乱してしまう。

「じゃあ、誰が殺したっていうんだ？」

貴俊が嘘を吐いているようには見えないが、それでも、あの状況からして、他に殺害を行えた人物はいない。

「そこが、大きな勘違いだったんですよ」

八雲は苛立《いらだ》たしげに、髪をガリガリとかき回す。

「勘違いだと？」

「あの部屋は密室だったんですよね」

「そうだ……もしかして、隠し通路があったのか？」

八雲が図面を欲しがったのは、それを確かめるためだったのかもしれない。

「そんなもの、ありませんよ」

「何？」

「ぼくが言いたいのは、ここで、殺人事件が起きたというのが、勘違いなんですよ」

「何を言ってやがる。現に、桐野は……」

「彼は——」

八雲は、そこで言葉を句切り、項垂《うなだ》れている石井に目を向けた。

いや、実際は石井ではない。憑依《ひょうい》している、桐野に向けられた視線だったのだろう。

それを察したのか、石井が「ううっ」と唸《うな》りながら顔を上げた。いや、あの目は石井ではない。

「自殺だったんです——」

八雲の放った一言が、衝撃とともに後藤の身体を突き抜けた。

あまりのことに、しばらく放心して、何も言うことができなかった。意味が分からない。いくら何でも、荒唐無稽《むけい》過ぎる。

「バカなこと言ってんじゃねぇ！　何で、桐野が自殺しなきゃなんねぇんだ！」

少なくとも、後藤の知る桐野は、自殺なんてするタイプじゃない。

もちろん、人間の本質なんて、他人に分かるはずはない。だが、それでも、桐野は感情よりも思考を優先して来た男だ。

そんな男が、自ら命を絶つなんてあり得ない。

しかも、キリスト教では、自殺は罪のはずだ。一般の信者ならまだしも、牧師であった桐野が、その教えに反する行為を行うなど、到底考えられない。

「そうするだけの、理由があったんです」

八雲が決然と言い放つ。

その赤い左眼を見ていると、不思議とそれが真実であったように思えて、後藤の中の感情が萎《しぼ》んでいく。

「でも、自殺って、どうやって？」

疑問を投げかけたのは、ここまで黙って聞いていた晴香だった。

――そうだ。

同じ疑問に辿《たど》り着いた後藤の中に、再び熱い感情が蘇《よみがえ》る。

「首を吊《つ》ったならまだしも、あの状況が、自殺なわけねぇだろ！」

「あの状況だから、自殺なんですよ」

八雲は、まるで動じなかった。

「何？」

「桐野さんは、自分で自分の首を切ったんです」

「そんな……バカな……何を根拠に……」

後藤は、反論してみたが、その声が震えていた。

「最初に怪しいと思ったのは、彼の検死報告を見たときです」

「何がおかしい？」

「桐野さんが、あの部屋に入ったあと、後藤さんは、争う物音を聞いたんですよね」

八雲が、朗読台の奥にあるドアを指差した。

「ああ」

間違いなく、あのとき、物音を聞いた。桐野の「止めろ！」と叫ぶ声も。だから、後藤はあのドアを蹴破《けやぶ》ったのだ。

だが、間に合わなかった――そのはずだった。

「争ったにもかかわらず、首の他に外傷がなかったんです」

「それは――」

確かに不自然だ。ナイフを持った貴俊と争ったのだとしたら、切り傷の一つも残っていなければおかしい。

それに、部屋は散々荒らされていたにもかかわらず、打撲の痕《あと》すらなかった。だが――。

「偶々《たまたま》、傷が残らなかっただけかもしれないだろ」

「本気で言ってるんですか？」

八雲の冷ややかな視線が、後藤を射貫《いぬ》く。

そんな目をされても、納得できないものはできない。

「もちろん本気だ。そもそも、自殺する理由がねぇだろ」

「問題は、そこだったんです。桐野さんは、なぜ自殺したのか？　しかも、わざわざ、あんな状況を作り上げる必要があったのか？　ただ死にたいなら、一人で死ねばいい。でも、彼はそうしなかった――」

八雲の説明を聞きながら、後藤は脱力感に襲われた。

頭では否定していても、心のどこかで受け容《い》れている部分があったのかもしれない。

後藤に、そう思わせたのは、桐野が最後に見せた表情だ。

そこには、悲壮感漂う覚悟があった。

「なぜ、桐野さんは自殺したの？　それに、自殺だとしたら、なぜ貴俊さんが凶器を持っていたの？」

放心する後藤に代わって、疑問を口にしたのは晴香だった。

まさにその通りだ。

桐野が自殺をする理由が見つからないし、晴香が言うように、自殺したのだとしたら、ナイフは床に落ちていなければならない。だが、貴俊がしっかりと握っていた。

それが解決できなければ、八雲の推理は破綻《はたん》していると言わざるを得ない。

「説明しろ！」

後藤が詰め寄ると、八雲は余裕の笑みを浮かべた。

そんなことは、百も承知だと言わんばかりだ。

「その二つの疑問に答える前に、明らかにしておかなければならないことがあります」

八雲は、後藤と貴俊を置き去りにして、ゆっくり歩みを進めると、賢人の前に立った。

無言のまま、二人の視線がぶつかった。

14

晴香は、視線をぶつけ合う八雲と賢人の姿を、固唾《かたず》を呑《の》んで見守った――。

「何を、明らかにするんです？」

沈黙を破ったのは、賢人の方だった。

八雲は、満足そうに小さく笑ってみせる。

「あの泉を彷徨《さまよ》い、佐和子さんにとり憑いた霊の正体は、賢人さんのお姉さんの、久美さんでした――」

八雲の宣言を受け、賢人が俯《うつむ》いた。その目には、涙の膜が張り、今にも零《こぼ》れ落ちてしまいそうだ。

彼の気持ちを考えると、胸が苦しくなる。

「姉さん……」

賢人が、呻《うめ》くように言った。

「久美さんは、六年前に、鏡湧泉で死にました──」

「だが、死体はなかった」

八雲の言葉を否定したのは、後藤だった。

そこは、晴香にとっても謎だった。警察が捜索したにもかかわらず、鏡湧泉から死体は発見されなかったのだ。

八雲は賢人に背中を向け、織田の方に歩み寄って行く。

「死体は、あったんです。そうですよね。織田さん──」

押し黙っていた織田が、ビクッと肩を震わせた。

織田は、八雲の言葉に答えない。怯《おび》えたように、しきりに辺りを見回していて、落ち着きがない。

嘘吐きと罵《ののし》られた過去が、彼から発言する気力を奪っているのかもしれない。

「織田さん。あなたは、嘘吐きではありません。そうでしょ」

八雲が優しく語りかける。

「おれは……」

「六年前──織田さんは、あの場所で女性の死体を発見したんですよね」

八雲が、改めて問いかける。

顔を赤くして、しばらく身体を震わせていた織田だったが、やがてゆっくりと立ち上がった。

「おれ、あの場所で死体を見ました。間違いないです」

淀《よど》みなく答える織田に、八雲が頷《うなず》き返す。

「久美さんは、あの泉で、何者かに殺害されたんです。織田さんが見たのは、そのときの死体です」

「その死体を、誰かが動かした――そういうことか？」

後藤が訊《たず》ねる。

八雲は少し考えるように視線を漂わせたあと、ガリガリと寝グセだらけの髪をかき回した。

「正確には、隠した――といった方がいいかもしれません」

「隠したって、証拠隠滅ってこと？」

晴香は、嫌悪感とともに口にした。

「それも少し違う」

八雲が静かに言う。

「どう違うの？」

「その疑問については、少し置いておこう。とにかく、事件のあと、しばらくの間、久美さんの死体は、鏡湧泉に沈められていたんです」

八雲の説明だと、大きな矛盾が生じる。

「だから、捜索したとき、何も無かったって言ってんだろ」

後藤が苛立《いらだ》たしげに言う。

「ちゃんと聞いて下さい。ぼくは、しばらくの間——と言ったんです。つまり、最近になって、久美さんの死体は、鏡湧泉から引き揚げられ、別の場所に移されたんです」

八雲は、淀みなく口にすると、教会の隅に移動して、そこに立てかけてあったバールを手にした。

——何をするつもりだろう？

「別の場所ってのは、どこだ？」

後藤が質問を重ねる。

八雲は、バールを持ったまま祭壇に向かうと、バールである一点を指し示した。

「おそらく、あの中です」

それは、祭壇の上にある石造りの聖櫃《せいひつ》だった。装飾が施され、宝箱のように見えなくもない。

「何だそれ？」

後藤が口にすると、八雲は小さくため息を吐いた。

「これは、聖櫃と呼ばれるものです。正教会では聖人の不朽体、カトリック教会では、キリストの肉に聖変化したパンが納められていると言われています」

八雲は、説明を加えながら、その聖櫃の隙間にバールを突っ込み、蓋《ふた》を押し上げようとする。

だが、予想以上に重いらしく、なかなかうまくいかない。

「手伝ってもらえますか？」

八雲の言葉に応じて、晴香は祭壇に駆け寄った。それに、後藤も加わった。

貴俊、賢人、織田の三人は、近寄っては来たものの、作業には加勢せず、遠巻きに見ている。

「行きますよ。せーの」

八雲の合図で、一斉に力を入れる。

ずずっと聖櫃の蓋がずれた。さらに力を加えると、ドスンッと地面を揺らす音とともに、蓋が床に落下した。

開かれた聖櫃の中には、八雲が言ったように、一人の女性が蹲《うずくま》るような姿勢で納まっていた——。

少女ともいえるあどけなさを残した女性の死体を見て、晴香は絶句した。

こんなところに死体があったことに対する驚きはある。だが、それ以上に晴香を驚かせたのは、その死体の美しさだ——。

まるで、たった今、死んだかのような、いや、眠っているようにすら見える。

「姉さん……」

遠巻きに見ていた賢人が、嗚咽《おえつ》を漏らしながら、崩れるように座り込んでしまった。

昨日、八雲が久美はすでに死んでいることを伝えていた。だが、賢人は心のどこかで、まだ生きていると信じていたのかもしれない。

貴俊は見たくないのか、背中を向けてしまっていた。

織田は、ただ呆然《ぼうぜん》といった感じで、そこに立ち尽くしている。

「本当に彼女は、久美さんなの？」

晴香は、八雲に疑問をぶつけた。

今、目の前にある死体は、六年も前のものとは、到底思えない。

「屍蠟《しろう》だよ」

八雲が言った。その一言で、晴香は合点がいった。

屍蠟は、前に起きた事件のとき、八雲から説明を受けている。ある一定の湿度、温度下に死体を置いたとき、脂肪分の特殊な死後分解変性によって起こる現象で、身体が蠟《ろう》状になる。

屍蠟化すると、人の身体は腐敗することがない。

さっき、八雲は死体は一度、泉に沈められていた――と言っていた。

あの泉の環境が、彼女の身体を屍蠟化させ、死んだ当時のままの状態を保っていたということなのだろう。

死体の美しさの原因は分かったが、問題はまだたくさんある。

「なぜ、ここに死体があると分かった？」

晴香より先に、後藤が口にした。

よほど、衝撃的だったのか、後藤の顔からは、血の気が失《う》せていた。

「この教会に足を運んだとき、どうも不自然だったんです」

この異様な状況の中、唯一全てを掌握する八雲だけは、平然としている。

「何がだ？」

「プロテスタントの教会には、聖櫃は存在しないんです」

「何？」

後藤が驚きで目を剝《む》いた。

晴香も同じ気持ちだった。だが、同時に納得もした。そういえば、さっき八雲は正教会とカトリック教会の話はしたが、プロテスタントのことは一言も言っていない。

本来、無いものがあるとなれば、そこに疑いを持つのは当然の心理だ。

「それで、図面を確認したんです。最初の設計のときには、聖櫃は無かった。つまり、後から設置されたものです」

「そうか……」

「死体を隠すなら、ここしかない——と」

八雲は、冷静に答えた。

だが、それは本当の意味で答えにはなっていない。

「教会に死体を置いた理由は何？」

晴香は、ずいっと八雲に詰め寄りながら問う。

そこが一番の問題だ。ただ、隠すことだけが目的なら、わざわざ、こんな面倒な場所に運ぶ必要はなかった。

「桐野さんが、それを望んだんです」

八雲は、そう言って睫《まつげ》を伏せた。

──望んだ？

晴香には、益々《ますます》意味が分からなかった。さらに、質問を続けようとしたが、後藤が押し退《の》けるように八雲の前に立った。

「何で、桐野がそんなことを望む？」

受け容《い》れられない。納得できない。そんな想いが、後藤の身体から放たれているようだった。

「まだ、分かりませんか？」

「分からねぇ！」

後藤は、今にも八雲に、摑みかからんばかりの勢いだ。

このままではいけない。間に割って入ろうかと思ったところで、車椅子の石井が顔を上げた。

「石井さん……」

近付こうとした晴香だったが、自然と動きが止まった。

見開かれた虚《うつ》ろな目を見て、それが石井ではなく、桐野だと分かったからだ──。

15

「桐野。てめぇ、どういうことだ?」

後藤は、車椅子に座った石井に、いや桐野に詰め寄った。

石井は何も答えない。いや、そうではない。何かを言おうとして、口を動かしているが、声になっていないだけだ。

伝えたいことがあるが、憑依《ひょうい》している身である桐野は、うまく石井の身体を扱えていないのだろう。

だが、そんなことは関係ない。桐野から説明を受けなければ、どうにも納得できない。

「答えろ!」

後藤の怒声が、教会に響き渡った。

「私は……」

石井が、掠《かす》れる声で言った。

「桐野さん。あなたは、久美さんを愛していたんですね──」

八雲が、ふっと天井に視線を向けながら言う。それに応《こた》えるように、石井が大きく頷《うなず》いた。

「何だと？」

後藤は、八雲の言葉を信じられない思いで受け取った。

「桐野さんにとって、久美さんは、大切な女性だったんですよ。だから、自分が死ぬとき、近くにいて欲しかった……」

八雲は、後藤の心情などお構い無しに言う。

「そんなのあり得ない……」

なぜなら、久美は、澄田の娘だ。そして、澄田を死に追いやったのは、誰あろう桐野と後藤の二人だ。それなのに――。

「後藤さん。あなたは、桐野さんを誤解しています」

「何？」

「桐野さんは、事故で澄田さんを死なせてしまったあと、久美さんと賢人さんがいる児童養護施設に足を運んでいたんです」

「なっ……」

後藤は、驚きで次の言葉が続かなかった。

桐野には、罪の意識などないと思っていた。父親を強盗に殺されてから、まるでその復讐《ふくしゅう》をするかのように、捜査に打ち込んでいた。そんな桐野がなぜ――。

「私は……間違っていた……」

石井が、掠れた声で言った。

「何？」

後藤は石井を睨《にら》み付けた。

だが、その先を、何も言おうとはしない。そんな石井に代わって、八雲が口を開く。

「桐野さんは、ずっと苦しんでいたんです。後藤さんだって、気付いていたでしょ」

「おれは……」

「父親を強盗に殺害されたことをきっかけに、桐野さんは一度信仰を捨てました。犯罪を憎む気持ちから、警察に入庁した。そうでしたね」

「ああ――」

宮川から聞いたことだ。

いや、違う。本当は、後藤はそのことを知っていた。だが、桐野に対する嫌悪感から、彼の過去を、苦しみを見ようとはしていなかった。

「警察に入ったあとの桐野さんは、後藤さんが知っての通りです」

「桐野は、聖書ではなく、法にすがったんだな」

コンビを組んでいたときは、単に冷たい男だと思っていた。

だが、今なら分かる。父親を殺されたせいで、全てに失望し、信仰を捨てた。

だからこそ、犯罪を起こした心理や背景などお構い無しに、ただ物的証拠だけを頼りに捜査をしていた。

「でも、桐野さんは感情を捨てきれなかった。だからこそ、苦しんでいたんです。そんなときに出会ったのが、後藤さんでした」

八雲の赤い左眼が、後藤を搦《から》め捕る。

「おれ――」

「桐野さんは、父親が殺されたのをきっかけに、全てを捨てました。それなのに、後藤さんは、どんなに傷つこうが、決して目を逸《そ》らすことなく、自分の信念を貫いていた。桐野さんは、そんな後藤さんが疎ましくもあり、そして――」

「羨《うらや》ましかった……」

石井が、呟《つぶや》くように言った。

「バカ言うんじゃねぇ！　てめぇは、おれのことが嫌いだったんだろうが！」

「嫌いだったでしょうね」

苦笑いとともに言ったのは、八雲だった。

「だったら……」

「だからこそです。ぼくは、桐野さんの気持ちが分かります。ぼくが、そうでしたから……」

八雲が、哀しい目で後藤を見た。

胸に刺すような痛みが走る。心のどこかで、そのことはずっと感じていた。桐野と八雲は――似ている。

身を切るような辛《つら》い経験をしたせいで、感情を殺し、思考で生きようとしたのだ。だが、そうなり切れなかった。優し過ぎるが故に、苦しみ、葛藤《かっとう》していた。

「桐野……お前は……」

「桐野さんは、過去を背負い、傷つきながらも、バカみたいに前に進み続ける後藤さんのことが嫌いだった。後藤さんを見ていると、失望した自分自身を否定されているような気になったんでしょう」

八雲は、憂いに満ちた視線を石井に向けた。

「否定──だと?」

「ええ。ぼくに言わせれば、桐野さんと後藤さんは同類ですよ」

「おれと……」

そうかもしれない──。

あれほど嫌がっていたのに、今はそのことがすんなりと受け容れられる。

「桐野さんは、あの事件のあと、ずっと罪の意識を抱えていました。久美さんと賢人さんに謝罪したい。そう思い、何度も児童養護施設に足を運びました。でも、遠くから見ているだけで、なかなか会うことができなかった……」

八雲は、静かな口調で言いながら、賢人に目を向けた。

賢人は何も言わず、ただ目を伏せた。

後藤は言い知れぬ疎外感を覚えた。あのとき、後藤は、桐野に責任をなすりつけたのかもしれない。

本当は、謝罪に行くべきは自分だった。それなのに——。

己の愚かさに対する怒りを、桐野に対する反発に変えてしまった。

「おれは……」

「そんな桐野さんに、久美さんは気付いたんです。そして、彼女の方から、桐野さんに会いに行った……」

「なぜ？」

「許すためです——」

「許すだと？」

「桐野さんを、恨んでいない。何も悪いことはしていない。もう、苦しむ必要はない——それを伝えるためです」

「そ、そんな……バカな……」

それが、後藤の率直な感想だった。

仮にも自分の父親が死んだのだ。その原因を作った男を許すというのか？

「久美さんは、そういう女性だったんです——」

八雲は、改めて柩《ひつぎ》の中の久美に目を向けた。

後藤も同じように、柩の中の久美に視線を送る。死体となった彼女は、何も語らない。

だが、美しかった——。

「桐野さんは、久美さんと賢人さんを、この先もずっと守っていこうと誓ったんです。それが、警察を辞めた理由です」

感情としては、受け容《い》れられない部分はあるが、筋は通っている。だが、問題は——。

「なぜ、お前がそんなことを知っている？」

「桐野さんに聞いたんですよ」

八雲は、車椅子の石井に目を向けた。

そういうことか——と、一瞬、納得しかけた後藤だったが、すぐに考えを改めた。

「桐野は、石井に憑依《ひょうい》しているんじゃねぇのか？　それで、ちゃんと意思も伝えられないはずじゃ……」

後藤が言うと、八雲はいかにも嬉《うれ》しそうにニヤリと笑ってみせた。

八雲が、この顔をするときは、決まって嫌なことが起こる。

「それは、後藤さんの勝手な思い込みです」

「だが……」

「とにかく、そんな桐野さんと、久美さんが恋に落ちるのに、時間はかからなかったはずです」

後藤の中に、疎外感が広がって行く。

自分は、何も知らなかった。いや、知ろうとしなかった。

澄田のことに、責任を感じながらも、そのあと、姉弟《きょうだい》がどうなったのか、確認しようともしなかった。

だが、桐野は違った――。

自分の方が、よほど感情を疎《おろそ》かにしていた。桐野は、ただ、表に出さなかっただけで、一人苦しんでいたのだ。

後藤が殴ったときも、やり返さなかったのは、本当に自分の責任だと感じたからだったのだろう。

「桐野……」

後藤は、石井を睨み付けた。

怒りにも似た感情が、沸々とこみ上げてくる。

「久美さんに許されたあと、桐野さんは、自分の本来の道に戻ることに決めたんです」

八雲が、キリストの像に目を向ける。

「それで牧師に……」

「はい」

「だったら、何で最初から、そうだって言わねぇんだよ！」

後藤は、石井に向かって怒声を上げた。

だが、その怒りの矛先は、桐野ではない。自分自身だ。

――なぜ、桐野の気持ちを察してやれなかった？

自らの愚かさに反吐《へど》が出る。

「さて、話を戻しましょう――」

八雲が、パンッと手を打ったあと、改めてそこにいる一人一人を見回す。

まるで指揮者のように、この場にいる全員の空気を支配している。

「桐野さんが、自殺をした理由についてです」

八雲の言葉に、後藤は顔を上げた。

そうだ。八雲は、桐野の死を自殺だと言ったが、そうだと断じる理由は、未《いま》だに明かされていない。

「なぜ、桐野は自殺した？」

「これは、復讐《ふくしゅう》だったんです」

「復讐だと？」

声が上ずった。

自分が死ぬことで、いったい誰に対する復讐になるというのか？

「そうです。先ほども言いましたが、六年前、久美さんは鏡湧泉で何者かに殺害されました。そのことに対する復讐です」

その説明では、後藤の中の疑問は、まったく解決できない。

「自殺しちまったら、復讐もクソもねぇだろ」

「よく考えて下さい。今回の事件は、殺人にみせかけた自殺だったんです。そこが肝です」

「何？」

「なぜ、桐野さんは自殺を殺人にみせかける必要があったのか？」

「犯人を……作り出したかったから？」

後藤より先に、晴香が答えた。八雲が、満足そうに頷《うなず》く。

なるほどと思う。自殺を殺人にみせかけることで、別の人間に罪を着せ、その人物を苦しめることができる。

「では、今回の一件で、一番苦しむことになるのは誰か？」

八雲が一際大きな声で言った。

その答えは、考えるまでもなく分かる。今回の事件で、殺人の容疑者として逮捕されていたのは、貴俊だ。つまり——。

「こいつが、六年前に、澄田の娘を殺したってことか？」

後藤は、近くにいた貴俊の腕を摑《つか》み、ぐいっと自分の方に引き寄せた。

貴俊は目を見開き、恐怖に顔を引き攣《つ》らせている。

「ちょ、ちょっと待ってくれ。何の冗談だよ。おれは、何も知らない」

貴俊は、後藤の腕を振り払って逃げだそうとする。

そうはいくか——後藤は、すぐさま、貴俊を床にねじ伏せた。

「本当に知らない！　何を言ってるんだ！　おれは、何もやってねぇよ！」

「少し黙ってろ！」

後藤は、暴れる貴俊の首根っこを押さえつけた。

詳しく話を聞きたいのに、こうも騒がれては、一向に先に進まない。

「桐野は、こいつを殺人者にするために、自殺したってのか？」

後藤が訊《たず》ねると、八雲は大きく頷いた。

「バカ言うな。六年前に殺されたなら、なぜ、そのときに、警察に訴え出なかった？」

「当時、貴俊さんは中学二年生で、誕生日を迎えていなかったので十三歳でした。意味は分かりますね」

淡々とした八雲の言葉に、後藤は背筋が凍りついた。

──そういうことか。

仮に、六年前に久美を殺害した容疑で、貴俊を逮捕したとしても、十四歳未満であるため刑事責任を問われない。改正少年法で、十四歳未満であっても少年院送致が可能になってはいるが、その基準も曖昧だ。

被害者の身内からしてみれば、到底納得できる話ではない。だが、それが現実だ。

警察官だった桐野は、そういう事例を何度も見て来ているはずだ。だからこそ、敢《あ》えて死体を泉に沈め、復讐の機会を待った──ということか。

「だったら、なぜ、六年も待つ必要があった？」

「貴俊さんが、成人するのを待っていたんです。そうなれば、刑法によって裁かれるだけでなく、実名での報道もされます」

理屈は分かる。だが――。

「何でこんな方法を選んだ？　自殺するくらいなら、殺した方が恨みも晴れるだろうが！」

後藤の叫びに、八雲が失笑を返した。

「まさか、後藤さんの口から、そんな言葉が飛び出すとは思いませんでした」

「何？」

「誰も、死なせない――そう言ってたのは、誰ですか？」

後藤自身が、口グセのように言っている言葉だ。

澄田の事件を目の当たりにして、そう誓った。目の前で、誰かが死ぬなんて、もう金輪際ご免だと思った。

「だが……」

「桐野さんと、後藤さんは、似ているんです。彼も、もう誰かが死ぬのは嫌だったんです。その先に、どんな悲劇が待っているかを知っているからです」

「でも、キリスト教では、自殺は罪になるんじゃ……」

疑問を投げかけたのは晴香だった。

まさにその通りだ。自らの命を絶つことは、御法度のはずだ。

「どういうことだ？」

後藤が訊ねると、八雲はガリガリと寝グセだらけの髪をかき回した。

「桐野さんは、六年前に久美さんを失い、再び、自分のすがるべきものを失ってしまった。生ける屍《しかばね》同然です。何度も、自ら命を絶とうと思ったでしょう。でも、それは許されなかった……」

「だったら——」

「だからこそ——です。今回の計画は、苦痛から逃れるための自殺ではなく、罪を罰するための犠牲だったんです」

そういう考え方をして、自分で納得したということか——。

だが、そんなものは欺瞞《ぎまん》に過ぎない。

「それで自分が死んだら、意味がねぇだろうが！」

後藤は力の限り叫んだ。

それは、八雲に——というより、桐野に対しての叫びだった。

「桐野さんは、膵臓《すいぞう》がんだったんです」

八雲が、ポツリと言った。

「何だと？」

「畠さんの検死報告の中にありました。末期の症状で、余命幾ばくもなかった。この計画が、桐野さんの命の使い道だったんです」

「何だよそれ……」

後藤には、到底納得できなかった。

最後の瞬間まで、必死に生きるのが人間のはずだ。それなのに――。

「さっきから、何わけの分かんないこと言ってんだよ！　おれは、そんな女、殺してなんかいねぇよ！」

押さえつけていた貴俊が、再び騒ぎ出した。

この男は、人を一人殺しておいて、まったく反省していないようだ。こういう屑《くず》のせいで、善良な人間が哀しみを背負う。そんな不条理が、許されていいはずがない。

「黙れ！」

後藤は、貴俊の顔を床に叩《たた》きつけた。

鼻血を出した貴俊は、顔を押さえて大人しくなった。

後藤は、そのまま石井の許《もと》まで歩み寄った。

「何で……何で、言ってくれなかった！　こんな決断をする前に、もっとできることがあっただろうが！」

後藤は車椅子の石井の胸ぐらを摑み上げ、激しく揺さぶった。

「言えるわけないでしょ。後藤さんは、聞こうともしていなかったんですから――」

冷ややかに八雲が言った。

そんなことは分かっている。分かっているからこそ、怒っているのだ。桐野にではなく、自分自身に――。

偉そうなことを言っておきながら、何一つ見ていなかった。見ようとしていなかった。

その結果として、桐野は死んだのだ。

「ぐぅ……」

石井が、苦しそうに唸《うな》る。

「何とか言えよ！」

「……」

「おれはな、まだお前に謝ってねぇんだよ！　それを勝手に、死にやがって！」

口にしたことで、改めて自分の感情に気付いた。

後藤は、ずっと桐野に謝りたかった。八年前の澄田の事件もそうだ。だが、それだけじゃない。

心のどこかで気付いていたはずだ。桐野が、本当は苦しんでいたことに——。

それなのに、つまらない意地や妬《ねた》みから、気付かないふりをしていた。そのことに対する後悔があるからこそ、同じように殻に閉じこもっている中学時代の八雲を見たとき、放っておけなかった。

気付いていれば、もっと別の道があったはずなのに——。

「死んじまったら、全部終わりだろうが！」

後藤は、怒りに任せて石井の身体をドンッと突き飛ばした。

バランスを崩した石井は、車椅子ごと仰向《あおむ》けに倒れた。

「痛っ！」

石井が、頭を押さえて床の上をのたうち回る。

――え？

何だか様子がおかしい。

「まったく。何をしているんですか」

困惑する後藤をよそに、八雲は石井が立ち上がるのを手助けする。

石井は、頭を押さえながらも、自分の足で立っている。

「どういうことだ？」

後藤が訊《たず》ねると、石井が怯《おび》えたように、ビクッと身体を震わせる。

「わ、私は……こういうのは、よくないって言ったんです」

石井が後退《あとずさ》りする。

「なんだと？」

「今、石井さんの身体に、桐野さんの霊は憑依《ひょうい》していません」

八雲が、さも当たり前のように答えた。

16

――ついに言ってしまった。

石井は、怯えた目で後藤を見上げた。

「説明しろ」

後藤が、今にも飛びかかりそうな勢いで訊ねてくる。

そんな顔をされたら、とてもではないが、説明などできない。助けを求めて八雲に目を向ける。

八雲は、参ったな——という風に、苦笑いを浮かべてから口を開いた。

「言葉のままです。昨晩のうちに、桐野さんの霊には、石井さんから離れてもらったんですよ」

昨晩、八雲は石井の中にいる桐野に語りかけた。

八年前の事件のこと、久美のこと、そして、今回の事件が起きた経緯——それらを桐野に伝えた。

さらには、桐野が現世を彷徨《さまよ》っている理由を、言い当てたのだ。

それをきっかけに、桐野の霊は石井の身体を離れた。本当なら、すぐに後藤に報告すべきなのだが、それを止めたのは八雲だった。

事件を終わらせるために、しばらく憑依したふりを続けて欲しい——そう言われた。

もちろん、最初は拒んだ。だが、言葉巧みに言いくるめられ、妙な役回りを引き受けることになってしまった。

「何だと?」

後藤が、分からないという風に、首を傾げる。

「桐野さんは、自ら望んで死にました。それなのに、未《いま》だに現世を彷徨い、石井さんに憑依した。その理由は、二つありました――」

八雲は、そう言って指を二本立てた。

「二つ――」

後藤が、困惑しながらも反芻《はんすう》する。

疑問が先立ったことで、後藤の怒りはかなり収まったようだ。

「彼は、石井さんの身体は離れましたが、今、この場所にいます」

八雲は、そう言ったあと、朗読台の辺りに目を向けた。

石井も釣られて目を向ける。何も見えないが、そこに桐野が立っている気配を感じたような気がした。

桐野に憑依されていたことで、そう感じるだけかもしれないが――。

「桐野――」

後藤が、朗読台に歩み寄る。

「彼には、伝えたいことがあったんです。だから、石井さんに憑依したんです」

「伝える?」

「ええ。石井さん――」

八雲が、石井の肩に手を置いた。

てっきり、八雲が答えるものだと思っていたが、そうではないらしい。

後藤の視線が突き刺さる。

いつもなら、荷が重いと尻込《しりご》みするところだが、石井は覚悟を決めて一歩前に出た。

「桐野さんは――後藤刑事に憧《あこが》れていたんです」

「バカ言うな」

後藤が、険しい顔で否定する。

生前の桐野のことは知らない。だが、憑依されていた石井には、彼の今の心情が手に取るように分かる。

「後藤刑事に会って、自分の過ちに気付いていたんです。憎しみにかられて、犯罪捜査をしても、何も変わらないし、変えられない――と」

「おれは……」

「桐野さんは、ずっと後藤刑事に、謝りたかったんです」

「謝るだと？」

「はい。八年前の事件だけじゃありません。今回の件も、目撃者が必要だった。本当であれば、貴俊さんの母親が、その役を果たすはずでした。しかし、思いがけず、後藤刑事と再会することになってしまった。巻き込んでしまって、すまない――と」

「バカ野郎！　謝るなら、もっと違うことがあるだろ！」

後藤が、石井の胸ぐらを摑《つか》み上げ、教会に響き渡るような怒声を上げた。いつもなら、腰を抜かしているところだが、今は冷静に受けとめることができている。

「桐野さんも、後藤刑事の気持ちは、分かっています」

「だったら……」

後藤の目に、涙が浮かんだ。

だが、それを零《こぼ》すことはなかった。どんなに辛《つら》くても、苦しくても、決して立ち止まらない。

それが、後藤の強さだ。

「だからこそ、謝りたいんだと思います」

石井が言うと、後藤は突き飛ばすように手を離し、朗読台の方に身体を向けた。

「違う。本当に謝らなきゃいけねぇのは、おれの方だ。おれは、ただ反発するばかりで、気付いてやれなかった――」

後藤が、今抱える後悔も、桐野は充分過ぎるほどに分かっている。

だからこそ、彼は現世を彷徨いもしたのだ。

「すまなかった――」

後藤が、腰を折って頭を下げた。

ほんの一瞬ではあるが、石井の目には、桐野の姿が見えたような気がした。彼は、微《かす》かに笑っているようでもあった。

教会に、静寂が訪れた――。

どれくらい時間が経ったのだろう。気がつくと、石井の目から、涙が零れ落ちていた。

桐野が流した涙なのかもしれない。

「これで、終わったの？」

晴香が不安げに訊ねて来た。

八雲は「まだだ」と即座に否定すると、改めて教会にいる面々を見渡してから続ける。

「さっきも言いましたが、桐野さんが現世に留《とど》まった理由は二つです」

「もう一つは、何だ？」

後藤が訊ねる。

「まだ事件の真相が、暴かれていません」

「真相って、さっきのは違うのか？」

後藤が困惑する理由も頷《うなず》ける。

だが、さっきの内容では、事件の真相には不完全なのだ。

「ナイフの件ですよね」

石井が言うと、八雲が笑みを浮かべながら頷いた。

桐野が自殺だった場合、犯行後、貴俊がナイフを持っていたことの説明ができない。

後藤もそれに気付いたらしく「どういうことだ？」と八雲に詰め寄った。

「簡単な話ですよ。共犯者がいたんです」

八雲は、さらりと言ってのけた。

「バカな。あの部屋は、外部から侵入した形跡はないんだぞ」

「ええ。外部からは誰も侵入していませんよ」

八雲が平然と答える。

「だったら……」

「共犯者は、最初から、あの部屋の中にいたんですよ」

八雲は朗読台の奥にあるドアを指差した。

「何を言ってやがる。あそこに人なんて……」

「確認しましたか？」

八雲に訊ねられ、後藤は言葉に詰まった。

教会に入ってから、桐野の悲鳴を聞き、ドアを蹴破《けやぶ》るまで、後藤はもちろん、石井もあの部屋には、一歩も足を踏み入れていなかった。

つまり、確認はしていなかったのだ。

「何てことだ……」

後藤が半ば呆然《ぼうぜん》と声を上げる。

「後藤さんたちが、教会に来る前から、あの部屋には、共犯者が潜んでいたんです。桐野さんが、自らナイフで首を切ったあと、そのナイフを貴俊さんに握らせ、内側から割った窓から外に出る——簡単なことです」

まさに八雲の言う通り、簡単なことだった。

単純過ぎるが故に、見落としていた。いや、冷静に判断して、部屋の中を確認していれば、事件自体が起きなかったかもしれない。

「共犯者って、いったい誰なの？」

疑問を口にしたのは、晴香だった。

八雲の答えを待つまでもなく、晴香には、それが誰なのか分かっているようだった。

一呼吸置いたあと、八雲はゆっくりと一人の男の許《もと》に歩み寄った。

「あなたが、桐野さんの共犯者だった。そうですね。宇都木賢人さん――」

17

――やっぱりそうか。

晴香は、八雲の言葉を聞いても、さほど驚きはなかった。今までの流れを聞いていれば、賢人以外に考えられない。

その賢人に目を向けると、彼は微かに笑みを浮かべていた。

「何を言っているんです？　ぼくは、何も知りません。姉さんが、死んでいたことだって、昨日、初めて知ったんです」

賢人が淀《よど》みなく口にした。

だが、それが余計に疑念を膨らませる結果になっている。

「そうですか。まだ抗《あらが》いますか……」

「抗うもなにも、知らないものは、知らないんです」

わずかに賢人の顔が紅潮した。

冷静を装っていても、感情が昂《たか》ぶっているのだろう。

「いいえ。あなたは、知っていたはずです」

「何を……」

「あなたは、ぼくのところに来たとき、鏡湧泉の伝説を口にしましたね」

それは晴香も聞いた。

泉の水面に、真実の姿が映り、それを見た者は、一週間以内に呪い殺される――というものだ。

「それがどうしたんです？」

「その話、どこから聞いたんですか？」

八雲が目を細めた。

「そんなことまで、覚えていませんよ」

賢人は、まだ笑みを浮かべる余裕があるようだ。

「色々調べました。でも、鏡湧泉では、久美さんの霊の目撃や、歌声を聞いたという証言はあるんですが、真実の泉――なんて伝説はなかったんです」

「何が言いたいんです？」

「元々、そんな伝説がないにもかかわらず、あの日、佐和子さんが貴俊さんに語っています。どういうことだと思います？」

「ぼくが、教えた——そう言いたいんですか？」

「正解」

八雲が、人差し指を立てる。

まるでこの状況を、楽しんでいるかのような振る舞いだ。

「仮にそうだとしても、だから何だって言うんですか？」

賢人が、肩をすくめてみせる。

彼の言う通りだ。仮に、ありもしない伝説を語ったところで、何かの証拠になるわけではない。

「なぜ、そんな伝説を聞かせる必要があったのか？　それは、貴俊さんに恐怖心を植え付けるためです」

「下らないですね」

「そうですね。本当に下らない考えです。あなたは、そのあと、貴俊さんに心霊現象を演出してみせたんです」

八雲の言葉に、這《は》いつくばっていた貴俊が顔を上げた。

困惑と怒りが入り混じった顔をしている。何かを言いたそうに、口をモゴモゴと動かしていたが、何を言ったらいいのか分からなかったのか、そのまま下唇を嚙《か》んだ。

「でも、声だけを届けるなんてできるの？」

それが謎だった。

貴俊は、誰もいないところで、何度も女の声を聞いていたらしい。どうやって、その現象を演出していたのかが分からない。

「できるさ。後藤さん」

八雲が、後藤に目を向ける。

「ああ。超音波を使った、指向性のスピーカーってのがあるらしい。それを使えば、光のように真っ直ぐ音を届けられる。つまり、特定の誰かにだけ、音を聞かせることも可能ってわけだ」

後藤の説明を受けて、八雲が「と、いうことです」とおどけてみせた。

「それを、ぼくがやったって言うんですか？」

賢人が八雲を睨《にら》む。

「ええ。あなたが、貴俊さんの心霊現象を演出し、桐野さんが牧師として、彼に近付く──そういう計画だったんです」

八雲が、淡々とした口調で言う。

「バカバカしい。そんな戯言《ざれごと》……」

「ついでに言うと、心霊現象のあと、すぐに計画を実行しなかったのは、貴俊さんに催眠暗示をかけるためだったんでしょう。そうすることで、部屋に入ったあと、すぐに貴俊さんを眠らせることができる」

賢人の外堀は、八雲によって埋められていく。

逃げ道は、もはやない。観念するかと思っていたが、意外にも賢人は声を上げて笑いだした。

「全部、君の推測じゃないですか」

「ええ。そうです。しかし、ここまで明るみに出たら、警察は捜査をやり直すことになるでしょう。そうなれば、証拠が見つかるかもしれない」

「証拠？」

「そう。たとえば、今まで捜査対象外でしたが、あなたのアリバイとか、ＤＮＡ鑑定とか——人間が、何の痕跡《こんせき》も残さず、そこに存在することなどできませんから」

八雲が、すっと眉間《みけん》に人差し指を当てた。

その途端、賢人の顔色が、みるみる青ざめていく。八雲の言葉の意味を悟ったのだろう。

今回の計画は、あくまで、単純な構造にしておく必要があった。本格的な捜査が始まれば、綻《ほころ》びが出る可能性が高い。

「何を言ってる！　牧師を殺したのは貴俊だ！」

賢人が叫んだ。

それに真っ先に反応したのは、貴俊だった。

「てめぇ！　何だって、こんな下らないことしやがったんだ！」

今にも賢人に飛びかかろうとする貴俊を、後藤が必死に押さえつけにかかる。織田は、怯《おび》えた様子で後退《あとずさ》りした。

「何でだと？　自分のやったことを思い出せ！」

賢人が血走った目で叫ぶ。

その圧倒的ともいえる迫力に、貴俊が言葉を失った。

「父さんが死んでから、ぼくたちが、どれほど苦しい境遇に追いやられたか、分かるか？」

晴香は、中学校教師の浪岡の話や、児童養護施設の曽根の話を思い出していた。

窃盗犯の父親が交通事故死。その辛《つら》い境遇が、賢人を孤独にし、そして苦しめていた。

まるで、八雲と同じように——。

ふと八雲に目を向ける。

無表情で何を考えているかは分からない。だが、きっと——。

「そんなぼくにとって、姉さんは希望の光だったんだ。姉さんがいたから、ぼくは生きてこられた。どんなときも、優しく、ぼくを癒《いや》してくれていたんだ……お前は、ぼくから、姉さんを奪ったんだ」

「知らない」

貴俊が、震える声で否定する。

「ぼくは、姉さんが殺されてから、ずっとお前を見て来た。お前は、自分のやったことの罪の重さも感じず、のうのうと暮らし、ヘラヘラと笑っていやがって……」

賢人の目から、涙が零《こぼ》れ落ちる。

彼の深い哀しみが、ダイレクトに伝わって来た。晴香は、正視していることができずに、思わず目を逸《そ》らす。

中学時代、賢人は貴俊と仲が良くなかった。だが、久美を殺害されたことをきっかけに、一番憎いはずの彼に近付いたのだ。

それには、復讐《ふくしゅう》の機会を窺《うかが》うという意味もあっただろうが、同時に、貴俊がどんな生き方をするのかを探る意味もあったのだろう。

贖罪《しょくざい》の気持ちを抱いて欲しいという、願いとともに——。

しかし、その願いは届かなかった。それが、賢人と桐野が復讐を決意する、決定打になったのだろう。

「本当に、知らないんだ！　おれは、お前の姉さんを、殺してなんていない！」

「惚《とぼ》けるな！　ぼくは見たんだ！　あの日、お前が木の棒を持って、あの雑木林から走って来るのを。そのあと、泉に行ったら、姉さんが……」

賢人は、両手で顔を覆って嗚咽《おえつ》した。

そこまで見ていたのだとしたら、いくら貴俊があがいたところで、言い逃れのしようがない。

教会の中に、賢人の泣き声が響いていた。

誰もが言葉を失い、呆然《ぼうぜん》とその場に立ち尽くすばかりだった。

やがて、賢人の哀しみの声がピタリと止んだ。

「やっぱり、その選択をするか……」

八雲が聞こえるか否かの声で呟《つぶや》いた。

「え？」

「後藤さん！　彼を押さえて下さい！」

緊張感のある声で言いながら、八雲が賢人を指差した。

反射的に動いた後藤だったが、それより一瞬だけ、賢人の方が早かった。隠し持っていたらしいナイフを抜き、貴俊に駆け寄ると、背後から腕を回し、彼の首にナイフを突きつけた。

こうなると、後藤も足を止めざるを得ない。

「本当に、愚かな人ですね……」

八雲が冷ややかに言う。

「うるさい！　ぼくは、最初から、こんなまどろっこしい計画は反対だったんだ！　どうせ、こいつは改心なんかしやしない！」

賢人の目は、まるで別人のようだった。復讐にとり憑《つ》かれ、我を失っているのかもしれない。

「だから、さっさと殺そう――そういう発想だったんですね」

「あなたは、何も分かっていない」

「久美さんは、未《いま》だに歌い続けています。なぜだと思いますか？」

「何？」

「……」

「鏡湧泉に行けば、その答えが出ます」

「何を……」

賢人が、わずかに動揺したらしく、視線が揺らいだ。

その隙を逃さず、後藤が飛びかかろうとする。しかし、賢人は敏感に反応して、ナイフを振り回す。

後藤は、構わずタックルをする。

貴俊は弾《はじ》き飛ばされ、賢人と後藤は、もつれ合うように床を転がった。

先に立ち上がったのは、賢人だった。ナイフの切っ先には、血が付着していた。

「後藤さん！」

「後藤刑事！」

晴香と石井は、同時に声を上げる。

駆け寄ると、後藤の腕から血が流れ落ちていた。しかし、その程度で気力を失う後藤ではない。

鋭い眼光で、賢人を睨む。

「てめぇ！」

後藤が叫ぶのと同時に、賢人はくるりと踵《きびす》を返し、脱兎《だっと》の如く逃げ出した。教会の扉を開け、走り去って行く。

「待て！」

すぐにあとを追おうとした後藤を制したのは、八雲だった。

「大丈夫です。彼の行く場所は、分かっていますから——」

18

賢人は、雑木林の中を走っていた——。

頭の中に浮かぶのは、後悔の念ばかりだ。こんなことなら、最初から、貴俊を殺しておけば良かった。

事実、賢人はそう提案した。

しかし、それを許さなかったのは桐野だった。どんな理由があれ、人を殺すことは絶対にやってはいけない——そう主張した。

自分は、過ちとはいえ、父を殺しておいて、偉そうなことを言う。だから、最初は賢人は反発した。

だが、最終的に、「久美もそんなことは、望んでいない」という言葉に、言いくるめられることになった。

思えば、あの男が、久美と呼び捨てにするのも気に入らない。久美がなぜ、あの男を許したのかも、賢人には分からない。

賢人は、未だに桐野を許してなどいないからだ。

だから今回の計画を桐野が持ち出したとき、正直、一石二鳥だと思った。父と姉。二人の復讐を同時に遂行できるのだ。

ただ、計画を実行に移すかどうか、見定める期間が必要になり、心の底から憎しみを持っている貴俊と友人のふりをしなければならなかった。

拷問といってもいい日々だった。

貴俊に、自分の行いを悔いている素振りは、微塵《みじん》も感じられなかった。女と遊び、酒を飲み、ゲラゲラと下品に笑う。自堕落で、刹那《せつな》的な学生生活を満喫していた。

その姿は、賢人の胸にある憎悪を膨らませた。

何度、殺してやろうと思ったか分からない。さっさと、殺していれば、こんなことにならなかった。

貴俊を殺人犯に仕立てるという計画は、失敗に終わった。

どこで、踏み誤ったのだろう。やはり彼——斉藤八雲に会いに行ったのが、間違いだったのかもしれない。

天体観測と称して、貴俊と佐和子を鏡湧泉に連れ出したところまでは、計画通りだった。事前に、佐和子にあの泉の伝説を吹き込み、語らせた。

そうやって、恐怖心を煽《あお》ることが目的だった。

想定外だったのは、鏡湧泉に現れた女の幽霊だった。一目見て、賢人にはそれが久美の霊だと分かった。

しかも、その霊は佐和子にとり憑いたのだ。

もし、あれが本当に久美の霊なら、もう一度だけ話がしたいと思った。

それを確かめるために、八雲の許《もと》を訪れたのだ。彼の言っていた通り、佐和子の除霊など考えていなかった。

久美がとり憑いているのなら、一生、そのままでいいと思った。

今回の綻《ほころ》びは、自分で生みだしたものだったのか――そんなことを考えているうちに、賢人は鏡湧泉の前に辿《たど》り着いた。

夕闇迫る空の下、水面が赤く染まっていた。

「お待ちしてました」

不意に声がした。

聞き覚えのある声。見ると、賢人と同じように、雑木林の中から、一人の青年が現れた。

斉藤八雲だった――。

「なぜ、ここに……」

驚く賢人に対して、八雲は小さく笑ってみせた。

「久美さんが、なぜ歌い続けているのか——その理由を知りたかったんでしょ」

八雲の言葉を聞いて、賢人は愕然《がくぜん》とした。

自分は、自分の意思で、鏡湧泉に足を運んだとばかり思っていた。だが、そうではなかった。

教会でのやり取りで、八雲は意図的に賢人をここに誘導したのだ。

だが、こんなところで諦《あきら》めるわけにはいかない。どんなに無様でも、逃げ切らなければならない。

なぜなら、復讐《ふくしゅう》はまだ終わっていないからだ。

賢人は、ナイフの切っ先を八雲に向けた。それでも、八雲は表情一つ変えなかった。

賢人が、本気で刺すわけがないと思っているのだろう。だが、邪魔をするなら、相手が誰であれ容赦はしない。

賢人は、ナイフを構えて八雲に突進した。

「ダメ！」

どこかで、叫ぶ声が聞こえた。

19

晴香は、必死に雑木林を駆けた——。

「あと少しです」

隣を走る石井が言った。

少し先に、八雲と賢人の姿が見えた。賢人は、手にナイフを握っている。そんな状況であるにもかかわらず、八雲は平然とそこに立っていた。

賢人が、覚悟を決めたように、ナイフを構えて八雲に突進する。

「ダメ！」

晴香は、叫ぶことしかできなかった。

賢人のナイフが、八雲に到達する寸前、横から黒い影が飛び出した。

後藤だった。賢人にタックルをして、その場に押し倒す。しかし、賢人はすぐに立ち上がりナイフを構えた。

後藤も立ち上がり、姿勢を低くして、タイミングを計っているが、思うように近付けない。

晴香はやっとのことで、八雲の許に辿り着いた。

「本当に、愚かな人ですね……」

八雲は呆《あき》れたように言いながら、ゆっくりと賢人の前に歩み出た。

「おい！　八雲！」

後藤が引き戻そうとしたが、八雲はそれを振り払った。晴香も、同じように八雲に近付いたが、強引に押し戻された。

これほどまでに、怒りを露《あら》わにした八雲を初めて見た。

「まだ分からないんですか？　こうなったのは、全部、あなたのせいなんですよ」

丸腰の八雲が、ずいっと歩みを進める。ナイフを持った賢人の方が、おののきながら後退《あとずさ》ることになった。

異様な緊張感だった。誰一人として動くことができなかった。

「ぼくは……」

「ここには、桐野さんの霊も来ています」

八雲が、ふっと視線を宙に向けた。

賢人もわずかに視線を向ける。

「桐野さんは、自らが望んだ計画が遂行され、目的を達成したにもかかわらず、現世を彷徨《さまよ》い、彼にとり憑いた。なぜだと思いますか？」

八雲が石井を指差した。

「な、何を言ってるんだ？」

「桐野さんは、死の間際に気付いてしまったんです――」

「気付く？」

「そうです。自分の計画が、無意味なものであったことに――」

「だから、何を言っている？」

「彼も、到着したようですね――」

八雲が、雑木林の方に目を向ける。

息を切らしながら、姿を現したのは、織田だった。

「織田さん。あなたの出番です」

八雲の言葉を受け、織田は賢人の前に歩み出る。

だが、怯《おび》えた目で辺りを見回すばかりで、何も語ろうとはしない。

ナイフを向けられているにもかかわらず、八雲は悠然と賢人の脇をすり抜け、織田に歩み寄った。

呆気《あっけ》に取られながらも、賢人は身体の向きを変える。

「織田さん。彼を救ってあげて下さい。それができるのは、あなたしかいない。友だちだったんでしょ――」

織田の耳許で、八雲が囁《ささや》くように言った。

それをきっかけに、織田の目の色が変わった。怯えが消え、何かを覚悟した目だ。

「宇都木君……」

掠《かす》れた声で、織田が言う。

賢人が何ごとかと、織田に視線を向ける。

「君の姉さんを殺したのは、戸塚じゃない……」

「何？」

「おれ、見たんだ……あの日、おれは、戸塚に呼び出されて、いつものように金をせびられて……嫌だと言って逃げたら、落ちてた木の棒で殴られた。……そのまま意識を失って……」

「何言ってんだよ。だとしたら、誰が姉さんを……」

賢人の疑問に、織田は答えなかった。ただ、じっと彼の顔を見ている。

——まさか？

晴香の中に、ある考えが浮かんだ。同じことを石井も考えたらしく、零《こぼ》れんばかりに目を見開き、驚愕《きょうがく》の表情を浮かべる。

「誰なんだ？　誰が、殺したんだ？」

後藤が、苛立《いらだ》ちとともに八雲に目を向ける。

八雲は小さくため息を吐いたあと、改めて賢人に向かい合った。

「賢人さん。あなたですよ」

八雲の放った言葉が、辺りに静寂を呼んだ。

「な、何を……言っているんだ……」

「嘘だと思うなら、鏡湧泉の水面を覗《のぞ》いてみるといい。そこには、真実の姿が映るはずです」

八雲が水面を指差した。

賢人は動かない。そうするだけの勇気がないのだろう。

「真実など、映るわけがないだろ！」

賢人が叫ぶ。

「ええ。その通りです。あなたは、自分にとって都合のいい真実だけを汲《く》み取った」

「戯言《ざれごと》を……」

「桐野さんは、死の間際、そのことに気付いてしまったんです。それが、桐野さんを現世に留《とど》めた、もう一つの未練です——」

「冗談じゃない！　何で、ぼくが姉さんを殺すんだ！　そんな理由、どこにもない！　嘘だ！　嘘に決まってる！」

賢人が、でたらめにナイフを振り回しながら叫ぶ。

感情が、思考が、記憶が混乱して、自分でも制御不能なのだろう。

「嘘じゃない！」

織田が叫んだ。

それを機に、賢人の動きがピタリと止まる。

「おれは見たんだ。君と、君の姉さんが、言い合いをしていた。何で、あんな男と付き合うんだ——そう言って、君が罵《ののし》っていたんだ」

「はっ！」

賢人は、何かを思い出したらしく、頭を押さえて跪《ひざまず》いた。

額からは夥《おびただ》しい量の汗が噴き出している。

話から想像するに、賢人は、姉の久美が、自分たちの父親が事故死した元凶である桐野と交際していることに、納得がいかなかったのだろう。

「君は、その場から立ち去ろうとした。だけど、君の姉さんが、それを引き留めようとしたんだ。君は……」

「もう止めろ！」

賢人が、織田の言葉をかき消すように叫び、そして蹲《うずくま》った。

その身体は、ぶるぶると震えている。

聞くまでもなく、晴香にもその先は容易に想像がついた。賢人が、久美を突き飛ばした拍子に、岩か何かに頭を打った。そして——。

八雲が、ゆっくりと賢人に歩み寄る。

「思い出したようですね」

「うるさい……」

八雲の言葉に、賢人が唸《うな》るように答えた。

「あなたは、自分の犯した罪を認められず、記憶を書き換えたんです。そうして、全ての罪を貴俊さんになすりつけた」

八雲の言葉が、虚《むな》しく響いた。

何て、哀しい結末だろう。形容しがたい感情が、胸の中に広がり、晴香は立っていることができず、その場に座り込んでしまった。

「あなたがすべきは、復讐《ふくしゅう》ではありません――」

「うるさい！」

賢人が、がばっと立ち上がり、再びナイフを振り回した。

後藤が飛びかかろうとしたが、ナイフで牽制《けんせい》されて近付くことができない。

賢人の目は完全に錯綜《さくそう》していて、いつ斬りかかるか分かったものではない。それでも、八雲は動じなかった。

「久美さんは、死んでから六年たった今でも、現世を彷徨い続けています」

「ぼくを……恨んでいるんだな……」

賢人は、哀しげに言うと、ナイフの切っ先を自分の喉元《のどもと》に突きつけた。

「恨んでいるかどうかは、本人に訊いてみるといい」

八雲が、雑木林の奥を指し示した。

一人の女性が、車椅子を押しながら、歩いて来るのが見えた。真琴だ。車椅子に乗っているのは佐和子だった。

二人の到着を、そこにいる全員が息を呑《の》んで見守った。

「彼女には、あなたのお姉さんの久美さんがとり憑いています」

八雲が、真琴と佐和子の到着を待ってから口にした。

賢人は、呆然《ぼうぜん》とした表情で、佐和子に目を向ける。それに応《こた》えるように、佐和子がゆっくりと顔を上げた。

「姉さん……ごめん……ぼくは……」

賢人が、すがるように手を伸ばす。

車椅子の上の佐和子が、微《かす》かに笑った気がした。

この隙に、飛びかかろうとする後藤を、八雲が制した。

「ずっと謎だったんです……」

八雲が、語りかけるように言いながら、賢人の許《もと》に歩み寄る。

振り返った賢人の顔には、もう鬼気迫るものはなく、まるで抜け殻のように無表情だった。

「現世を彷徨《さまよ》う魂というのは、普通、何かの未練を抱いている。それは、とかくネガティブな感情だったりします。でも、彼女には、そういったものが一切ない」

八雲が静かに言った。

賢人の顔に、戸惑いの色が浮かぶ。

「姉さんは何を……」

「ただ、歌っているんです」

「歌……」

佐和子の口が、微かに動いている。

そこから、漏れ聞こえる声は、微弱ではあるが、それでも、歌であると認識できた。

「彼女が歌っているのは、讃美歌《さんびか》の320番です」

「え？」

音程が聞き取り難《にく》かったのと、歌詞が英語だったために、曲を特定するのに時間がかかったが、八雲の言うように、久美が歌っていたのは、讃美歌の320番──〈主よ御許に近づかん〉という曲だ。

タイタニック号が沈没する際、音楽隊が演奏し続けた曲としても有名で、映画でも使用された。

「原曲の歌詞を意訳すると、主よ御許に近づかん、いかなる苦難が待ち受けようとも、汝《なんじ》のために我が歌を捧《ささ》げん──」

「……」

「これは、祈りの歌なんです」

「祈り……」

「そうです。彼女は、ただ、あなたを含め、愛する人のために、祈り歌い続けていたんです」

久美の歌に込められていたのは、哀しみでも、憎しみでもない。どこまでも優しく、人を慈しむ愛だった。

彼女にとっては、自分を殺したのが誰かなど問題ではなかった。

許すとか、許さないとかではなく、最初から誰も恨んでなどいなかった。そういう女性だったのだ。

そんな優しい歌を聴いていたのに、どうして賢人は、道を誤ってしまったのだろう。

疑問は浮かんだが、よくよく考えてみれば晴香も同じだった。

双子の姉である綾香《あやか》が死んだあと、ずっと恨まれていると思い込んでいた。だが、そうではなかった。ただ、見守ってくれていたのだ。

人は、哀しいことに、いつでも大切なことに気づけないものなのだ。

「お姉ちゃん……」

自然と、言葉になった。

それがきっかけであったかのように、賢人がナイフを取り落とし、その場に突っ伏した。

彼のすすり泣く声が響く中、八雲が、瞼《まぶた》を閉じ空を仰いだ。

晴香も同じように、目を閉じてみた。

どこからともなく、晴れやかで、美しい讃美歌が聞こえて来たような気がした。

終章

その後

EPILOGUE

後藤は、教会の祭壇の前に立ち、キリストの像を見上げた——。

俯《うつむ》き加減のその顔は、どこか桐野に似ている気がした。信仰と現実の狭間《はざま》で、或《あ》るいは、理想と現実の狭間で、桐野はいつも葛藤《かっとう》し続けていた。

後藤のように、怒りに転化させることができれば、その苦しみもいくらか和らいだのだろうが、桐野にはそれができなかった。

繊細で、優し過ぎたが故に、桐野は自ら命を絶つほどに自分を追い込むことになってしまったのだ。

「こんなところで、感傷に浸るなんて、後藤さんらしくないですね」

不意に声をかけられた。

振り返ると、そこには八雲の姿があった。

ゆったりとした足取りで、会衆席の間の通路を歩んで来ると、後藤と肩を並べたところで立ち止まった。

「てめぇが呼んだんだろうが」

事件から一週間——後藤は、何も好きこのんでこの場所に足を運んだわけではない。八雲に、呼び出されたのだ。

「そうでしたね……捜査の方は、どうですか？」

八雲が、遠い目をしながら訊《たず》ねて来た。

「どうもこうもねぇよ」

事件の真相は、八雲によって暴かれた。しかし、それはあまりに複雑なものだった。

桐野の自殺だけで大変なのに、六年前の久美の殺人までからんで来たのだ。

捜査本部は上を下への大騒ぎだ。

「宇都木賢人さんは、どういう扱いになるんですか？」

八雲が流し目で後藤を見る。

事件を通して、八雲は賢人に感情移入しているところがあった。おそらく、賢人が抱える孤独を、八雲が感じ取っていたからだろう。

「六年前の一件については、多分事故ってことになる。織田が、現場を目撃していたのが幸いだった」

「そうですか――桐野さんの件はどうなるんですか？」

「自殺幇助《ほうじょ》に、死体遺棄証拠隠滅ってところだ。執行猶予付きの判決になるだろうな」

「なるほど」

八雲は呟《つぶや》くように言うと、わずかに目を伏せた。

憂いのある顔をしている。事件を終えた今、八雲はいったい何を考えているのか――

後藤には分からなかった。

ただ、訊《き》いてみたいことはあった。

「罪とは何だと思う？」

「何ですか。藪《やぶ》から棒に——」

八雲が眉《まゆ》を顰《ひそ》める。

事件が終わってから、ずっと考えていた。

誤って、久美を殺害してしまった賢人は、少年法で罪に問えない。

澄田が事故で死ぬきっかけを作ったのは、後藤と桐野だ。しかし、澄田の死について罪に問われることはない。

結果的に、自殺という選択をした桐野は、法的に罪に問われることはないが、キリストの教えの中では、自ら命を絶つことは罪だ。

「罪とは、いったい誰が決めるものなんだ？」

今回の事件で、つくづくそれが分からなくなった。

「後藤さんにしては、ずいぶんと哲学的なことを言うじゃないですか」

八雲が、寝グセだらけの髪をガリガリとかいた。

バカにしているのだろう。普段なら、食ってかかるところだが、今はそういう気分にはなれなかった。

「罪とは何だ？」

後藤が睨《にら》み付けると、八雲が小さく笑った。

「そんなもの、ぼくが知るわけないでしょ」

「何？」

「罪とは、誰かが決めるものじゃないと思います。きっと、その人の心の中に、自然と生まれるものなんですよ」

「何だそれ？」

「だから、桐野さんは、あんな計画を立てたんです」

八雲が改めて、キリストの像に目を向けた。

確かにそうかもしれない。誰かが決めるものではなく、それぞれの心の中にあるものなのかもしれない。

たとえ、誰かが罰を与えようと、何も感じない奴もいる。逆に、罰はなくても、罪を感じる者もいる。

――しかし、本当にそれでいいのか？

「分からなくなって来た」

「後藤さんのクセに、難しいことを考えるからですよ」

八雲が小バカにしたように笑った。

「何？」

「後藤さんが、一生かけて考えたところで、答えなんて出ません。もちろん、ぼくも同じですけど……」

――本当に、憎たらしいガキだ。

苛立《いらだ》ちを感じながらも、少しだけ、気分がすっきりした気がした。

「で、わざわざ呼び出した理由は何だ？」

事件のことを知りたいというのもあるだろうが、わざわざ呼び出したからには、もっと別の何かがある気がした。

「後藤さんに、伝えたいことがあったんです」

「伝えたいこと？」

「まあ、ぼくではなく、桐野さんですけど――」

八雲は、そう言うと朗読台に目をやった。

釣られて視線を向ける。後藤の目には、何も見えないが、きっとそこには、桐野がいるのだろう。

根拠はない。ただ、そんな気がした。

「桐野――」

呟くように言うと、うっすらとではあるが、そこに桐野の姿が見えた気がした。

「会えて良かった――」

声がした。それが、八雲の声だったのか、桐野の声だったのか、後藤には判然としなかった。

「では、ぼくはこれで――」

八雲は、呆然《ぼうぜん》と立ち尽くす後藤を残して、教会を出て行った。

静寂とともに残された後藤の胸に、形容しがたい熱い感情の波が襲ってきた。

それが、怒りなのか、哀しみなのか、あるいは後悔なのか――後藤自身にも分からなかった。

おそらく、その全てであったのだろう。

「バカ野郎！　勝手に死にやがって！　おれは……」

後藤はキリスト像の前で跪《ひざまず》き、静かに涙を流した――。

＊　＊　＊

晴香が、教会の前で待っていると、八雲があくびをしながら戻って来た――。

寝グセだらけの髪をガリガリとかき、いかにも退屈そうだ。だが、それは表面的なもので、内心は複雑な想いを抱えているに違いない。

「後藤さんは、もういいの？」

晴香が訊ねると、八雲は「ああ」と短く答えて、スタスタと歩き出した。

本当に自分勝手だ。

「ねぇ、どこに行くの？」

晴香が訊ねると、八雲は一度足を止めて振り返った。

「もう一つだけ、確かめたいことがあるんだ」

「何？」

「来れば分かる」

八雲は一方的に言うと、再び歩き始めた。

晴香は、訳が分からないながらも、八雲のあとを追う。

「それで事件の方は？」

歩きながら訊ねると、八雲は面倒臭そうにしながらも、現在までの事件の経緯を説明してくれた。

おそらく、教会の中で後藤から聞いたのだろう。

これから賢人がどうなっていくのか——気になるところではあるが、佐和子も快方に向かっているし、取り敢《あ》えずは一件落着といったところだ。

ただ、晴香にはもう一つ気になることがあった。

「織田さんは、何で六年も経ってから、真琴さんに死体があるって連絡をしたの？」

その部分については、まだ説明を受けていない。

「彼が、鏡湧泉で死体を見たのは、六年前だけじゃない」

「え？」

「ごく最近も、死体を目撃したんだ——」

「あっ！」

ここまでの説明を聞き、晴香も納得した。

久美の死体は、最近になって、泉から引き揚げられ、教会に移された。織田は、偶然にも、死体を運ぶ桐野を目撃したのだろう。

「もしかしたら、久美さんの死体が屍蠟《しろう》化していなければ、桐野さんも、賢人さんも、今回の計画を実行しなかったのかもしれない」

八雲が、視線を足許《あしもと》に落としながら言った。

「どういうこと？」

「あの死体は、美しすぎたんだ――」

「そうかもしれないね……」

小さく頷《うなず》いた晴香の脳裡《のうり》に、久美の死体が浮かんだ。

まるで眠っているような美しい死体。あれを目にしたら、到底気持ちの整理はつかないだろう。

しばらく歩いていくうちに、晴香にも八雲が目指している場所がどこなのか分かった。

事件の発端となった場所――鏡湧泉だ。

だが、そうなると分からないこともあった。今になって、鏡湧泉に足を運び、いったい何を確かめようというのだろう？

疑問の答えを見出《みいだ》せないまま、鏡湧泉に辿《たど》り着いた。

太陽の光を帯びた水面が、キラキラと眩《まばゆ》いばかりの光を放っている。まるで、泉自体が黄金色に輝いているようだ。

「そうですか。やはり、ここにいましたか——」

八雲が、じっと泉に目を向けたまま言った。

「え？」

「久美さんだ。彼女は、まだここにいる——」

そう言って、八雲は目を細めた。

——どうして？

晴香の中に、大きな疑問が生まれた。

「そんな……だって、佐和子さんには、もう憑依《ひょうい》していないんだよね」

「ああ」

「だったら、何でまだここにいるの？」

晴香が訊《たず》ねると、八雲がガリガリと髪をかき回す。

「久美さんが、佐和子さんに憑依したのは、賢人さんの計画を止めたいという願いからだった」

「うん」

それは、晴香にも分かる。

だから事件が終わったあと、佐和子の身体から、久美の魂は離れたのだ。

「だけど、彼女が死んでから六年もの間、この場所で彷徨《さまよ》っていたのは、別の理由からだったんだ――」

「別の理由？」

「そうだ。だから、佐和子さんの身体から離れても、鏡湧泉に縛られ続けている」

「久美さんは、この先どうなるの？」

「きっと、彼女は、これからもここで歌い続ける」

「そんな……何とかならないの？」

すがるように晴香が言うと、八雲は小さく首を振った。

「どうにもならない」

「でも、久美さんは、ずっと彷徨い続けることになっちゃうよ。そんなの哀しいよ。あまりにかわいそうだよ……」

「君の価値観で決めるな」

八雲が、怖い目をした。

「え？」

「哀しくもないし、かわいそうでもない」

「何で？」

「彼女自身が、愛する人のために、歌い続けることを望んでいるからだ――」

その言葉は、強い衝撃となって晴香の心を揺さぶった。

八雲の言う通りだ。久美が、愛する者のために、祈り、歌い続けることを望んでいるのだとしたら、それを止める権利は誰にもない。

そうすることこそが、久美の幸せに他ならないからだ。

——何という女性だろう。

母親を病気で失い、父親を交通事故で失った。それから、姉として、そして母として、賢人を支え続けた。

父親が死ぬ原因を作った桐野を赦《ゆる》し、彼に癒《いや》しすら与えた。

そればかりか、自らを死に追いやった賢人を恨むどころか、彼のために、この場所で歌い続けているのだ。

もしかしたら、久美が歌い続けているのは、単に賢人のためだけではなく、この世に存在する、全ての人のためなのかもしれない。

自分なら、同じことができるだろうかと問いかける。

答えは出なかったが、久美の愛の深さだけは理解できた。

「行こう。ぼくらに出来ることは、もう何もない」

八雲は、そう言うと鏡湧泉に背中を向けて歩き出した。

「うん」

晴香も、鏡湧泉に背中を向けた。

冷たい風が吹き抜ける。

それに混じって、微《かす》かにではあるが、歌声が聞こえた気がした。

優しく、温かく、愛に満ちた歌――。

「何をしている」

振り返ろうとしたが、それより先に八雲の声が届いた。

「あっ、うん」

晴香は、ゆっくりと歩き出した。

これからも、この泉には久美の霊が彷徨い続けるだろう。

祈りの歌とともに――。

あとがき

『心霊探偵八雲　ANOTHER　FILES　祈りの柩』を読んで頂き、本当にありがとうございます。

本作は、今まであまり語られることのなかった後藤の過去の出来事を主軸に進行していきます。

普段は猪突猛進《ちょとつもうしん》の後藤ですが、彼も多くの苦悩や葛藤《かっとう》を味わってきたのです。そのことを、葛藤を改めて描くことで、私自身、後藤というキャラクターをより深く理解することができたように思います。

キリスト像の前で、跪《ひざまず》く後藤は、私の中でお気に入りのシーンになりました。

こういったそれぞれのキャラクターの過去を描くことができるのも、「ANOTHER　FILES」のシリーズならではでないかと思います。

ますます広がりを見せる「心霊探偵八雲」の世界を楽しんで頂けたら幸いです。
次は、どんな物語が展開するのか？
待て！　しかして期待せよ！

平成二十六年　初夏

神永　学

本作はフィクションであり、実在の人物、団体等とはいっさい関係ありません。

本作は書き下ろしです。

心霊《しんれい》探偵《たんてい》八雲《やくも》

ANOTHER《アナザー》 FILES《ファイル》 祈《いの》りの柩《ひつぎ》

神永《かみなが》 学《まなぶ》

平成26年 6月25日　初版発行

発行者●山下直久

発行所●株式会社KADOKAWA
〒102-8177　東京都千代田区富士見2-13-3
電話 03-3238-8521（営業）
http://www.kadokawa.co.jp/

編集●角川書店
〒102-8078　東京都千代田区富士見1-8-19
電話 03-3238-8555（編集部）

角川文庫 18595

印刷所●株式会社暁印刷　製本所●株式会社ビルディング・ブックセンター

表紙画●和田三造

ISBN978-4-04-101773-9　C0193

角川文庫発刊に際して

角川源義

第二次世界大戦の敗北は、軍事力の敗北であった以上に、私たちの若い文化力の敗退であった。私たちの文化が戦争に対して如何に無力であり、単なるあだ花に過ぎなかったかを、私たちは身を以て体験し痛感した。西洋近代文化の摂取にとって、明治以後八十年の歳月は決して短かすぎたとは言えない。にもかかわらず、近代文化の伝統を確立し、自由な批判と柔軟な良識に富む文化層として自らを形成することに私たちは失敗して来た。そしてこれは、各層への文化の普及滲透を任務とする出版人の責任でもあった。

一九四五年以来、私たちは再び振出しに戻り、第一歩から踏み出すことを余儀なくされた。これは大きな不幸ではあるが、反面、これまでの混沌・未熟・歪曲の中にあった我が国の文化に秩序と確たる基礎を齎らすためには絶好の機会でもある。角川書店は、このような祖国の文化的危機にあたり、微力をも顧みず再建の礎石たるべき抱負と決意とをもって出発したが、ここに創立以来の念願を果すべく角川文庫を発刊する。これまで刊行されたあらゆる全集叢書文庫類の長所と短所とを検討し、古今東西の不朽の典籍を、良心的編集のもとに、廉価に、そして書架にふさわしい美本として、多くのひとびとに提供しようとする。しかし私たちは徒らに百科全書的な知識のジレッタントを作ることを目的とせず、あくまで祖国の文化に秩序と再建への道を示し、この文庫を角川書店の栄ある事業として、今後永久に継続発展せしめ、学芸と教養との殿堂として大成せんことを期したい。多くの読書子の愛情ある忠言と支持とによって、この希望と抱負とを完遂せしめられんことを願う。

一九四九年五月三日